# おしゃべり

NODA Kazu
野田 和

北冬舎

おしゃべり∀目次

装画＝五木玲子「インド浜木綿」
（リトグラフ920×280mm）
装丁＝大橋泉之

すべてに。

# おしゃべり

# 小柳老人の話

# 一

いつものように遅い朝に目覚め、軽い食事を終え、ぼんやりした頭で身体を動かすこともできずに食卓で新聞を広げていると、電話が鳴った。

ガラスサッシのむこうの狭い庭に、春三月の光が跳ねている。午前の十一時にもなるというのに、まだ朝の始まりの気分のうちにいて、こんな朝から、どこのだれが、どんな用件で電話などかけてくるんだと、留守番電話にしてあるメッセージの、その音声の始まりに耳を向けると、受信音が切り替わり、ファックス受信になった。

ファックスは小柳老人からのもので、桜の開く知らせが届くのもそろそろの時分になり、先のおしゃべりから半年も経ってしまったので、つごうがつくようだったら、久しぶりにおしゃべりのつづきの相手をお願いしたい、近いうちに会いたい、というものだった。

この時代になって、それなりの社会生活を送ってきたはずなのに、根っからの電話ぎらいの性分は変わらず、小柳老人は一年ほど前に、ぼくはもう七十歳になってしまうから、徐々に仕事から退いて、いやいや持っていた携帯電話も手放し、自宅の電話も押し入れにしまいこむことにした、これからのさまざまな人とのやりとりはすべてファックスですることにした、という一人ぎめした内容の、手書きのものをいきなり送りつけてきたのだった。

このファックスも、押し入れの中に身体を窮屈に屈み込ませた小柳老人から送られてきたのかと、わたしのぼんやりした朝の頭にそんな絵柄が浮かび、思わず「アハハ」という声が出た。

わたしが小柳老人から仕事をもらうようになって、十年ほどが経っていた。ちょっとおもしろい人に紹介するからと知り合いに引きあわされ、報酬はそれほど十分なものではなかったけれど、そのころ、わたしは三十歳をすこし越えていて、学校を出てから二つばかり出版社勤めをしたものの、どちらも長つづきせず、二、三の知り合いから、書いたりまとめたりという小さな仕事を紹介してもらって、日をつないでいたところだったから、どのような仕事であれ、ありがたく受けることにした。学生時代に同棲を始めて、どうにか社会に潜り込めそうになったところで卒業して入籍した、貴子さんとのあいだに男の子が一人いた。

初めての顔合わせで、たがいに自己紹介を終えると、小柳老人はいきなり云った。

「それまで、いくつかの出版社に勤めたり、関わったりしてきたのですが、日が経つにつれて呼吸がどうにも浅くなり、狭苦しい関係の外へ出て、深く息をつかないと倒れてしまいそうに感じられてくるんです。ほんとうに胃がひどく悪くなって、常勤していた出版社からあとさきなしに最終的にさまよい出て、やむなく友人を誘い、二人で編集事務所のようなものを始めたんですが、なんの準備もしていなかったものだから、半年ほどで頓挫し、ぼくは一人であらためて知り合いを頼り、出版もするようになって、それから十五年ほどになるところです。」

あらかじめ聞いていた小柳老人の年齢に、わたしは思い及んで、いまここにいたっても、青春のころからの病いのようなものに引きつづきこだわっていて、それもつい先ごろ味わったのだとでもいうように、初対面の相手に妙に具体的な来歴を打ち明け始めたことに驚いた。親子ほども年齢差のある相手に、人と人との距離さえ適度に保てず、みずからの内側に普通は潜ませておくものを無防備に告げるものだな、十五年という長い時間の中に折り畳んでおくような、あえて人前で口にしなくてもいいようなことをこの人は云うものだな、とわたしは思った。

おしゃべりの調子から、いまになっても小柳老人が覚えている傷みは、わたしにかすかに伝わってきたものの、世に暮らして大人になるにつれて、だれにでも日に夜に身につく奥行きとか分厚さとか、あるいは濁りのようなものと云ったらいいのか、そういったものが感じられなかった。なまなましい日々の暮らしとはかけ離れた異和な感じがあった。

口を閉じたテーブルのむこうの顔にどんな表情が浮かんでいるのか、テーブルに落としていた視線をわたしは小柳老人に向けた。まだ十二月になったばかりだったが、月の初めからきつく冷え込む日が多く、その日も昼から小雪が散らつき、日の暮れになっても、小柳老人が背にしている窓ガラスのむこうに、すこし粒の大きい雪が舞っていた。ガラスににじんだ街灯の光のせいか、小柳老人の顔のすぐそばを白いものが落ちてゆくようだった。丸いメガネの奥にあるまなざしはどこにも焦点が結ばれず、遠くをさまよっているように見えた。

わたしと小柳老人との往来はそんなふうに始まった。十年が経って、そのファックスは、二人の交通もさらに終わりのほうへ進み出した、どちらかと云えば、あまり気のはずまない呼び出しだったが、寒さのきつい時期をしのいだので、つづきのおしゃべりを久しぶりにしたいという小柳老人の希望に応じないわけにはいかなかった。

四月になって、日射しも強くなった春の日に、小柳老人の相手をしに、ふたたびわたしは出ていった。久しぶりのことだったので、レコーダーを忘れないようにとばかり、わたしは何度もかばんの中を探った。

## 二

「齢を取ることは、ただひたすら汚くなってゆくということなんだから、何ひとつ、先行きに楽しみや、美しさのかけらほどのものも、ありはしないさ。若いだけで美しいことが老人にはひどく痛いんだ。人さまの眼にはいきいきと生きている年寄りのように映っていても、じつは内側でやたらとうごめく汚いものに足を取られそうになっているものだから、なんとかそれから逃れようとして足を前へ前へと送らずにはいられないだけなんだ。

夜がしだいに深くなると、今日を終えてゆくこの身が、いずれにしても無用の者の影をこの一日分ほど濃くするものだから、「ああ、ああ、ああ、」と昼のうちに溜め込んだ息を洩らし、寝床に横になるんだ。すると、どこかの骨が、ギッ、ギッ、ギッ、と音を立てるのさ。今日も一日、ぐったりと壁際で膝を抱えていたような、吹き始めた秋の風に歎いていたような、そんな一日だったんじゃないのかという思いの、夜ごとのくり返しさ。足りないものばかりだという不全感に、どこにも辿り着けそうもない焦燥感にさいなまれるんだ。こうしてちっぽけな生を終えてゆくとは、なんて無惨なことなんだ、残酷なことなんだ、と思えば、さらに、ギュ、ギュ、ギュ、と骨が軋むのさ。不快な音を夜じゅう、人の耳に響かせているんじゃないのかね。」

安物の事務椅子に下ろしたわたしの尻がまだ落ち着かないうちに、このあたりがみずからのおしゃべりの現在地なんだ、というように小柳老人はいきなりしゃべり出した。わたしの半年分の無沙汰の詫びも、正月以来の季節の移りの挨拶も、片側の耳で聴いておけば十分というようだった。

わたしが足元に置いた鞄からレコーダーを取り出そうとすると、小柳老人は乱雑に机の上に積んであった本を片寄せた。そのせわしげなようすを眼にしながら、今年は年明けからそれほどの冷え込みもなく春が早く来て、寒さに弱い身体をそれほど小さくしないで冬を終えられてよかった、とわたしは意地になって、ことばを結んだ。それも、小柳老人のもう片方の耳から抜けていったようだった。

小柳老人は軽く咳をして、机に置かれたレコーダーに眼をやり、「これは、半年前のおしゃべりのつづきで、第二回目のものになる。」と前置きし、色褪せたブルージーンズの膝の上に載せた大学ノートをめくりながら、しゃべり出した。わたしは半年前に行なわれた「第一回目のおしゃべり」を、つい数日前から、やっとパソコンに打ち込み始めたところだったので、うしろめたい思いになった。

(「小柳老人の夢の残り」二　武田信介)

「やあ、待たせたね。」という洋二さんのことばが書斎の扉のむこうから聞えてきました。声はやわらかに落ち着いていて、わたしなど、これまでついに聴いたことのないやさしい響きのものでした。

それは、去年のことです。五月も半ばを過ぎ、若葉が緑を濃くするころになって、洋二さんのふるまいが、それまでとはすこし違うようになったのです。

その夜も、夕食を早々に終え、こわばった右手を胸の前に抱えると、不自由な右足を引きずって、ゆっくりと洋二さんは食堂を出てゆきました。わたしはその背を憎しみと不審のまなざしで見やり、食堂の扉が閉められるのを見届けると、すぐに立ちあがって、その背を追い、洋二さんの書斎の扉の前で聞き耳を立てました。

洋二さんの声は、わたしの耳にまっすぐに届いてきました。

「やあ、待たせたね。待たせたね。待たせたね。やあ、……」

洋二さんのやさしい声がわたしの耳の奥に響きました。わたしの身体の中で、こだましました。

（ああ、洋二さんはまぼろしを見るようになってしまった。そこにあるはずのない姿に、ことばをかけている。天井や壁に浮かんでいる影に心から話しかけている。まぼろしは、ああ、八重子の姿して洋二さんにほほ笑みかけている。いや、ひょっとして八重子は、この部屋にいつのまにか忍び込んで、ふたりは逢い引きをくり返しているのかもしれない。うごめく八重子の影が、ああ、わたしにも見えるようだ。ともに棲むひとつの心が病めば、もうひとつも同じ病いへと急がずにはいられないのだろうか。)

わたしは扉の前に立ちつくしていました。身体から力が抜けてゆくようでした。しばらくそれをこらえていると、しだいに身内から燃えあがってくるものがありました。それは激しい妬み心で、わたしの身体は皮膚の表面から勢いよく熱を噴き出すのではないかと思えるほど、熱くなりました。

わたしはその力に押されて、洋二さんが愛人との、わたしの少女時代からのかけがえのない親友の八重子との、二人の時間を持つために閉ざした扉を思いきり引き開けようとしました。部屋の中になだれ込んで、燃え盛るこの感情をなんとかしなくてはならない。いったい、なんとしてくれよう。その身体に打つかり、しがみつき、押し倒して、首を締めあげてやりたい。不自由になったこの世の身体から、洋二さんを解き放ってあげよう、とまで、わたしは狂おしい思いに駆られたのでした。

その激しい心は、このここで、小柳さんに申し上げてよいものかどうか、ためらうたぐいのものですが、きっと欲情によく似ていたのではないでしょうか。身体の底のほうから突きあげてきた欲望をあふれ出させたかったのではないでしょうか。

わたしと夫の洋二さんとのあいだには、もう二十年ほども夫婦の夜の時間はありません。去年、洋二さんは七十五歳、わたしは七十一歳で、二人ともすっかり年老いて、男女のあいだのことがあると思うだけでも、さも汚ならしい、けがらわしいほどに、十分な高齢者です。それに、洋二さんは十年ほど前の脳梗塞から右半身がすこし利かなくなっていましたので、二度とわたしたち夫婦に男女の夜が戻ってくることはありません。

ところが、その夜、洋二さんがわたしの耳に響かせた、「やあ、待たせたね。待たせたね。待たせたね。やあ、……」というあまい声が、わたしの心を情欲に燃え立たせたのでした。わたしの身体の中でこだました洋二さんのやわらかい声が、二十年前に失われた洋二さんとのあいだの男女の燃え残りに火を点け、その埋み火がわたしの内側でふたたび激しく燃えあがったのでしょうか。あるいはわたしは夜ごとせつなく、うつろな心の片隅で、身体の奥底で、この空洞を埋めてほしい、満たしてほしいと泣き声をあげていたのでしょうか。

わたしは二十年前の、十二月も半ばを過ぎた夜、吹き荒れる北からの冷たい風の匂いをコートにまつわらせて帰宅した洋二さんに、午後から昂ぶっていた気持のまま、いきなりことばを投げつけました。その日の午後、悪意に満ちた女からおためごかしに聞かされたことばが、わたしをそのように向かわせました。わたしはそのかされたほうの道を進みました。

「あなた、八重子とゆうべ、二人きりで、人群れにまぎれたそうね、手なんか取りあって。それを見届けた人がいると、今日の午後、永村さんから電話がありました。」

昼の電話で永村治子さんが伝えてきた、洋二さんと八重子が仲睦まじく手を握って冬の夜の街路を行く姿が、わたしの頭に浮かびました。

その電話で、治子さんは、この一年ほど、なんとなく仲間内の目にとまるようになった二人のようすが、実際のところはどうなのか、二人のふるまいが「はなぶさ会」の和を乱し始めているので、このあたりで事実を確かめたほうがいいと思い、特に親しい三人の方にあとをつけさせた、と云いました。

「何もないほうがいいけれど、と願う気持でいたんですけれどね。」

治子さんはいつもの高い調子の声で始めました。八重子への競争心に満ちた治子さんの折りにふれてのことばや態度から察すれば、それは毒を持つことばで、よくまわる口からまっ赤な舌が長く伸ばされていることだろうと、静かに思いをやれば、本心はまったく別のところにあることに気づくはずのものでした。

その日の会を終え、簡単な食事とお茶もすませ、集まりの人たちは三人五人と別れてゆきました。洋二さんと八重子のうしろを三人が、冷えてきた外気も忘れて緊張してついてゆくと、まもなく地下鉄の出入口に着き、仲間のほとんどは階段を下りてゆきましたが、洋二さんと八重子はみなのあとにつづかず、地下への階段の前を通り過ぎました。その先の道で、残りの数人がＪＲの駅のほうへ折れましたが、二人はその角でしばらく立ち止まり、そこはまだ、金曜日の夜の八時前のことでしたから、人の往来も多く、人込みにまぎれて、洋二さんと八重子はそのまままっすぐに歩き始めました。

その先は大きな交差点になり、手前の脇道へ曲がれば繁華街から外れて、人通りもすくなくなるような道でした。うしろをゆく三人は、二人がゆっくりお茶でも飲めるところを探しているのだろうと思って、しばらくついてゆきましたが、三人もの見知った者があとを行けば、ふり向いた拍子に見とがめられないともかぎらないと、若い男の方にあとを託したということでした。

やがて、洋二さんと八重子はさりげなく身を寄せ、手を取りあいました。冷たくなった冬の夜の空気にその手は冷えきって、さぞぬくもりを求めていたことでしょう。そのまま二人は、それ向きの建物が立ち並ぶ一郭を行き始めました。新しい時代の大都会とはいえ、古い街並みがつづくそのあたりは、場所柄から街灯は暗く、建物の入口の塀に掲げられた利用案内板だけがやたらに明るく、眼にまぶしく映えるのでした。二人は一軒の暗い塀のむこうへ、闇の中へ、滑り込むように入ってゆきました。

治子さんは、あとをついて行った男性から、暗い夜の街並みの、そんな情景まで説明されたと云って、わたしの心を存分にかき立てたのでした。

「ここは、わたしにもつらかったところですけれど、みなさん方にいつもお話し申し上げている写実の精神にのっとって、ご報告いただいたところを、ほんとうのところを、できるだけ、そのとおりにお伝えさせていただきましたの。」

電話のむこうで、治子さんはきっと、うすい笑いを口の端にたたえていたことでしょう。落ち着きはらった口調で、そのように告げたのでした。

うす暗い街のそれらしい建物に身を寄せあって入っていった、洋二さんと八重子の姿を見届けた若い男性が、その塀に取りつけられた案内板に記された時間や料金を示す数字が眼にやたらとまぶしくて、自分がどういう場所にいるのか、何のためにここにいるのか、それほど若くはない二人なのに、いや若い日を終えてしまったからなのか、それぞれ家庭のある身なのに、このあと二人はどうしてゆくつもりなんだろう、こんなことが明るみに出て、「はなぶさ会」はどうなるのだろう、などと、あらためてあれこれ思って怖くなったと、公衆電話から治子さんに訴えたということでした。

寒い午後の電話の最後に、治子さんは云いました。風が音を立てて、ガラス戸の外を吹き過ぎました。

「ご主人があまりひどいことにならないうちにお伝えして、奥さまの、八重子さんとも長いご親友である富子さんの、あなたのお力で、なんとかなさらなければならないのじゃないかしら、そんなふうに思ったものですから、いやな役まわりですけれど、はなぶさ会での責任もありますから、わたしがお電話させていただいたというわけなんです。」

若い男の人の眼が、現実にまぶしいものを見た、何度もまばたきをくり返したと、そのように云うのであれば、眼の前の光景は揺らぎのなかったものでしたでしょうから、わたしはただ洋二さんに裏切られた痛さを、その当の相手にぶつけないではいられませんでした。

「そんな関係になって、あなた、八重子と、ほんとうにどうなるおつもりですか。ご主人も子供もいる相手と、わたしの二人とない少女時代からの親友とこんなことになって、わたしはいったいどうすればいいんですか。あなたのお父さん、お母さんのきまじめな生活ぶりからして、その子供のあなたが、まさかこんなことになるなんて、一度として思ってみたことなどなかったのに。」

なじりつづけるわたしに、洋二さんはひとことも洩らさず、青白い顔をして頬を引きつらせ、食卓のむかいの椅子に坐っていました。もともと無口な人でしたから、云いつのるわたしに、ことばなど挟むことはできないのでした。わたしは黙り込んでいるそのようすにさらに焦れて、いっそう怒りをつのらせ、テーブル越しに手を伸ばし、うつむいて坐っている洋二さんの頭を三度四度と平手で叩きました。

洋二さんは、「痛い、痛い、痛い、」と云いながら、わたしに打たれるまま、じっとしているのでした。そのようすに、さらに激したわたしは、「ワッ、ワッ、ワッ、」と喉の奥から声をあふれさせ、椅子から立ちあがって、食卓のむこうにまわり、うしろから洋二さんの首につかみかかり、絞め始めたのです。「ウウッ、ウウッ、ウウッ、ウウッ、」と、洋二さんの喉から異様な声が洩れ出ました。

ここへいたれば、洋二さんも、もうこれ以上、わたしにされるままにはいかないと椅子を激しく倒して立ちあがり、うしろからがむしゃらにしがみつくわたしの腕を取って自分の前へまわし、わたしの身体を強く抱きすくめたのでした。わたしはその腕から逃れ出ようともがきましたが、わたしよりだいぶ大きい洋二さんの大きな胸に抱え込まれて、重なって床に倒れ込みました。わたしは木の床に強く腰を打ちつけ、痛みに顔をゆがめながら、なおももがきつづけました。

食堂には灯油ストーブが暖かく燃えていましたけれど、北風が吹き荒れた一日でしたから、床までは温まりきらず、冷えきっていました。洋二さんの大きな身体で冷たく固い木の床の上に組み敷かれ、わたしはなんとか抜け出ようとしましたが、左手でわたしの身体を強く抑え込み、右手でわたしのお腹のあたりを洋二さんは静かにさすり始めるのでした。ゆっくりと撫で始めました。いつもの愛のしぐさと同じように、その右手はふるまうのでした。

十二月になっても、それほど厚手のものを着込んでいなかったので、洋二さんの手はやわらかくわたしのセーターの上を這いまわりました。わたしの心と身体を鎮めようとしたのでしょう。わたしは洋二さんのその手をなんとか払いのけられないものかとあがきましたが、しだいに身体全体に疲れが広がって、そのままにいるほかなくなりました。

わたしの身体は洋二さんの手で、やわらかく撫でつづけられました。わたしはもう、その手から必死に逃げようとせずにいるのでした。その気配をどのように感じとったのか、洋二さんはわたしのセーターの下へ手を差し入れ、下に着ていたブラウスの上から胸のふくらみをさすり始めたのです。

「何をするの。いったい、どういう神経なの。」とわたしは叫び、その手を払いのけようとしましたが、洋二さんはひとことも口に出さず、なおも片手でわたしを抑え込み、もう片方の手で胸を撫でつづけました。わたしは、「いやだ、いやだ、いやだ、こんなことは、いやだ、」と首を強く振って拒みましたが、洋二さんは執拗につづけるのでした。

洋二さんの身体の下で、このあらがいは嫉妬に狂ったわたしの心のものだ、その心の中に、わたしの身体の奥底へ呼びかけるものがある、心が身体と関わりを持たないことなんてあるわけがない、心と身体が一つのものだとはだれでも知っていることだ、身体も心と一緒に慰められたいのだ、心が深くまで慰められれば身体も深くまで慰められるのだ、わたしの心と身体は、いまいったいどのような関係になって、ここに横たわっているのだろう、洋二さんの身体の下で、この身体はこの心とともに、どんなものになっているのだろう、とわたしは疲れきって、果てのない、とりとめのない想いに寄せては返されているのでした。

わたしは見なれない、きれぎれな夢の中をさまよいながら、みずからへのけげんな思いを形にできないまま、冬の冷たい木の床の上で身体を開いてしまったのでした。

そのような夜がわたしにはありました。二十年前の冬の初めの夜のことでした。わたしは五十歳をすこし過ぎていて、洋二さんは五十半ばになっていました。その夜を最後に、洋二さんとわたしに男と女としての夜が、ふたたび持たれたことはありません。わたしは心も身体も洋二さんから閉じたのです。わたしはそれを、この心に、この身体に、痛く感じつづけてきたのでした。

それが、去年の、洋二さんの八重子のまぼろしへ向けたやさしい声に誘われて、わたしの身体の奥底によみがえるものがあったのでしょうか。身体の底から噴き出したわたしの激しい心は、やさしくあまいものでこの身体が満たされたいと望んだのでしょうか。そのふるまいをほしがったのでしょうか、ねえ、小柳さん。

## 三

色の褪せたブルージーンズの膝の上に大学ノートを広げて、前へうしろへとページをめくりながら、林田夫人の富子から二日にわたって聞かされ、メモした話を小柳老人は終えた。思っていたより長いおしゃべりだった。

桜が咲き盛るころになっても、小柳老人のワンルームマンションの事務所は、コンクリートの床に年代物の貧相なカーペットが敷かれているだけだったから、おしゃべりに出てきた夫婦の食卓と同じように、足もとがひんやりしていた。

部屋の空気が乾いていて、老齢のせいもあるのか、指先に湿り気がなく、小柳老人はノートのページがうまくめくれずに、人差し指をペロリとなめ、すこし焦れながらページをめくった。わたしはこのノートを借りて作業するのはおことわりだと思った。

「それで、最後に、富子さんはこんなふうに云ったんだ。」

小柳老人は笑みを頬に含んで、つづけた。

「わたしは、小柳さん、あなたとの友情を信頼して、ここまで打ち明けました。いいえ、あなたと知り合って、もう二十年以上になりますけれど、洋二さんとのあいだはそのような歳月の過ぎゆきでしたから、わたしは彼のことはすっかりあきらめて、ずっとあなたのことを、友情をそのままにして、お慕い申し上げてきたんです。この時代になれば、わたしが受けた洋二さんからの仕打ちは、ほんとうに暴力そのもので、とうてい許されるものではないのですけれど、その夜かぎりの痛い身体だと思って鎮めてきたのです。ですから、小柳さん、わたしのこの気持をなんとかお汲みいただいて、あわれと思っていただいて、たった一度だけ、ひとたびかぎりでいいんです、今日というこの日まで、七十過ぎまで生きてきて、あとどれほど生きながらえることができるかわかりません、ですから、残りすくなくなったこの世の思い出に、形見に、あなた、わたしをギュッと抱きしめてくださらないかしら、やさしくしてくれないかしら、こんな老婆になって、身体のあちこちが、しまりなくふくらんでいたり、ゆるんでつやもなくなっていますけれど、わたしがここまでお話ししたのも、小柳さん、わたしの思いはおわかりいただけたでしょうから、せめて、かわいそうにと、わたしたちに定められていたこの世のご縁と胸におさめていただいて、いまのところは考えさせてください、というくらいでけっこうですから、そのようにおぼしめしていただけないかしら。あなたのこれまでのご経験とはもっともかけ離れた齢の者を相手に、さまざま、八重子とあなたとのそのときとも、ずいぶん異なったものを感じて驚かれてしまうかもしれませんが、いまのところ、自分で申し上げるのもなんですが、どこといって特別な病いのないありようでもありますし、ここをこの先へと送ってしまうことになれば、ふた世を経めぐっても心が残ることにもなりましょうから、小柳さん、あなた、なんとか、お考えいただけませんでしょうか。」

小柳老人のこれは、このおしゃべりは、いったい何なんだ、この老女の打ち明け話のほんとうのところは、どういうことなんだ、とわたしは天を仰ぐ思いになった。指に挾んでいたボールペンを取り落としそうになった。

年老いた女性がみずからの心と身体に抱いている想いを想像したことなど、わたしは一度も、四十歳を過ぎるこの齢までなかった。老いの姿のその内側にあるものについて、若い身体と心が思いをめぐらすことなどあるだろうか。その内側にしこりとなっている傷を推し測る方法など、持っているものだろうか。

わたしはこれまで、そのような話題にも、物語にも、まるで関心がなかったから、老齢の女性の乞い願う気持を憑かれたようにしゃべる小柳老人の気持も、あまりよくわからなかった。それに、ひとつつけ加えておけば、わたしに欠如している最大のもの、これが欠けていることで、かえって身を助けられたり、また一身の丈から伸びしろを持たなかったりしたのだが、わたしは人の気持がよくわかるほうではないのだ。

「こんなふうに、富子さんはぼくに打ち明けたんだ。すこし調子の狂い始めた夫との暮らしが一年以上にもなり、その面倒を見る妻も、閉じ籠った暮らしのうちで、なにがしかのものを響かせてしまうようになったのではないか、とぼくは思った。けれど、ぼくは、そうだね、そこまでおっしゃるのなら、しばらく考えさせていただきたい、これだけを、長いあいだ、気持よく交際してきてくださった富子さんへの感謝のあかしに云わせてもらいます、でも、喜んで、とか、嬉しい、とか、ことばを飾るだけにしても、とても、そんなふうには云えません、それに、富子さんしか知らないことだけれど、ぼくにはまだ、八重子さんとのことが傷になっていて、とても痛いんです、いまここへと時間は過ぎましたが、富子さんとご主人の洋二さん、洋二さんと八重子さん、そして八重子さんと富子さん、また八重子さんとぼくとの、八重子さんとご主人の邦夫さんとの、それに妻の江身子とこのぼくとの、それぞれの関係に宿ったこの世の定めだって、ほんとうにきついんです、罪深く怖ろしいことなんです、その上にあなたとぼくとの罪を重ねるのでは、ますますつらく、苦しいこの宿世になってしまうのではないでしょうか、先ごろの巨大震災に八重子さんとぼくは頭を殴られて、まだどれほどの時間も経っていません、そのあたりのぼくの気持も理解していただきたいんです、けれど、人が人をほんとうに心の奥底から求めるのであれば、すべてのしがらみを超えてゆくことができるものでもあると、このぼくも受けとめたいとは思っていますから、人の生きる苦しみ哀しみはいたしかたのないものであると、心と身体におさめておきましょうか、それにしても、この身体はずいぶん齢を重ねていますから、無情なことだと、ふいに静まる事態になるかもしれませんけれど。こんなふうに、ぼくは応じたんだ。」

小柳老人は左手の親指と人差し指で、とがった顎をつまみ、うすい笑みを見せて、その日のおしゃべりを終えた。

## 四

小柳老人の「第二回目のおしゃべり」の終着は、あまりにも、わたしの理解の程度を越えて、はるか先まで行ったので、わたしは仰天する思いになった。

そこから気を取り戻すには、そのおしゃべりは、半年前の「第一回目」のつづきだと小柳老人が念を押して始めたものだったから、そこのところへ、邪念なく立ち返ってみることが妥当な方法だと思われた。

小柳老人は、おしゃべりをあらためて始めるにあたって、おのずから口をついて出るおしゃべりをまとめてほしい、どこにでもいるありふれた人間の、ありふれた日々をなんらかの形にしてほしい、と云っただけで、それをどのような現実の形にしたらよいのか、方向も具体的な願いも示さなかった。それは、どこのだれのものでもよい、世に多い、特に秀でたところのない人間が、暮らしのうちで紡いでいる思いをそれなりの形にしてくれればよいのだ、という気持から出ていると、わたしには思われた。

これまで、わたしは小柳老人から、「なにごとにも潮が満ちるように、自然な流れのままに、すべてを委ねて。」と折りにふれて云い聞かされていたから、希望も注文もないのはかえってやりにくいことだったけれど、ありのままに、道なりに、先へ行ってくれればいいと思い定めているからだろうとも考えた。

小柳老人はいったいどのように、世にありふれた日々をありふれた人間として過ごしてきたのか、それを見てみようとするだけでいいのだろう、とわたしは思った。身のほどを知ろうとするだけのことかもしれなかった。

わたしは小柳老人の「第一回目のおしゃべり」を録音したレコーダーのスイッチを入れた。パソコンには「「小柳老人の夢の残り」一　武田信介」とだけ打ち込んであった。

「小柳老人の夢の残り」一　武田信介

夜が明けても静かに降りつづいていた早春の冷たい雨は、昼近くになってやんだが、空はまだ灰色の厚い雲に重苦しくおおわれていた。小柳老人は隣りの家の屋根のむこうにのぞく暗い空に居間のガラス戸越しに眼をやりながら、明け方の夢に、みずからがあれほどの恋情に満ちたしぐさをしていたことをにがく思い返していた。

ぼくはもう、こんなに老人になってしまったのに、うすい眼をして、愚かなまま、いったいどこへ、どこまで行こうとしているんだろう。濃すぎた夢の残像が早春のどんよりとした空をいただいて立ち返ってきた。

夜明けの夢に、小柳老人のさまよい求める手のひらから、大友八重子の豊かな乳房があふれた。あふれ、こぼれ出た。逃がすまいと、小柳老人の手は追いかけ、ふたたび両の手に豊かなものを包み直した。あまく熟れた感触が手のひらに満ち、小柳老人はうっとりした。心がいっぱいに、苦しくなった。はるかに、遠くへゆく心地がした。小柳老人はいまここを過ぎゆく時間を大友八重子と一緒に果てしなくゆく感じがした。

「八重子さん、八重子さん、八重子さん、」

女の耳もとにくちびるを寄せて、小柳老人はしきりにささやいた。女の名前を呼ぶことは、みずからの慈しみをそそぎ込むことだった。女は名をささやかれるたびに熱い息を洩らし、眉をきつくしかめ、首を左右に強く振った。小柳老人は女の深いしぐさをさらに欲しがり、なおもやさしく名前を口にしようとした。

恋情が喉から声になって、音に満ち、出てゆこうとした。出てゆきかけて、ウッ、とくぐもった。小柳老人は眠りから覚め、口を押さえた。くちびるをきつく結んだ。首をまわして、隣のベッドで眠っている妻の江身子のようすを小柳老人はうかがった。静かに眠りつづけていることを確かめ、ほっとして、いまひとたび、あまいまどろみの時間のうちにたゆとうとして、眼をつぶった。手のひらに、八重子の豊かなやわらかなものの感触が残っていた。

目覚めてしまえば、それはうすれゆくのだと小柳老人は哀しく思い、苦しい恋情のあやうい名残りを、「八重子さん、八重子さん、八重子さん」と胸につぶやき返した。夫婦の静かな寝室に妻の江身子の寝息はつづき、そのむこうで、軒を打つ夜明けの雨の音がしていた。一日を始めようとベッドから降り立った小柳老人の足裏に、春浅い朝の木の床がひんやりした。

小柳老人はどんよりした空に視線をあずけながら、立ち返ってきた早朝の夢へのにがい思いに、身体全体でひどい疲れを覚えた。

五十代も半ばを過ぎると椅子から立ちあがろうとする脚がこころもとなくなり、六十歳を間近にして歩行に衰えを感じ始めた。歩を進める速度が落ちて、それまで気にもならなかったゆるい勾配が、そこここにこれほどあったのかと気づくようになった。身体に目立った故障はなかったが、老いはどこからやってくるのか、あの通りを過ぎ、この道をゆけば、足もとの坂と一緒になってやってくる、そんなたわむれを思うようになった。

こんなにもう、齢を取ってしまったのに、知り合いのだれもかれもおのれの力を世に刻もうと努めてきたのに、学生時代の友人たちも最終の暮らしへと勤めあげ始めているというのに、小柳老人はそう思い、身体の内側ががらんどうで、だれひとり、何ひとつ見当たらない広場にたたずんでいて、八重子の声が、軀が、ことばだけが、そこに息づいている感じがした。なんという、この心と身体なんだ。

鏡に映し出されるおのれの姿に折り折り眼をとめれば、十二分に齢を積み重ねた者の影になっている。その影に収められている心がすこしもふさわしいものになっていないのに、時間ばかりが経っている。老いた身体に見合う心は熟さず、何もわきまえられないまま過ぎた。何につけても身のふるまいを決めることができず、思いあぐねてばかりいる。青年時代からまるで成熟しない心を抱えて、いまこことというところにばかりいつづけてきた。

これで、よいのか。ほんとうに、よいのか、これで。おまえは、いまここに、こんなふうにあるばかりで、よいのか。よいのか、いまここに、あるだけで。

どこにいても、何をしていても、耳の奥で、胸の奥底で、その声が響いてきやしないか。このまま時間が逃げ去ってゆけば、声はとどろき始めるのではないか。

生きて、ここに、こうして、ただ膝を抱えている。これで、よいのか、これで。

夜の長い時間を大友八重子と過ごすようになって、小柳老人に十年余が経とうとしていた。一週間のうちに二日、あるいは三日も、夕刻から夜の十一時過ぎまで、日常とは別の二人だけの時間と空間にいた。狭いワンルームマンションの一室で過ごした。小柳老人と八重子にとって、向かいあう部屋や、隣りあう部屋にある世間から、できるかぎり遠ざかろうとする空間と時間だった。

世間を生きる人たちに見とがめられないように、その耳に届かないように、小柳老人は手早く玄関の扉の鍵穴に鍵を差した。扉を開け、そして閉めるたびに、みずからを閉じ籠らせるのだ、と小柳老人は思った。十年余の閉じ籠り人の時間が、小柳老人と八重子に過ぎた。

「また、土曜と日曜が来るわね。おうちの時間に、あなたを返してあげる。」

遅くなりがちな金曜日の夜の別れぎわに、八重子は小柳老人の耳にささやいた。肉づきのいい、愛くるしい顎をほんのすこし仰向かせ、くちびるをかすかに震わせ、八重子はささやいた。そのむこうに広がる世間を隔てる扉に背をもたれ、真紅に塗り直したくちびるで、八重子は小柳老人に呪文をかけた。

逢瀬のあまい夜の名残りが、ことさらに香った。小柳老人の道中を迷わせようと、香り立った。押し入れば外へ向かって白くはずみ返す軀も、伸びやかにいきいきと生きる心も、十年という年月の過ぎ行きの跡を残さず、あざやかに新しかった。

小柳老人は八重子の豊かにはずむ、六十歳を過ぎた年齢にふさわしくない白い胸と、大らかに伸び伸びしているその心の動きを、救い主のそれのように、日々に慕わしく感じているのだった。八重子がそこにあることで救われていた。浅く息する胸の奥底に新鮮な空気が恵まれ、よみがえる心地がした。八重子の肌のぬくもりを恋い求める手のひらは暮らしの時間のうちにもひるがえり、呪文めいた八重子の静かなささやきや激しく迫ることばが耳に届いた。

大友八重子が林田富子に連れられて、初めて小柳老人の事務所に来てから十年が経っていた。遅い春の一日に、八重子は五十歳を過ぎていたが、まだ青春の最後の残り香をとどめ、俗世間にうとい、恵まれた家庭を営んでいる、品のよいお嬢さん暮らしの匂いをまとってやってきた。

八重子はそれまで小柳老人が接してきた女性たちとは、まとう空気が違っていた。中年を過ぎた多くの女性たちが放っている、あらわな生活感がなかった。裕福な家庭に生まれ育ち、都心にある私立の名門女子中学校で富子と同級生になり、系列の女子高校、大学へと進んだ。卒業してまもなく、それぞれ一流会社に勤める男と結婚し、一人ずつ子どもを産み、絶えることなく親しく往き来してきたと云った。

がっしりした身体つきの、背丈もある林田富子のすこし固い感じと、背はやや低かったが、頬から顎にかけてやわらかく線が流れ、豊かに胸のふくらむ大友八重子のふくよかな感じとは対照的だった。好ましい友人づきあいが長いあいだ、おだやかにつづいてきたように思われた。

林田富子のほうは、そのときから五年ほど前に、わたくしの随筆集をぜひ造っていただきたい、こちらでいままで造ってこられた本を見て、とても感心したので、なんとかお願いしたい、とひとりでやってきた。それまで小柳老人は、さまざまな面倒を避けるためにも、知り合いからの紹介にかぎって仕事を受けてきたが、富子はだれの紹介もなく、小柳老人の事務所にいきなり電話をしてきた。

とにかく話を聞いてほしい、という熱心な声が、尻込みする小柳老人の耳に響き、会って話を聞けば、こちらでお造りになった本のどれもが細かいところにまで神経が行き届いて、ある考えのもとに手がかけられているように思える、わたくしの感覚にじつにしっくりきた、などと云われ、あまり持ち上げられてもと思いながらも、悪い気はせず、小柳老人は富子の初めての随筆集の編集制作をすることになった。

富子は熱意をそのままに、初対面のその日から十日も経たないうちに、十分に整理されていない手書きの原稿の束や、仲間内の雑誌に発表してきた二十年を上まわる文章の切り抜きを、紫に染めたきれいな布の袋に入れて持ってきた。時間も工夫も必要以上にかかりそうな分量に、小柳老人はふたたび尻込みをしかけたが、時間がかかってもかまわない、あなたが考えるとおりに納得のゆく本を造ってほしい、と富子が鷹揚にかまえてくれたので、すこしずつ丁寧に目を通して、感想や考えをそのつど説明しながら、一年ほどかけて二〇〇頁を越える本を造った。

随筆集ができあがったその日、応接セットのテーブルの上に置かれた真新しい本を見て、富子はためらいがちに手を伸ばし、開いた手のひらに一冊をのせ、きれいに揃えた指先で本のカバーをやさしく撫でた。大きく目を見開き、笑い顔を見せた。胸に抱き寄せ、そのうちまた、これに収録しきれなかった原稿で、もう一冊、造ってほしい、と云った。

その随筆集は仲間内だけでなく、広く世評も呼んで、エッセイ賞の候補にまでなり、気を好くした富子は、その後もまめに小柳老人に連絡を寄こし、仕事を始めてまもない小柳老人の、頼りない運営にまで心をくだいてくれるようになった。参加している随筆誌の仲間を紹介してくれたりした。そしてまた、二年ほどして、初めの本に収められなかった原稿とその後に書いたものをまとめて、二冊目の随筆集を出した。

小柳老人と富子のつきあいは親しくつづき、最初の出会いから五年の月日が流れ、ある日、つごうがよければ大友八重子をそちらに連れて行きたい、と富子が電話してきたのだった。それまでにも富子は、いちばん親しい八重子をいずれ紹介させてほしいと口にしていたが、さまざまなものごとをとどこおりなく進める富子にはめずらしく、なかなか実現にまでいたらなかった。

長つづきしている子供時代からの親友であれば、たがいに押しつけがましさを避け、配慮のようなものもあるのだろう、と小柳老人は思ったりした。それほど気をつかう仲ではないように富子の話には聞えたが、あるいは競争心もあって、過剰な意識がじゃまをしているのかもしれない、と推し測ったりもした。

富子と八重子は、裕福な家庭の少女たちが進む私立中学校に同じ年に入学したあと、二年生で一緒のクラスになり、それぞれ読書好きであったところから、少女時代、青春時代をとおして友情を育ててあった。何ごとにも落ち着いて丁寧に考えを進める富子と、夢見がちに空想に遊ぶことの多い八重子の、それぞれに異なる性格が、人や社会の動きに共感したり、率直に反発したりして、交友を深くしてきた。

順調に一緒に系列の女子高に進むと、八重子の発案で、二人の交流を「若草随筆倶楽部」とたわむれに名づけ、古典から現代まで、興味のおもむくままに日本の随筆文学に読みふけるようになった。一冊を読み終えると感想を述べあい、文章にし、批評しあった。それは富子と八重子のふたりだけの濃密な楽しみだったが、勉強会らしきものを行なっているといううわさが立ち、それを耳にした同級生や、ほかのクラスの文学好きの生徒たちからも興味を示され、さらに上級の学年へと広がりを見せていった。一年後には、女子大に進んだ学生の運動によって、同好会としての活動が認められ、大学から部室や活動費を援助されるまでになった。

ほどなくして、「若草随筆倶楽部」という機関誌を春秋に年二回、発行するまでになり、富子と八重子は同好会の中心人物として大学卒業にいたるまで、日本の随筆文学を読みつづけた。また、新しい時代の随筆文学を生みだそうと、みずからも書き、会員たちの中から積極的な者も出てきたりして、全国の大学で反乱する学生が社会をにぎわしていた時代でもあり、その空気にあおられ、夜を徹して随筆文学の本質などを議論したこともあった。文学少女そのままに学生生活を明け暮れた。

その後、大学を卒業してまもなく、文学サークルの交流で知り合った男性と結婚し、それぞれ子どもを一人ずつもうけ、似かよった家庭生活をいとなむようになった。日本の随筆文学への愛着は、母親や主婦として忙しい日々にあっても、親しむ時間がすくなくなればなるほど、水に渇いた喉のように増すばかりだった。そして、ふたりで相談して、子どもたちが手から離れる前に、会員として名前だけを連ねてきた「若草随筆倶楽部」にふたたび文章を寄稿するようになった。

小柳老人は八重子と富子の若い日々の話に耳を傾けていると、ふたりのまわりに匂うように漂っていたにちがいない豊かな若さが見えてくるようで、そのまぶしさに眼を細める思いになった。それにくらべて、同じ時代を過ごしてきたみずからの周囲に立ち込めていた、貧しく息苦しい日々の空気があらためてよみがえってきて、溜息をついた。

目の前の、灰色にくすんだソファに腰かけている八重子のふくよかな姿が、小柳老人に、すべてをゆったりと受けとめてくれる菩薩像に、いきなり見えた。肉づきのよい首まわりにふたすじ、やわらかい肉を窪ませた線が刻まれていて、それは菩薩像に見られる豊かな印と同じものに思われた。若い日に眼に焼きついた日本画の中の菩薩の姿と同じだった。細く整う美しい顔立ちが周囲から奪うものを多くするのに対し、菩薩像に似たふくよかな笑みをたたえる八重子の表情は、拒むことのない無防備な愛をもって、たくさんの恵みをまわりの者に与えるもののように小柳老人には感じられた。

たけなわな春の陽射しがあふれている部屋で、いまにもこちらに手を差し延べ、招くような笑みを浮かべている八重子を前にして、小柳老人はみずからの内側に長いあいだとどこおっていた、ずっとしこりになっていたかたまりが、解きほぐされるような気がした。

八重子のやさしくあまやかに匂う姿が、春の光に触れて、遠くから懐かしさをいっぱいにして訪ねてきたようだった。

すっかり色の変わってしまっている古びたソファが、五十歳を過ぎても青春の残り香を漂わせている八重子のゆったりとした姿の下で、ことさらみじめなものに見えた。八重子と同じ時代を生きてきながら、豊かな世界とは縁遠い小柳老人の貧相な暮らしにふさわしかった。狭くて、うすっぺらな、息苦しい現実では、恵まれた暮らしがおのずから育てる気品を身につけることができなかった。

小柳老人は八重子の、その軀にたたえられている豊かさを慕わしく感じた。乞い願って、求めるほうへ連れ出された。古い、くすんだ色したソファの上のふくよかな女性の像は、心が憧れれば、身体の奥底からうごめくものが勢いを増すことを告げた。それまで、妻の江身子を初め、何人かの女性たちと軀のつながりや、それに近い感情の往来があった覚えは多少なりともあるのだから、八重子を眼の前にして、新しい初めての女性の像を見い出し、欲望するのは、小柳老人には思ってもみないことだった。小柳老人の全身が激しくかき立てられた。

いまここを過ぎてゆく時間が小柳老人は痛くてならなくなった。せつないかぎりの音を立てて、一瞬一瞬が過ぎていった。これは、いったいどうしたものか、どのようにあればよいのか、小柳老人の内側で、頼りなく、幼なげに声を上げるものがあった。どこへ向かって、どうすればよいのか、八重子を恋い求めるものがしだいにうねりを大きくして、高い波となって押し寄せてきた。小柳老人はあらがうすべもなく呑み込まれた。

八重子は小柳老人のすぐ眼の前で匂い立っていた。小柳老人はうろたえた。小柳老人の激しくざわめく心と身体を知ることもなく、八重子は大柄な硬い身体つきの富子のかたわらで、ふくよかに、菩薩の像に、ほほ笑んでいた。小柳老人ははるかな時間のむこうへ忘れてきていたやわらかく跳ねる感情と身体をいっぱいによみがえらせ、大きく揺れた。小柳老人は八重子を愛してしまった。

その夜、小柳老人はなかなか眠りにつけなかった。昼間からつづく、うねりの高い波に漂う心地のままに、隣のベッドで眠る妻の江身子の気持よさそうな寝息を耳にしながら、眼を閉じていた。眠りから遠い時間が過ぎ、一瞬、闇の中を濃密に生きた気がして、小柳老人は眼を開いた。

〈季節を先へと急ぎ散る花びらの、ふたひらみひらを髪に受け、八重子がぬるむ春の夜の気配に軀を静かにあずけていた。小柳老人はこらえきれずに八重子を抱き寄せた。うすい闇の中で影がひとつ動いた。ふくよかな顎をすこし上に向け、八重子はくちびるを半分、開いた。真紅のくちびるが夜の灯にしっとり濡れて光った。くちづけして、と八重子の喉が絞られ、かすれ声になった。細めた眼と、真紅のそれが待ち受けていた。影がまた、闇の色にうごめいた。小柳老人が八重子をきつく抱きしめると、八重子のまとう春の夜の匂いがさらに濃くなった。八重子からあふれ出た。桜の根もとに満ちていった。黒い影が八重子の腰に取りすがった。)

小柳老人は夢に欲情していた。初老の夫婦が隣りあって横になっている寝床を小さく照らしている頭上の灯りが眼に入って、小柳老人は深く息をついた。濃く吐き出されたものがあった。

## 五

わたしはいまここに、半年前に行なわれた「小柳老人の第一回目のおしゃべり」を「「小柳老人の夢の残り」一」と名づけて文字にしてみた。レコーダーにとどめられた小柳老人の声を行きつ戻りつして、「文章」にした。

正直に云えば、わたしは能力に恵まれなかったみずからの生まれを歎き、努めてこなかったおのれの怠惰を呪いながら、小柳老人の声が、風になって通り過ぎたあとにできる砂の紋のようなものになったり、波が小さく残していった水の泡のようなものになって、それを眼にした者の瞳に残されるだけでいいのだと思う。それなりの形がひとの瞼の裏に、文字になって、のちに浮かぶなら、おもしろいことだろうと思う。

凡庸な文のこしらえ作業をごく身近でしてきたわたしの力を小柳老人はよく知っているはずだった。ひとよりとりわけ秀でていないわたしがどのようにまとめることができるのか、ほんとうは小柳老人に希望や見取り図がないことはないと思われたが、おのずから描かれたものを見てみたいだけなのだろうと、わたしは思うことにした。

天から才を与えられなかったわたしのような者には、「方法と技術と体力」の三つが当てにするすべてだったが、方法と技術のいずれも学ばずに来て、さらには体力にも支えられず、おまけに根気さえ欠如しているのだから、小さいわたしの姿のままに道なりに行くほかはないのだ。

わたしは以前、ある婦人の生活模様のあらましをまとめる仕事を小柳老人から頼まれた。婦人の先の戦争下から戦後へかけての回想録だった。足跡を家族や友人に残しておきたいと、小柳老人を聞き手に語られた。そのとき、わたしは、「今は昔、」という語り始めのことばを置いて、たとえば「寓話」のようなものにして伝える方法が、生まれるより以前の空気を知らない者には適切ではないのかと思った。

それは、「今という時間からすれば昔のことになる。」というのではなくて、「今という時間はすでに昔そのものである。」とすることだった。そのような「時と所」をまとめられれば、それを抱え込んで生きてきた婦人の一身の哀しさに届くのではないかと思った。ただ、婦人の生活記録は、わたしがあまりにも抒情に流され、過剰なものにしてしまったので、何度かまとめ直しをさせられたあげく、小柳老人みずからが始末をつけるものになってしまった。

婦人が生きた戦中戦後の生活模様にしても、このたび取りかかった小柳老人が過ごしてきた日々にしても、「今という時間」にいるこの身体と心に「昔」はすべて抱え込まれ、「過ぎた時間」は折り畳まれているのだから、どれだけきちんと、平たい帯状のものに、「寓話」として延べ広げることができるのか、わたしにすれば、それが問題だった。

たとえば、わたしはここまで、「小柳和也さん」のことを「小柳老人」と呼んできたけれど、「折り畳まれた時間」のうちの「彼」は「老人」と呼ばれる年齢ではないのではないか。五十歳のころの「彼」を「小柳老人」と呼んでいいものだろうか。わたしは嘘をつこうとしているのではないけれど、嘘のようなものに成り代わられてはいないか。成りすまされていないか。

「小柳老人のおしゃべりの現在」は、この春に持たれた「第二回目の時点」と、数か月前に行なわれた「第一回目の時点」だから、すでに「七十歳になった現在」では、「小柳老人」と呼ばれるのにふさわしい。だが、そこで「しゃべられている小柳老人の現在」は「十年前」だから、小柳老人の六十歳のころのことであり、大友八重子は二つ歳上の六十二歳だから、この長命の時代に、小柳老人のおしゃべりが剝き出した婦人の、あのみずみずしい軀と心とがざわめいた情景は、老齢のそれからも、だいぶ離れたところにあったのかもしれない。

「しゃべられている時点」より、さらに「十年前」に、大友八重子は林田富子に伴われて、初めて小柳老人と顔を合わせたのだから、八重子が豊満な魅力をいっぱいにたたえて現われたのは、小柳老人のおしゃべりにはいろどりが過剰に添えられているのかもしれないけれど、抱きしめればふっくらと小柳老人の腕に応じた八重子の軀は、枝を離れて次の時間に移りゆく果実が熟したのにも似た、生殖の盛りを過ぎた女性の、しっとりとうるおいを帯びた、それだったろうか。

富子の印象もまた、人の眼には、自然にたたえられたその上品なたたずまいは美しく、うるわしく映ったにちがいない。富子はそのときから、さらにさかのぼる五年前に、小柳老人の事務所へ随筆集の制作の依頼に来ていたのだから、四十代半ば過ぎの身体つきは、年齢を増すことにあらがいを強く濃く示しているものだったのかもしれない。

わたしが小柳老人の仕事をするようになった十年前は、小柳老人が大友八重子と過ごしてきた年月が、十年ほどになるところだった。折りに触れて、小柳老人は八重子や富子が書いた随筆への感想や、又聞きの噂などをしゃべったが、三人の関係については触れなかった。わたしは小柳老人が生きている「もう一つの時間」のことを知らなかった。

わたしは小柳老人とのつきあいが深まるにつれ、そのおしゃべりを「寓話」が語られているようにおもしろく聴き、理解の悪いわたしの頭にも染み入ってくるようで、ごく自然に耳を傾けていた。わたしは小柳老人の内側に畳み込まれている、さまざまの、ありふれた暮らしの一日の、その一光景くらいを、そのうちまとめてみたいものだと思うようになっていった。

日常の暮らしではほとんど聞くことのない、「老年という時間と場所」に折り畳まれている日々を、ひとつの「寓話」としてまとめあげられないものだろうか、「現在に畳み込まれている小柳老人の時間と場所」の、そのどこへ出入りするのも自由なのだから、折り畳まれて皺になったそれを、きちんと延ばすことができるのか、広げられるのか、このたびの小柳老人の依頼はそれを試みるのにちょうどよい機会だった。

齢を取ることについて、小柳老人がどんなふうに感じてきたのか、もう数年前のことになるが、それについてのおしゃべりのひとつが、「寓話」として印象深くわたしに残っているので、それを記しておきたい。

## 六

八歳の少年である小柳老人が扮する青年が、片手に抱えていた玉手函を浜辺の砂の上に置き、紐をほどいて蓋を取ると煙が舞いあがり、少年である青年は、一瞬のうちに、どのように老人の風体になったのか……。

小柳老人はそこで息をつき、その変わり身ぶりは、老人へ向かって勢いを増していることのところの自分の過ぎ行きを思うと、それをはるか昔に予行したのだから、不思議と思い出されるんだ、と云って、親指と人差し指でうすいくちびるをつまんだ。

「ぼくは眼のクリクリした丸顔のかわいい子どもだったから、女性たちから、いつも大いにやさしくされたものさ。」

小柳老人は含み笑いになって、おしゃべりをつづけた。そのときの姿が画像にでもなって頭に浮かんだのか、無防備な顔つきになった。

「母親が村の娘さんたちに和裁を教えていたから、ぼくの家は若い女性の胸苦しいいきれで、よくいっぱいになったものさ。昔の家のことで、開け放たれた座敷から、娘さんたちの笑い声や、かぐわしい香りまで漂い出て、廊下を通ると、幼いながらにあやしい胸のときめきを感じたものだったな。その中にとびきり愛くるしいひとがいて、そのそばに近寄りたい衝動をぼくはたびたび覚えたものさ。その娘さんは、入浴中に男の影がいくつも窓の下に見受けられると噂されるほどの女性だったから、ほんとうに素敵な娘さんだったんだね。」

小柳老人が眼のくりくりとした丸顔のかわいい八歳の少年であったのはそのとおりだっ

たのだろうと思っても、うまく想像できるものではなかった。

「ぼくが主役の「浦島太郎」が行なわれたのは、その娘さんがお嫁に行った桃の節句のころのことだったから、記憶はかならず一緒によみがえってくるんだな。ぼくはまだ小学校の二年生だったたよ。南方に新婚一年で出征した夫が戻らなかった担任の渋野先生が、ぼくをかわいがってくれて、主役に抜擢されたのさ。渋野先生も子どもの一人でも恵まれていれば、戦後の運命も違ったのかもしれないけれど、遺骨も戻らなかった夫のことをだれに歎けばよかったのか、そのころはまだ、敗けたばかりの戦争が、みんなの胸に、それぞれの影を曳いていた日々だったたんだね。まあ、それはともかく……、」

そう云って、小柳老人は額に皺を刻み、眉を吊りあげた。だいぶ白さが目立ち始めた、額からずいぶん後退した髪の毛を掻きあげた。

「それでね、昔の小学校には、講堂とか、体育館のような催し向けの建物はなくて、おおかたの行事は、校庭とか、仕切り戸を外して大きなひとつの教室にできるところで行なわれたものなんだ。あちこちの学校をまわりながらやってくる巡回映画なども、窓ガラスを暗幕で覆ったその教室で上映されたものさ。映写機から放たれる一条の光が教室の黒板の上に垂らされた真白い映写幕に映るやいなや、わくわくしたよ。部屋の中に舞っている埃が、まっすぐな光の線に浮き出され、きらめいているのを見ることほど、よろこびがきわまって、かえってぼくをせつなくさせるものはなかったね。そんな教室で、ぼくの「浦島太郎」も行なわれたのさ。桃の節句の季節だったから、外の空気は冷たかったけれど、教室の中へ暖かい春の光はたっぷりと射し込んで、春の一大行事の見学に来ていた者たちをぬくもらせ、身体や気持ちをどれほどわくわくさせたことだっただろう。」

鯛や平目が舞い踊る中、美しく着飾った乙姫や腰元たちとにぎやかに遊び呆けていた龍宮から、青年漁師に扮した八歳の少年である小柳老人は、右手に玉手函を抱え、左肩に釣り竿を担いで、浜辺へ帰り着き、夢から醒めない心地にぼんやりと立ちつくしていた。

その朝、ここで子どもたちから悪さをされて、涙を流していた亀を見かねて海に帰してやれば、浜風も静かになった夕暮れに、姫の使いで来たと助けた亀が甲羅を差し出し、それに跨がると、ひと呼吸した覚えもないうちに、珊瑚や貝で飾り立てた美しい城に着き、ただ夢のうちに三日ほどを過ごしてきた感じしか、太郎のぼんやりした頭にはなかった。

「一幕目は、太郎が海の底にある、あるいはそこはだれも知らない島なのかもしれないけれど、貧しい現実の苦しみから、つまるところは、よろこびだけがある見知らぬ所を、いつの時代でも人は思うものだから、たったひとつでもよいことをすれば豊かなよろこびが手に入らないともかぎらないという、そんなはかない望みにね、そうさ、空から垂れた細い蜘蛛の糸につかまってでも、抜け出したいつらい場所はあるのだから、そういうところでは、たくさんのよいことなどできやしないのだから、ただの一度でも、踏み出した足の裏が踏みつけそうになった蟻に気づき、爪先を横にすっと避けるだけでもいいような、そんなひとたびかぎりの機会を浦島の太郎は恵まれて、思いもしなかったよろこびを与えられたというわけなんだな。

二幕目は、舞台の中央に太郎が一人、立ちつくしていて、ぼんやりした頭には見知らぬ所で見た夢がつづいていて、どうして自分がこんなに寂しいこのいまここへ戻ろうとしてしまったのか、なんだか得心のいかない思いだけれど、生活を痛がる母と妹を捨て置くわけにはいかないと、妖しい女との楽しさをなお先にくり越したいと望む身体の底で、その心が苦しんだからではなかったか。こうしてこのまま、ずっと手さえ握っていれば時間はけっして経ってゆかないと、終わらないよろこびの時間のうちにいられると、豊かなくちびるからあまく洩れる姫のささやきに、どうにも腰を引きすえられた身体だったけれど、そのたびに貧相な二人の女の影が射し、あわれな泣き声が立ったからではなかったか。かたわらでささやく姫の、だれにも救ってもらえないのだという歎きが耳に染み入り、そのつど身体が応じそうになるのを、また同じ心が苦しみ、痛みながら、いまここへと身を引き剝がしてきたのではなかっただろうか。」

夢の世から三日後に、元の浜辺に戻った太郎が手にしていた玉手函は、昼の光をまぶしく反射して、この世から遠く離れたものの持つ輝きを放っていた。終わることのないよろこびの時間だけでできている土地の思い出に、いっそう華やぎを添えるからと龍宮の姫が持たしてくれた宝物であった。そのあでやかな姫の口が、しかるべき時が来るまでは絶対に蓋を取ってはいけないと、不思議な約束を固く求めたのだけれど、太郎にしてみれば、うなずき返すだけの、あまくせつないさよならのささやきにすぎなかったから、母と妹が痛む生活がこのここの眼のうちに浮かんでくれれば、痩せこけた二人の頰に驚きの笑みのひとつでも浮かばせたいと、宝の函を砂の上に置き、節くれだった指の動きももどかしく、きつく結ばれた紐をなんとかほどき、蓋を持ちあげた瞬間、中から真白く濃い靄が漂い出て、太郎の全身を包んだのだった。

「ぼくが実際に演じた芝居では、ふっくらしたバネじかけの綿のかたまりが箱から飛び出したんだよ。その瞬間、みんな、ワッと驚いたものさ、笑い声も大いに混じっていたよ。ぼくはその歓声を耳に、二歩三歩とよろけ、舞台の袖に転がり込んでいったのさ。そこには渋野先生が待ちかまえていて、大急ぎで、ぼくは頭と顎に真白い綿で作ったカツラとヒゲをつけられ、ふたたび舞台の中央まで転がり出たんだよ。観客席に、歓声がさらに響きわたったのは云うまでもないだろう。そこで、幕が引かれ、一場を終えたわけさ。」

八歳の少年だった小柳老人は、壮健な若い漁師の現実から、昼日中、白髪白髯の老人に身を変えられ、ひといきに老人になった。こんなに怖いことが、この世には起こるんだ、と思った。

「身がすくんださ。こんな身の変わり方があるんだ、遊び呆けて帰れば罰が当てられ、一瞬のうちに老人にされるんだ、母親の云うことをきかないぼくは、きっといつか年寄りにされるんだ、と思ったよ。それにしても、なぜ、乙姫はあんなみやげものを太郎に持たせたんだろうかね。これは、ぼくのよこしまな推しはかりだけれど……、」

と小柳老人は云って、この日の長いおしゃべりが目指していた場所を思い出したように、つづけた。

「三日三晩にわたって歓待されたあと、三年後とも、いや三十年後とも、あるいは三百年後とも云われる時間へ、どうして太郎は送り届けられなければならなかったのか。なぜ、いきなり老人になど、ならなければならなかったんだろう。母は妹は、どこへ行ったのか、生き死にも知れず、村の者たちのどの顔も探るようにしか見られない時間へとさ。それはね、太郎が遊び呆けたことへの罰でも、乙姫の、このわたしを残して帰ってゆくのかという太郎へ向けた憎しみでもなかったのさ。だってね、乙姫は、老いることのできないみずからの身の定めをずっと歎いていたから、太郎が老いから逃れられない地上の者であるかぎり、一度に年を取るほうが、かえってありがたいことなんだ、しあわせなことなんだ、と太郎に教えたかったんだな。すこしずつ年老いていき、だんだん醜くなってゆくなんて、若い身体と心であったことへの冒瀆にほかならないさ。昨日が今日か、今日が昨日か、いまここにある時間の混乱までもがなじみのものになれば、長生きしたツケがまわってきたということさ。バチが当たったとは、このことじゃないかい。姫はきっと、帰り着いた太郎が、すぐに玉手函の蓋を取ることを知っていたんだ。だからこそ、龍宮にいた三日ほどをこの世の三十年に、いや三百年でもいいのだけれど、元の浜辺でみなが生きる時間より、そうさ、すこしずつ人の世から去ってゆく時間より、苦しみや哀しみをあまり味わわないような、残りすくない時間のほうを太郎に与えたというわけさ。乙姫の太郎への、とても大きな愛だったんだ。太郎がすぐに玉手函の蓋を取らないで、一年後、五年後、いや十年後になるかもしれないと思えば、みずからのもとを去っていったことへの罰や憎しみの仕打ちにはならないし、だんだんと年老いてゆく醜さ、汚さ、酷さを太郎に味わわせることになるわけだから、すぐに蓋を取らせ、一瞬のうちに老いさせることこそ、いっそうの華やぎを太郎への楽しかった時間の記憶に添えるみやげものになるというわけさ。」

小柳老人は深く息を吸い、ゆっくりと吐いた。長いおしゃべりにさすがに疲れを覚えたようだった。眉根をすこし寄せ、眼を細くした。白髪を掻きあげ、細い顎をつまんで、その日のおしゃべりを収めた。

## 七

「小柳老人の第一回目のおしゃべりのまとめ」を「『小柳老人の夢の残り』一　武田信介」として小柳老人に届けたのは、「第二回目のおしゃべり」を終えて、ひと月ほど経った五月の半ばだった。桜の花の下でのはしゃぎが、まだあとを引いているような好天に恵まれた一日だった。眩しい夏の陽射しを思わせる強い光があたりにはあふれていた。

わたしは小柳老人の事務所を目指して坂を上っていった。わたしには、「小柳老人のおしゃべり」を「寓話」として、そこに畳み込まれている皺をきちんと延ばすことができているかどうか、そのことだけが問題だった。小柳老人がいったい何を日々の暮らしの中で貴いものにして過ごしてきたのかを、「寓話」が持っている働きだけが、それをあらわにできるのではないかとわたしは思っていた。坂の勾配がいつもより長く、きついものに感じられた。

固い事務椅子に腰を下ろし、額に浮き出た汗をハンカチでぬぐいながら、わたしは落ち着かない気持で小柳老人の仕事机の上に、「「小柳老人の夢の残り」一　武田信介」を置いた。一枚目には、題名とわたしの名前が印刷されてあるだけで、小柳老人はそれに眼をやると、「まあ、ありがちな題に思えるけれど、いまのところはこんなものなのかもしれないね。」と眼を宙にはすかいに逸らして、云った。わたしは急に息苦しさを覚え、身体にさらに汗をにじませた。刃物の先が皮膚をかすめたようにそのことばが痛く感じられた。

小柳老人はプリントを手にして、ほとんど斜め読みに一枚二枚とめくっていった。そのめくる速さは、読むに耐えないものだからか、とわたしに思わせ、いっそう肌がひりひりした。

それほどの時間もかからずに、小柳老人は「「小柳老人の夢の残り」一」のプリントを最後まで斜め読みにめくり終えると、メガネをはずして、左の手のひらで軽く顔を撫でまわした。わたしはすこし吐き気を覚えていた。胸が詰まりそうになり、咳き込んではいけないと、静かに息を吸って、吐いた。三度ばかり、くり返した。わたしの母方のいとこは喘息で命を縮め、母親も入院治療などしたので、わたしはいつも呼吸器の調子に敏感だった。

わたしのようすをどんなふうに見ていたのか、小柳老人は「なんとかなるかね。」と云った。わたしは咳き込みそうになりながら、白い紙の上に黒くつづく文字が、濃いくまどりをもって意味を成していることに、いまさらのように思いいたって、ぞっとした。小柳老人の手につままれてひらひらしている紙に、「小柳老人の夢の残り」などと意味を定め、「寓話」にいたろうとするなんて、そら怖ろしいことじゃないのか、「小柳老人のおしゃべり」を文字にするなど、無用のことではないのかと思った。

「おしゃべり」は「ただのおしゃべり」として空中に放たれ、宙にさまよい、ひととき浮かんでは、消えゆくままにしておくものではないのか。文字に代えても、何ひとつ見い出すことのできない、虚しいだけの、乱暴狼藉なしわざではないか。徒労ないとなみの痕跡にすぎないものではないのか。

「小柳老人のおしゃべり」は小柳老人ただひとりを超えて、「寓話」として普通の暮らしをしているたくさんの人たちの心の実際に通うのだろうか。「小柳老人のおしゃべり」と格闘しているあいだ、わたしは夢に、こんな場面をくり返し見ていたのだった。

(「ああ、いやだ、いやだ、いやだ。」とおんなが夜道で大きく首を振ると、サアッ、サアッ、サアッ、と漆黒の長い髪が風を起こした。振られた黒髪がおんなの細い首を追い越し、巻きついた。「ああ、いやだ、いやだ、いやだ。」と、さらに執念深く長いものがおんなの首に巻きついて、強く絞めた。おんなは笑いを浮かべ、おとこの顔を流し目に捕えて、向こうへ一歩を踏み出した。その瞬間、おとこが硬ばった手をおんなの肩に置いた。おとこの手の甲が赤黒く街灯に照らし出され、みずからの影がおんなの背中に映っているのが見えた。おんなは肩をすくめ、おとこは夜を歎いた。)

わたしの吐き気はじんわりとつづいていた。喉のつまりがきつくなり、咳き込みそうになった。吐き気がさらに増した。「ウプッ、ウプッ、ウプッ、」とおくびまで出るようになった。わたしは応接セットを指差し、

「すみません。どうにも吐き気が収まらないので、すこし横にならせてください。」

細い声で云った。わたしは小柳老人の視線を痛く感じながら、ソファまでそっと歩き、腰を下ろした。背中をもたせかけ、靴を脱ぎ、足をソファに載せ、横になった。

眼の前の相手から逃げ出したように、わたしはわたしのことを感じた。目をつぶって、深く息を吸い、ゆっくりと肺の中からすべてを出しきるように努めた。しだいに肺に残っていた汚れた空気が吐き出され、頭の芯のあたりからスウーッと熱が引いて、すこしずつ浄化されるような気分になった。「ウプッ、ウプッ、ウプッ、」と口の中へ上がってくるそれを、そっと外へ出せばよかった。

わたしは、気をつけて息を吐き出しながら、そういえば、小柳老人は、このここの、いま、わたしが横になっているソファに腰かけていた八重子さんに、聖なる像を見たのだと思った。このここに、この古びたみすぼらしい応接セットに坐った女性の、そのゆったりとした姿に、小柳老人は菩薩像を見たのだ。その折りの、濃密で、痛切な思いを、わたしはこのたびの「おしゃべり」として、いまここにまとめてきたのだ。

いつからここに据えられているのか、いまは毛も磨り減り、人のお尻の形に窪んだその折りの、わたしがこのここの文字にとどめているソファが、現実に、いまここに存在している。わたしは、吐き気をこらえているこのわたしは、そこに横たわっている。わたしの身体の熱を具体的に受けとめて、そのソファが、このここに、現実に、存在としてある。

わたしのまぶたの裏に、ふっくらとした首のまわりにやわらかい、豊かな慈悲の印を刻んでいる八重子さんの姿が映っている。眉根を寄せながら、かすかに笑みをたたえ、よろこびに満ち、あふれ出るものを惜しげもなく小柳老人に恵んでいる。より豊穣に、なおいっそうの深みを狂おしく求める小柳老人に、八重子さんはとめどない喜悦の情をわかち与えている。

貧相な景色の中をあきらめきれずに、五十の齢になるまで何を求めて、得られたものは何だったのか。それがもう、どうにも尋ねきれない、見つけることができない、と胸の奥で悲鳴を上げながら、小柳老人の手のひらが、白くやわらかい八重子さんの肉の上をさまよっている。八重子さんの豊かな軀をまさぐっている。

みずからの肌の上を激しくさすらうくちびるが、尋ねあぐねてわなないているのなら、わずらいへのいつくしみになるのなら、と歓喜する菩薩の相で八重子さんは恵んでいる。得られないのなら、得られないものは得られないままに、もういいのではないか、と小柳老人の渇いたものを潤おそうとしている。

わたしはまた、そっと、「ウプッ、ウプッ、ウプッ、」と宙空に息を吐いた。短い眠りのうちにいたのか、それとも気を失ってでもいたのか、わたしは意識を取り戻したように感じた。わたしのうすく開けた眼に、腕を組み、眼をつぶって、テーブルのむこうのソファに、現実に、やはり存在として、小柳老人がじっと坐っている姿が霞んで見えた。

## 八

カーテン越しに射し込んでいる五月の強い陽射しに部屋の中が暑くなっている。汗ばみながら、ソファから身を起こしたわたしに気がついて、小柳老人は眼を開け、腕組みをほどき、わたしのようすをうかがう眼の色になって、云った。

——だいぶ疲れが溜まっているみたいだね。陽気が好くなって、急に疲れが出たんだろう。それにしても、ぼくのまとまりのない「おしゃべり」を苦労して、こんなに丁寧にまとめてくれてありがとう。ただ、あらためてこうして文字になったものを眼にしたら、じつに薄気味悪いものを見るようで、じんわりと背すじからにじみ出るものを感じてしまったよ。

——一枚目に印刷された題名について、「まあ、こんなものだろう、」というふうに云ったのは、ぼくの覚悟のためだったんだけれど、その次の紙に印刷されている文字を眼にしたとたん、どうにも、その先に眼をやることができなくなったんだ。けれど、きみを気づかって、いちおう最後まで、ひととおりめくってから、「あとで、ひとりになって、きちんと読むことにしたい、」と云おうとしたら、いきなりきみの頭が揺らぎ出してしまったのさ。

——こうしてここに、八重子さんや小柳老人の名前が文字になって印刷されているのを見たら、なんだか、どこの何者とも知れない者がうごめきを激しくしているのを見るようで、テープに吹き込まれた自分の声を耳にするみたいに、気恥ずかしい、じっとしていられない思いになってしまったんだ。臆面のないぼくの「おしゃべり」に、すっかり気味悪くなってしまったんだ。

——ぼくはもう、十分に齢を取った。すっかり老いを重ねている。こう思えば思うほど、いったいぼくのこの心は、この身体は、何を感じてきたのか、そののちのいまここにあるのか。どんな思いをしたから、いまここにいるのか。どんな思いをしなかったから、いまここまで来ることができたのか。そのことが、どんどんわからなくなってきた気がするんだ。あのとき、あそこで、ああしていたぼくと、このとき、ここで、こんなふうに考えているぼくとは、ほんとうに同じ者なのだろうか。ぼくは、ぼくにこう訊いてみるけれど、どうにも、同じ者である感じがしないのさ。それはただ、ぼくがぼくを見失っているからだろうか。

ここに来て、小柳老人の口から「ぼく」ということばがたくさん出てきたので、部屋に満ちている熱気のせいもあり、まだすこしぼんやりしていたわたしの頭では、その指し示す人物が眼の前にいる者のように感じられなくなった。そういえば、この世代の人たちは、十分に老人になったいまでも、「ぼく、ぼくらは、」と恥ずかしげもなく口にすることだなあ、とわたしは思った。

わたしは気を取り直そうとして、いつのまにか小柳老人が用意してくれていた、テーブルの上のコップの水を口に含み、ゆっくりと飲んだ。わたしはありがたく思い、すこし落ち着いた。

――それにしても、ここに、武田君に、小柳老人と名づけられ、痴れ心や痴れ業を恥ずかしげもなく晒している者の姿は、まったく、まともには思えないね。この老人はどんな顔して、この現実を生きてきたんだろう。この繊弱な心のゆらぎと愚かな身体のありようは、その内側にもう一人、別の者が生き、もう一つ、別の時間が流れていたとしか思えないよ。

小柳老人は、このところ、わたしの眼にもとまるようになった、皺ばんだ右手の親指と人差し指で顎の先をつまみ、わたしの頭上に視線をさまよわせた。すると、その眼がキラと光った。わたしは以前にも、その眼の光を見た覚えがあった。

——いま、七十歳という齢の、過去からの風が吹き返している峠に、なんとか取りつけば、先へ行くにつれ、行くほどに日は暮れ、足もとはよろよろと、ただ道の残りを推し測っているだけの姿をしているんだ。よく見れば、ふわふわと、羽の透けたうすばかげろうが宙に浮かんでいる影のようなんだ。

「うすばかげろう」という、小柳老人がみずからをたぐえたそれを、わたしは初めて耳にした。路面からわずかに宙に浮き、たよりなく小柳老人が漂い流れてゆく姿が見えてきて、それはかえっておしゃれな感じに、この世から無縁の身の者として、日暮れに途方に暮れている姿を云いとどめたようで、思わずわたしは、「アハハ」と笑った。

——うすばかげろうの似姿で、いまここに漂えば、あそこで、あんな日々に、ぼくは、あったのかと、そこはまぼろしの、うすぼんやりしたものになっているようなんだ。あの、あれは、あの、あそこに生きていたものは、ほんとうにこのぼくだったのだろうか。

——そうして、ある日、ぼくはまるで透明なビニール袋の内側にいるようなんだ。ビニール袋の内側から、みんなが、明るい昼の光に包まれ、右へ行き、左へ行くのを、見ているのさ。とうに過ぎてきた日のぼくも、ビニールの膜のむこうにうすれ、ぼうっとかすんだ姿で見えているよ。

——また、春の風に吹かれて街を漫然と歩いていたり、梅雨どきに街はずれの公園のあづまやで雨の音に包まれて本を読んでいたり、あるいは真夏になって家の近くの神社の境内で涼風と蟬しぐれに陶然としたりしていると、そのぼくのことを頭の上から見ているぼくがいる。これはもう、この世にあるのでも、あの世にいるのでも、あの世から見ているのとも、この世から覗き込んでいるのとも、たいして変わらない。じつにもう、この世を生きながら、この世から離れてあの世に身を置いているように、あの世から、それも頭上ほんのわずかなところから見ているんだ。すると、一度かぎりの、ただひとたびの、この生を哀しみ、歎く声が聴えてくる。かわいそうに、かわいそうに、かわいそうに、とあわれむのさ。

カーテン越しに窓から射し込んでいた陽も、だいぶ翳り始めていた。ここまで息を継ぐこともなくしゃべりつづけてきた小柳老人の顔に、疲れが浮かんでいた。その顔を、わたしはあらためて見直した。

——人さまの顔が、以前に、一度二度、いや何度も、どこかで見たことのあるものになって、おや、この顔は、あのときに見たものだ、ああ、あの顔は、あそこで見とがめたものだ、これは、はて、すこしあとで見る顔ではなかったか、と思えたりする。どの顔もみな、見覚えのある顔になる。十年くらい前、いや三十年も前にか、その、そこにいたような、あるいは三十年後に、いや二十年もして、ぼくがいつまでもながらえ、眼の前にでもいるかのように、とうに逝った父や母、何十年も前に幼いうちに亡いものになった兄によく似た顔とすれ違ったりする。この世の人も、あの世の人も、同じ世の人さ。

天井とガラス窓のあたりをさまよっていた小柳老人の眼に、先ほどと同じ光が揺らめいた。わたしは、ああ、このゆらめきは、と思い出した。たしか、三、四年ほど前のことだった。

ある日の午後、小柳老人が、じつは飼っているイヌのことだが、ゆうべ、仕事がなかなか片づかなくて、終電前に、駈け戻る気持で家に帰り着き、とりあえず居間で横たわっている姿に声をかけ、着替えていたら、そのあいだに息が絶えてしまったんだ、と云った。

この一年ほど、すっかり弱ってきたものだから、しものめんどうを見たり、毎夜、ぼくの蒲団のそばに寝かせ、つらそうにあげる声をなだめすかししてきた。それまでは、ときどき、気まぐれに散歩に連れ出すくらいだったのが、そんな夜を、去年の秋からこの初夏へと送るうちに情が移り、ほんとうにぼくの帰宅を待って命を終えたのか、と涙は不覚にもにじみ出るものさ。それで今朝、急いで茶毘に付してきたものだから、と小柳老人は待ち合わせの時間に遅れた言いわけをした。

そのときに、小柳老人の眼の中に揺れた光と同じだった。小柳老人とわたしとの上に十年という月日は確かに流れ、変わらないものは世の始まりから何ひとつとしてないのだという思いを、わたしはみずからの底荷としてきたのだけれど、小柳老人のそこかしこに見える衰えぶりは、常なるものなどどこにも、何ひとつないことが、この世界でただひとつの常なるものであることをあらためて認めさせられて、その覚悟に、かえって切り返され、傷みを覚えるばかりだった。

# 九

この日の小柳老人の「おしゃべり」は、いずれ、「小柳老人の夢の残り」の「一章」としてまとめることができるもののように思われた。けれど、それはそれとして、とにかく手元に届けた「第一回目のおしゃべりのまとめ」に対して、なんらかの応答があってもよいはずだった。わたしは待ち受けた。ところが、三日経ち、一週間、十日と過ぎても、六月になっても、小柳老人からは何の連絡もなかった。

梅雨入りが近くなったことを思わせる、灰色の暗い雲が頭上に重たく塞がる日々になった。小柳老人と顔をつき合わせて話しあったあとには、これまでは五日も経たないうちに簡単なはがきが、保留した用件の再提案や予定などを癖の強い手書きの文字で書いたものが届けられたが、そのようなものもなかなか来なかった。わたしは落ち着かない思いで、留守番電話に眼をやったり、まちがいなく電話がファックスと自動切り替えになっているかを確認したりした。

わたしのあの「まとめ」では、小柳老人を納得させる仕上がりにまでいたっていなかったのだ、小柳老人の心と身体に折り畳まれた皺をうまく延ばせていなかったのだ、などとわたしは思い、しだいに不安を強くした。みずからの才のなさが招いたあたりまえの結果だと、わたしは屈まる思いを持てあまし始めた。

小柳老人の心と身体に、どんなふうに歳月が折り畳まれ、その皺がどのようなものになっているのか、わたしにはそのほんとうのところがよく理解できないのかもしれなかった。まだわたしは十分に齢を取っていないのだ。春先に東からの強い風が埃を巻きあげ、深まった秋の日に枯葉が音を立てて転がるときにうごめくような情緒に、路上で足を乱される程度にしか、齢を取ってこなかったのだ。

四十歳も過ぎ、妻も子もあるのに、青年時代を過ぎても成長できなかった少年時代の心のままに、わたしはぬかるむ思いに足を取られ、ぐだぐだと日々を送ってきた。世の深みを生きようとせず、背の立つところをその日暮らしの思いに渡ってきた。みずからの生をほんとうに生きている感じもなく、ふわふわと人の世の毎日をやり過ごしている。

わたしはいつも、困難を感じると、しっぽを巻いて、屈まる思いの中へ逃げ帰った。みずからにそれにふさわしいものが用意されていないのだから、望むところにはけっして辿りつけないのだと言いわけをした。次の時間を怖がって、逃げ足を引き抜く思いに現在をあきらめようとしてきた。明日という時間の影が射すと、その場からすぐにも逃げ出したくなった。

夜も更けて、わたしはしばしば、寝につこうとする胸のうちに、「きみは今日、何時間、生きたのか?」と問いかける声を聴き、「どのように生きたなら、今日を、どれだけの時間、ほんとうに生きたと云えるのか?」と焼けつくほどに焦れ、やるせない思いに涙をにじませ、夢に問い返した。明日の影を追い払おうとした。

わたしは、十の生活、百の暮らしのせいにして、みずからのほんとうの姿を映す鏡から顔を背けつづけてきた。真白い色した少年時代の初発の思いを、背に腹は代えられないと、うす汚れさせてきた。できれば文を売ることで身を立てられないものかと、十七歳の、世のきつい風に当たったことのない、やわらかな肌をした時代を抜けきらないうちから、夢見ていたのだった。ひとりの感受性を切り売りするいとなみでもって、人と交わらずに暮らしてゆけないものかと思っていた。

ひとりで街をさまよい、よそ見わき見をくり返すうちに、まともな進学コースからずり落ち、どうにか潜り込んだ大学で初めて口をきいた女子学生をまるめ込み、内気な欲望を叶えたら、真白い夢の時代から十年が経っただけで、その女子学生だった貴子さんとのあいだに男の子が生まれ、「いまでは女房子供持ち」などと世にありふれた詩の一行を夜道に口にしながら、小さな赤い顔をしたものが夜中に泣き、畳の上を這いまわり、こんどはもう伝い歩きを始めたと困惑しては、日銭稼ぎに追われる十余年が前のめりに経ち、車窓に過ぎる生活を見ているようないまここに、わたしはいるのだった。

小柳老人からは、その後も、連絡がなかった。どんよりと曇った空模様がつづき、六月も終わろうとしていた。陽射しのすくない日がつづくと、わたしの背中が丸まった。気分がうつむきかげんのものになった。朝の目覚めもさらに遅くなり、汗にまみれて、不快に目を覚ます日が多くなった。湿気が淀む部屋で、身動きできず、だるい身体で、じっとしているほかなかった。

過ぎ行く時間からこの身を切り離し、やさしい夜にくるまれて、目覚めをはるかむこうへと押しやれないものか。わたしはさらに蒲団に深く潜り込み、しきりに思った。しかし、眼を開ければ、隣の蒲団にはやはり、どっしりした尻をこちらに向け、初めての男と女同士、二十年も睦み合ってきた妻の貴子さんが、気持よさそうに寝息を立てている。子供部屋では中学生になってから急に背丈が伸び始めた男の子が眠り込んでいる。

わたしはもうこのあたりで、そろそろ、きりをつけなければいけなかった。小柳老人との十年になるつきあいも、暮らしを立てる中での、はかない夢見の景色のひとつだったと見切り、人生の後半部へと折り返してゆかなければならなかった。このままでは、満足のゆかない暮らしをやり過ごすだけで終わってしまうだろう。満たされない日々のまま、みじめな最終コーナーを回ることになるだろう。

まわりからはぐれて抱いていた十代の喪失感とも、小柳老人と出会ったころに覚えていた三十代初めのやり場のない焦燥感とも違う、昨日と明日とのあいだで不安感いっぱいのわたしがいる。顔を昨日へ向けて、明日を背中にしているわたしがいる。無縁の人の、やりきれない姿のようだ。

鬱屈した気持のまま、七月も半ばになった。激しい雨の記憶もないうちに、陽射しが強く照り、いきなり梅雨が明けた。晴れあがった空から降りしきる光は、湿気に染み込まれて水っぽくなっているようなわたしの身体を干しあげ、まるまった背中を多少なりとも伸ばしてくれる気がした。

すると、その午後、久しぶりの明るい陽射しに小柳老人も誘い出されたのか、電話の呼び出し音がファックス受信に変わり、印刷音が長いことつづき、「文章」が出てきた。小柳老人がみずからワープロに打ち込み、印刷したと、簡単に添え書きしてあった。
一枚目に、「「小柳老人の夢の道の残り」三　小柳和也」とある。

十

「小柳老人の夢の道の残り」三　小柳和也

腰の高さに構えた手のひらがこちらに向けられ、小さく左右に振られている。右の脇腹に右手を据え、右に左にと小刻みに動かしている。電車の扉の陰にすこし身を引いて、いつもの夜の別れの挨拶を八重子さんはしている。なるべく人の目に立たないようにさりげなさをよそおっているが、ぼくの眼に八重子さんの手はしきりにしゃべりかけている。つい先ほどまで、仰向いた裸体の両脇からあらわに剝き出されたふくよかな白い腕が宙に伸び、ぼくの背中や首のまわりでさかんにしゃべっていたように、声を出さずにたくさんしゃべっている。

ぼくはまわりに眼をくばった。夜の十一時を過ぎても、地下鉄のホームには勤め帰りの男や女たちがたくさんいた。一日の終わりの表情を身体にあらわに出して、帰りを急いでいる。その男や女たちの眼に、初老の女からの夜の遅い別れの挨拶に笑みを浮かべている初老の男の姿は、どのように映っているのだろう。事情のありそうな齢を重ねた男と女のしぐさは、うす汚れたものに見えるだろう。ぼくは気がひけて、発車する電車の扉が閉まりきる前に足を返した。

八重子さんとぼくとの十年は、その夜をかぎりにした。

二時間ほど前、いつもの金曜日の夜の睦みの床で、ぼくはふたたびみたび口にした。この世間を逃げて、ひっそりと、どこかで二人、一緒に暮らせないものだろうか。この先の残りの時間を頭に入れて二人きりで生きるほうが、人生の終わりへと納得できるように行けるのではないか。

心地よくぬくもった床で見る夢物語を、かたわらで横になっている八重子さんの耳に、ぼくはささやいた。夜のあまやかないとなみの名残りをとどめる八重子さんの耳は、しっとりとして暖かかった。

ぼくがことばをさらにつづけようとすると、八重子さんはぼくのくちびるを耳からずらし、軽く首を振ってから、あたしはいやだ、と云った。八重子さんは頭を起こし、肉づきのよいそのくちびるをぼくのくちびるに重ね、舌先をちろちろと小さく動かして、ぼくを黙らせた。

どこのだれとも知られない生活を紡ぐなんて、この時代にできるはずがない。あなたたちはどこのだれなんです、どんなふうに食べていますか、と問われて、明らかに答えられなければ、雨を避ける屋根の下にさえ置いてはもらえない。あたしはいやだ、と八重子さんは云った。白い歯を見せ、口もとをすこし歪めた。

ぼくは云った。ここまでずっと、八重子さんの心と軀を欲しがってばかりで、まわりの人たちに思いをやらずにきた。じつにそれは、罪深いことだ。このあいだ、永村治子さん夫婦がみにくいありさまをまわりじゅうに晒していると八重子さんから聞いて、ぼくはいたたまれない気がした。八重子さんと二人して、ぼくは新しい暮らしを生き始めるのでなければ、きまりをつけないのなら、ぼくらはもう、このあたりでさよならをしたほうがいいんじゃないか。このまま、罪を深める場所を行くのは、ぼくにはつらい。

ぼくのそのことばは、八重子さんと共にするあたたかい床の中の、あまいささやきでしかなかった。ぼくは八重子さんのぬくもる軀に手を伸ばし、ふくよかな乳房をまさぐった。八重子さんの乳房は両脇へこぼれるほどに豊かで、ぼくはいつも、そのやわらかい軀から身をはずしても、その感触をいつまでもよろこびたくて、指を、手のひらを、さまざまにさまよわせた。八重子さんは、ぼくの手のひらや指をうるさがることもなく、かすれた声で云った。

なにをいまさら、罪深いとか、罪を深める場所を行くのはつらいとか、おっしゃるのかしら。あなたが、和也さんが、これまでも、いまほども、あたしのうちへ注ぎ入れたものが、さらに奥深くへと分け入って、溶け込んで、あたしの軀や心のどれほどかにでもなっていないとでも、云うのかしら。あたしの肉になるのか、影になるのか、それは知りませんけれど、今夜の、この、ここのいままで、あたしはあなたにたくさん満たされて、もうあなたで、和也さんで、あたしはいっぱいだわ。修羅に落ちるのなら、阿修羅となって行くよりほかないのじゃないかしら。

夫が、邦夫さんが、ゆうべ、赴任先の福岡から帰ってきて、夜の食卓に坐りしな、おれはここのところ、眼の前でしゃべる相手のことばが急に聴えにくくなったかと思うと、なんだかこころもとなくなって、自分が宙へさまよい出てゆき、相手のことばも宙を漂い始めるような感じになるんだ、と云ったの。それでは、あたしの口から出たことばも、空中のどこかへ行き、見えない場所でさまようのね、もしそれを取り戻せたら、どのように、あなたの気持に届けたらいいのかしら、あたしは、そう、邦夫さんに返したの。

ご主人の、邦夫さんの名を、ときに八重子さんが口に出すのは、身がってな歎きを洩らすぼくへの意趣返しだった。ぼくはそれを押し返そうと、反射的に身を起こし、八重子さんのまぶたから耳へとくちびるを這わせていった。頬から、すこし汗ばんでいる首筋へと下がってゆき、胸もとへと辿った。白く、やわらかく、豊かに盛りあがる乳房に顔をうずめた。

八重子さんは小さく声をあげて、ぼくの顔を両手で押しのけ、乳房を抱え込み、うすく息を洩らした。すぐに片手を支えにして起き直り、ちいさい灯りの下で、ぼくをじっと見つめた。憤懣と軽蔑と愛情と欲望をない混ぜにしているようなまなざしに、ぼくには見えた。八重子さんはかたわらに乱雑にはねのけられていた毛布を手に取り、肩からおおい、ことばをつづけた。

あたしは、邦夫さんに向かって云ったわ。あたしたちは、あたしたちの内側でうごめく意味を、どのように相手に手渡したらいいのかと、さまざまに頭の中で変換したり、組み立てたりする作業をしているはずだから、あなたの場合は、眼の前の相手がしているその作業をいやがっていることになるのだわね。声になって出てきたことばを、意味に変換する作業を取りやめるわけよね。そうなると、おたがいの前に開かれている空中に、たったいま口から出てきた声音だけがさまよい始めて、いまここへと向かって過ぎてきた時間のほうへと、あるいはまた先へと延びている時間のほうへと、漂いゆくにちがいないわ。身から離れてゆく魂と同じで、すぐに手を伸ばしても、指先ではつかめやしないし、ひるがえさせることもできないのよ。だから、そこには、ひんやりした時間が静かに流れるようになるだけなのね。何かが描かれようとした気配だけが、そう、色濃く残っている、何も描かれていない一枚の画が、そこに残されるわけなのよね、邦夫さん、って。

　邦夫さんの心の底にわだかまり、長い単身暮らしでつのる何を訴えてきたいのか、あたしにはよくわかっていたのだけれど、離ればなれに暮らす六十代の、心のとうに遠ざかっている夫婦が、いまさらのように確かめあうものなど何もなくて、ええ、何ひとつ確かめたくもないけれど、ひと月にたった一度のお帰りなのだもの、望まれれば、あたしは簡単に身を横たえ、足を開いてあげられるけれど、脂気のない老人の、かさかさした手があたしの肌の上でざらつき、湿り気のない乾いたくちびるが乳房のあたりを這うばかりで、あたしは何も、何ひとつ、感じないの。だからね、和也さん、あなたに馴れ親しんだのは、ただのあたしの軀ではなくて、その軀と育ってきたあたしの心で、その心が軀といっしょに濡れそぼってきたということなのよ。あたしはいつだって、六十歳を過ぎても、あなたのところへたそがれどきに足を運んでいると、これから過ごすあなたとふたりだけの時間のことが思われると、すぅー、とひとすじ、軀のかしこから、心の内側から、しずくしてくるものがあるのを覚えるわ。ですから、和也さん、いまさらのように、あまりにも罪深い思いがするだなんて、ぼくはもうつらくてならないだなんて、このあたりでぼくらはさよならしたほうがいいのじゃないかなんて云われても、あたしは聴く耳を持たないわ。それでしたら、あたしが差しあげた、若やいで、弾んでいた心を、これまでのよろこびや楽しかった時間を、いますぐに、ここに、返してください。和也さんの身体に馴じむ前の、あたしの心に戻してください。

初めはかすれていた八重子さんの声が、しだいに粘りを帯び、絡みつくように聴えてきた。ぼくは応答のできないことばが、うす闇に逃れがたく響くのを聴いていた。八重子さんの顔から眼をそらし、頭上にちいさく灯る豆電球を見つめた。銃眼めいた形の傘の奥でにじむものがあった。

すると、邦夫さんは、それじゃあ、そこには何も描かれていない、白紙のキャンバスが、描かれようとしていた気配のあるものだけが残されているのか、とつぶやいて、こんなひとり語りをしたの。

おれの耳は、この冬になって、夜道を、北風に冷たく切られながらゆくと、歩かなければならないのは、ほんとうにこの道なのか、どこかの違う道ではないのか、という声を、足音にまざって聴くようになったんだ。はっきりと形にならないものが、日によって、大きくなったり、小さくなったりして、五年前のあの日から、丸山社長の独断で福岡支店へ、それも雑誌の編集部から、まるで縁のない地方まわりの営業職を命じられたときから、つづいていたんだ。それが、このあいだ、くっきりと声になった。声になって聴えてくると、おれの身体はかじかみ、踏み出す足に震えが襲ってくる。

——わたくしの下で、世の中に大きな影響を与える仕事をしたければ、社会を動かすに足る雑誌を創りたいのなら、わたくしの云うことの、なんであれ、従えるはずだ、わたくしの靴だって、舐めることさえできるはずだ、と云いながら、黒光りするエナメル革の靴を、横一列に並んだみんなの前に差し出したから、これは形だけのしぐさか、ことばだけのことか、と見ていたら、従うのか従わないのか、できるのかできないのか、と語気を荒げ、列の鼻先に詰め寄られれば、日ごろから神憑りする男の気に今朝も下りてきたのかと、編集部一同は新しい神の前に立たされ、天上の仰せ言は現実のことばとはまるで違う響きを帯びて、たちまちあたりが静まりかえる中、ハイわたしはできます、とひと足前に歩み出て、鼻づまりのガマガエルのような声を新城編集長が大きく発してから、光を宿すエナメル靴の先に屈み込み、拝み、率先して狂いを見せれば、あとにつづいても不思議のない光景となって、歪む顔、引き攣る顔、泣き崩れる顔、呆ける顔、それらがひざまずき、舐めて、最後に副編集長のおれがやむなくつづく番だったが、その朝はひどい二日酔いで、思わぬ事態を眼の前に、吐き気をこらえるのがやっとのありさまで、光るその靴先にひざまづけば、汚いざまになるにちがいなかったから、おれはあわてて手洗い所へ駆け込み、顔を拭き拭き戻るほかなかったのだが、半分濡れたこの額を指差し、おまえは明日から福岡支店で営業まわりだ、と飛び発たされ、それから五年、おれは、もう一人のおれを連れ歩くようになっていたんだ、ここにも、そこにも、どの道にも、ひとりで歩いてはいないおれになっていた。

昨日の夜、邦夫さんは、こんなことをしゃべったの。あたしが聞くのは初めてで、あの突然の福岡行きに、多少なりとも事情のないことはないだろうと思っていたけれど、あの人も自分からは話し出さず、こちらも話そうとしない人からあえて聞き出しもせず、時間の過ぎるままに捨ておいたら、もう五年も経っていたのね。あの人も、文学がらみの人生の果てだけあって、しゃべり始めれば、聴く者の耳をあきさせない話しぶりで、あたしは目を見張って聴いていたわ。それにしても、あたしたち夫婦に流れた三十五年という時間の内側に、和也さんとの別の時間が十年以上も抱えられ、そしてまた邦夫さんのその五年の歳月が孕まれていただなんて、この世の現実に過ぎる時間は、きつく入り組んでいて、おろそかなものではないのね。

八重子さんは邦夫さんに流れてきている日々のことを、ぼくに浴びせかけてきた。ぼくは深い息を何度もついた。どのようにこの話を聴き納めればよいのか、もう寝物語の成りゆきとも云えない邦夫さんの話で八重子さんが向かおうとしているところに、その気持に、ぼくはまっすぐには辿りつけそうもなかった。

そんなことで、夕食が遅くなり、終わりかけたところへ、永村治子さんから、また電話があったの。もう何度目になるのかしら。このあいだ、和也さんに話したようなことを治子さんはくり返したの。あなたは、永村がいまどこにいるか知ってはいないか、このところ、居どころの知れないことがたびたびあって、心あたりを探しあぐねている、永村のうわさを耳にしたことはないか、あなたの見知っている女性と連れ立ってはいなかったか、東京か、京都か、それともどこか、見知らぬ土地にいるのか、世間からは愛情に満ちた、仲のよい、模範的な家族と見られているけれど、とあたしの返答を待つわけでもなく、押し殺した声でことばをつなぎ、同じことをくり返すので、あたしはいっそう黙って聴いているほかなくて、受話器をただ耳に当てていると、ろくな挨拶もなく、治子さんは唐突に電話を切ったの。

男女のもつれを醜く見せている永村さん夫婦のようすを、ぼくは八重子さんからふたたび聞かされて、治子さんの夫の永村喬さんと同じようなところを歩んでいるぼくの道を思い、じっとはしていられない気持になった。もういまとなっては遅すぎる、生ききってしまうほかはない、積み重なったたくさんのものを踏み越えてゆくだけだ、あたしはひとりになるのはいやだ、そんなふうに八重子さんは云うけれど、こんなに痛む心を、ぼくはこれより先の道へ運んでゆきたくはなかった。邦夫さんにも、ぼくの妻の江身子さんにも、心を痛めつづけていたくなかった。

ぼくはまだあまくぬくもっている蒲団から脇へ手を伸ばし、八重子さんに下着を手渡した。八重子さんは軀を毛布にくるんで、洗面所へ向かった。うす闇に浮かぶ白いふくらはぎに、静かに運ぶその足どりに、歳月の跡が見えるようで、ぼくの胸はつまった。ぼくは下着をつけながら、このここにあるうしろ姿にも、八重子さんのそれと同じものが、いや、さらに深く刻まれたわだちに似たものが、よく見えるだろうと思った。

八重子さんとぼくとの十年は、この夜をかぎりにした。

## 十一

「小柳老人の夢の道の残り」四　小柳和也

（一面に大きなガラスが張られているビルの八階の窓から、眼の前に広がる音のない風景を眺めている。左手には野を行く小川が南から北へと流れ、橋を東へ渡ると新しく開けた大きな街が広がっている。南のほうにはまだ畑地が残り、二百メートルほど先を一段高く盛土された線路が東西に走っている。あたりには高い建物がひとつもなく、八階から見る昼の野には光が燦々と射し、いまがつぎへと音もなくつづいている。その中を、うすみずいろの電車が音も立てずに、無縁のもののように横切ってゆく。車両のうちには明るい昼の光がいっぱいに満ち、夜の暗い深みへと野を急いでゆくように見える。）

現実には見たことのない光景のようでもあり、あるいは記憶の底に埋め込まれている景色のようでもある、そんな夢ばかり、ぼくは見ていた。八重子さんと過ごしたその夜のあと、三日ほどして、二月も半ばを過ぎ、インフルエンザウイルスにぼくは捕まってしまった。年の暮れから正月にかけて身体に心細さを覚える日がつづいていて、寒中から立春へと風邪の気を売薬で持ちこたえていたのが、ウイルスに忍び込まれ、三十九度を越える熱にぐったりと臥した。

濃厚な夜の時間を八重子さんとともにした身体は、午前零時を回るとひどく軋み、やっとの思いで家へ帰り着く日が増えた。江身子さんとの暮らしの外に、八重子さんと過ごしてきた十余年の重たく長い時間が、たしかにぼくの生ま身を流れ、そこかしこに痛みや軋みを呼びながら積み重なっていた。身体のすぐうしろのところに老いが忍び寄っていて、追いつかれまいと前へ行こうとするけれど、それは背中まで迫っていて、あっさりと捕まってしまった感じだ。

齢を取った身体は、インフルエンザの打撃にいったん寝込まされると、回復にひどく時間がかかり、うずくまって日々をやり過ごすうちに、二月も終え、三月となっていた。桃の節句になっても、寒中のように空気は冷たかった。夜明けのきつい冷え込みはつづき、暖かい日が来るのはだいぶ先のように思えた。

インフルエンザで寝込んでしまった、と八重子さんに電話で告げてから、半月ほどが経っていた。この十年、年の末から正月へかけての日々を除いては、それほど長く顔を見ずに過ごすことはなかった。八重子さんと会わずにいる時間が長く過ぎ、裏切ろうとする思いによく似たうしろめたさと、みずからをできるだけ低くして八重子さんの歓心を得ようとする時間から逃れられている安堵を覚えながら、ふたつながらにこれ以上はこらえられないというところで電話して、十一日に会うことになった。

前の日の夕方になって、家籠りで衰えた足を馴らそうと、ぼくは川沿いの散歩道へ足を向けた。遠く西につらなる山並みが、冷たく澄んだ空気の中、沈んでゆく夕陽にあかね色に染まっている。山並みの上に、うすい白い線が左の下から右上方へ引かれている。消え残った飛行機雲のように見えたが、あわい三日月のふくらみにも及ばない月だった。

はかなげなこの細い月を何日の月と呼ぶのか。日日の月を呼ぶ名に関心を持つこともなく、いや、樹の名、草の名、鳥虫魚、ほとんどの名前も知らずに、いまここまで来ている。世に存在するものの多くを知らず、何を知っていないのかも知らず、この人生の終わり近くまで来ている。山並みを美しくいろどる夕映えに眼を奪われたきり、その上に静かに位置しているものに気がつかない。まなざしを小さく狭めて、一生の終わりにかかった。

その日、ぼくらは地下鉄の駅で待ち合わせていた。高熱を出してから軽いめまいがしばらくつづき、それを八重子さんに告げると、ただの後遺症にすぎないとは思うけれど、あの夜のあたしのきついことばがあなたに災いをしないように、あれも忘れ、これも思わず、盆暮れにいつも詣でる寺へ、ただ快癒だけを願いに行こう、と云った。

久しぶりに出かけるせいか、したくにてまがかかり、家を出たのは午後二時をだいぶ回っていた。それでも、約束の時間には余裕があり、衰えのいちじるしい、おぼつかない足で、ゆっくりと十分ほどのところを倍の時間をかけて、駅に着いた。改札を抜け、ホームに出ると、待つこともなく電車が来て、乗り込んだ。郊外を走る午後の電車に乗客はすくなかったが、座席に坐れるほど閑散としているわけでもなく、ぼくは扉近くのつり革につかまって、いつものように文庫本を開いた。

電車はいつもと変わりなく走りつづけた。窓の外には、三月初めの透明な午後の陽射しに照らされた景色が明るく広がっていた。次の駅に、いつもと同じように電車は停まり、人が降り、乗り込んで、扉は閉まり、すぐに発車し、走りつづけた。草も木も鳥も春の訪れにはずむ景色が、ふだんと同じようにつづいていた。ぼくも、同じように文庫本を読みつづけた。

そしてまた、次の駅に電車は停まり、扉は開き、人は降りてゆき、乗り込んできた。電車は、しばらくこの駅で止まることになっていた。この駅で、いつも運行時間の調整をしている。この日も、いつものように長めに停車していた。

そのとき、それが、襲ってきた。

電車は、ゆらゆら、ゆらゆら、ゆらゆらと、長いあいだ、大きく揺れつづけた。これまで味わったことのない、大きな振り幅だった。それを緩衝バネがきちんと受けとめ、電車は悠然と車両全体で揺れていた。車両そのものが、おだやかに、ゆったりと揺れを吸いとっているようだった。強い地の運動に同調しているようだった。駅のホームや屋根がひどくざわめいていたが、車内ではつり革が一列になって、整然と規則正しく右へ左へ振れていた。棚からものが落ちてくることもなかった。

衝撃がおさまって、ぼくは手もとの時計を見た。二時五十四分になっている。揺れ始めからどのくらい時間が経ったのか、見当がつかない。この齢になるまで経験したことのない長さだった。被害はずいぶん大きいにちがいない。八重子さんは、江身子さんは、子どもは、仕事場は、二人の部屋は、知り合いの人たちは、どうなっているだろうか。ぼくの思いはきれぎれに惑った。

隣りのつり革につかまっていた若い男女が、頼りなげな表情になって顔を見合わせ、手をつないで電車から降りていった。人の動きがあわただしくなった。電車は動き出しそうになかった。駅の構内に、状況を説明するアナウンスが行なわれたのか、これから流れるのか、ようすがつかめずに、ぼくは雑踏する階段を踏み外さないように下り、込みあう改札口を抜け、バスターミナルに出た。

見上げた空を黒々とした雲が北から南へ、ものすごい速さで流れていく。広場のバスターミナルに長い行列ができているが、人の口から出てくる声がない。静まりかえっている。しじまを強い風がほこりを立てて、吹き過ぎてゆく。タクシーもバスも、見当たらない。だれもが黙って、列を作っている。また強い揺れが来て、声が一瞬あがるが、すぐにもとのように静かになって、みな、その場に並びつづけている。人がたくさんいるのに、気配は抑え込まれ、広場は静まり返っている。

ぼくは八重子さんとの約束の場所へ向かうのをあきらめた。混雑する広場からすこし離れた商店街に出た。あたりに人の姿はまばらで、ぼくは食事をとらずに家を出てきていたから、動き出すには、とりあえず腹の用意だと思った。コンビニの中では、争うように買い物がされているのではないかと怖れたが、閑散としている。昼食の時間帯からまもなくだったせいか、まだ食べるもののことを思う者もいないのか、あるいはその余裕などないのかもしれなかった。

ぼくはたったいま出てきた家へ戻ることにした。缶コーヒーと菓子パンを買って、歩き出した。一時間ほども歩けば、帰り着ける距離だった。空は黒ずみ、夕暮れへと時間が進んでゆく。だれもが一人で、歩を運び始めている。静けさが身体にたたえられ、眼を伏せがちに道を辿っている。人の背中について歩きたかったが、しだいに取り残され、うしろから来た人にも追い越され、遠ざかっていかれた。バス停の椅子に腰かけ、しばらく休んでからでないと、つづきの道を行くことができなかった。

疲れきって玄関を開けると、竜之助が跳びついてきた。『大菩薩峠』を全巻読み終えた夏に生まれたので、その主人公の名をつけた犬が、いつもと違って、足もとでしっぽをやたらに振った。庭で飼っていた雑種だったが、冬の夜空に向けて、ひどく哀しげに声を放つ老犬になったので、玄関のたたきに寝かすようになっていた。揺れる家、崩れる物音の中に、たった一匹でいたのだった。江身子さんはまだ戻っていなかった。

二階へ上がる階段の踏み板の端に、一段ずつ山積みにしてあった本や雑誌が、玄関の上がりがまちまで崩れ落ちてきている。食堂のガラス戸棚の中の食器が床に飛び出て、割れて、散っている。これまで体験したことのない暴力の跡に手を出しかねて、ぼんやりと立ちつくした。電車の中で、ひどい揺れを車軸が受けとめ、それと一体になっていたことが信じられない幸運のように思い返された。

日はすぐに暮れ、明かりのない暗い家の中は、見知らぬ場所のように荒涼として、まだ浅い春の夕ぐれに冷え込みが増してきて、探しあてた蠟燭に火をともすと、ぬくもりの色が広がって、はじめて緊張がゆるんだ。食卓の椅子に腰かけ、ぼんやり蠟燭の火を見ていると、まもなく戻った江身子さんが、交差点では信号がすべて消え、車が通過するのに時間がかかった、と疲れた声で云った。

電気のない、状況もよくわからない、暗くて寒い一夜を過ごすことになるのだろう、早めに布団に潜り込んで、暖を取るしかないと覚悟したところに、あっけないように電気が復旧し、テレビをつけると、くり返し東北の津波の惨状が映される。胸が押しひしがれて、ことばにならない。暗い画像の中で、火は海に赤黒く燃え、むごい夜が更けていく。ぼくは江身子さんと一緒の夜の時間にいた。過ぎてきた昨日までの時間が思われた。食卓の椅子で、江身子さんと二人して、ひとつの画面に黙って見入っていた。

次の日の夕刻になって、富子さん経由で、八重子さんの無事を知ることができた。八重子さんの家に電話することは、こんな非常時には電話口での家族の応対も思われ、常にもましてはばかられた。富子さんによれば、八重子さんは、自宅を出る直前に地震に襲われ、大きな揺れに怖い思いをしたが、心配するほどの被害はないということだった。ぼくは、仕事場へは電車が動きしだい向かうが、いつになるかはわからない、はっきりしたら連絡する、よろしく伝えてほしい、と云った。

二日ほど経って、電車が動き、眼にした仕事場の惨状に呆然としたが、なんとか気を奮い立たせ、おぼつかない足どりで、八重子さんとの隠れ部屋へ向かった。エレベーターを避け、階段を昇ってゆくと、まわりの壁のあちこちに罅が入っている。縦に長い亀裂が入っている。表面にうすい罅がいくつも走っている。コンクリート造りの堅牢なマンションも、年月が経過して、内側も外側も弱くなっているのかもしれなかった。見かけほど盤石ではないのかもしれなかった。八重子さんとぼくとに流れた月日が思われた。

ぼくは、いつものように、そっと扉を開いた。扉は、いつもと違って、かすかにきしんだ。靴を脱ぎながら部屋の奥に眼をやると、机や壁ぎわの棚から本や雑誌が床に落ちていて、壁に掛けてある絵の額のガラスが割れて、斜めになって額縁から落ちそうになっているのが見える。

部屋に足を踏み入れると、流しもとのまわりにあったトースター、電気ポット、コーヒーカップなどの、八重子さんとのふたりだけの時間の中に抱え込まれている日々の品のすべてが、床に落ちている。罅が入っているものがある。二年ほど前に壊れ、物置き台にしていた小型の冷蔵庫が斜めになって、流し台に寄りかかっている。

海の底の巨大な崩れが、八重子さんと十年余を閉じ籠ってきた部屋の壁のあちこちに、鋭く罅を入れている。暗幕のような分厚いカーテンの、さらにその外側に取り付けられて、ぼくらを窓の外にある社会から二重に目隠ししてきた灰色のブラインドが、捩じ曲がって垂れ下がっている。

その隙間から、三月の明るく澄んだ昼の光が射し込んでいる。世の中の明るさを拒み、切り離されて、静かにたたえられていた暗闇に深い亀裂が入っている。八重子さんとふたりして、ひっそりと身を潜めてきた時間が傷を負っている。巨大なものにひどく殴られ、裂け目が入っている。

ふたりで積み重ね、豊かになったなにほどのものもないとしても、積まれた月日が破れ目から射し入る昼の光の下で痛がっている。この先、どのようにこの傷口をおおえばよいのか、最初から積み直さなければならないのだとしたら、そのはるけさに虚しさでいっぱいになる。身体が心に敗けてしまいそうになって、力が抜けてゆく。

大きな災いがいつかは来る。かならずやって来る。来ないわけがない。ここまでの時間とここからの時間とのあいだに、いつでも深い亀裂が入る。きまって裂け目ができる。単純な暮らしを望みながら、愚かさにまみれているぼくの、この身と心へ鞭を打つ大きな力が、結局は現われ出る。ひどい罅割れを見せつける。

灰色の砂壁の上で時間を刻んでいた時計が床に落ち、壊れて、散った部品を集めても、元の形にはなりそうになかった。戻せそうになかった。いくつかのピースが失われ、空しい欠落にみじめな思いをしているだけのジグソーパズルのようだ。なんとか形をとどめてきたのに、過去と未来の時間の裂け目が、深い罅割れが、見える。三月半ばの冷気が、コンクリートの狭い部屋でのぼくと八重子さんの在りし日の姿を凍えさせている。

眼もあてられない状態になっている事務所の片づけや、仕事相手への対応に一日がどんよりと過ぎる。虚しさがつのって、宙に眼をやり、ぼんやりしているうちに時間が過ぎてゆく。八重子さんへの連絡をためらっているうちに、三月の末になって、富子さんから、八重子さんは邦夫さんと福岡に行った、という連絡があった。先ごろの帰京は、邦夫さんみずからがおのれの精神に乱れがあるかと案じ、東京の大学病院に診察を受けにきたものだった、と富子さんは云った。あの夜の八重子さんの寝物語に描かれた、邦夫さんのおしゃべりの不思議な場景は、その乱れた心が歪み見たものであった。

千年を経て、襲ってきた巨大な震災の衝撃に、だれもが心と身体を乱す日々にあれば、いっそうの混乱や不安に乗じられないともかぎらないだろう、東北の原子力発電所の過酷な事故に恐怖を覚えながら、一日中、北から吹いてくる強い風に太い枝と細い枝がこすれあってちぎれたたくさんの葉が、樹々の涙のように空に飛びかっている東京にいるよりも、遠く離れた土地でしばらくを過ごすほうがよいにちがいない、ぼくは、卑怯な思いに胸の奥で行き当たりながら、富子さんに、そう云った。背中を落ち着かないものが撫であげていった。

これまで、ぼくは、八重子さんとぼくとを内側にして流れる、ふたりきりで閉じた、現実とは別の時間のためには、八重子さん夫婦のほんとうの現実は、思いめぐらしてはいけない、感情を揺すられてはいけない、そこにある簡単な事実なんだ、と遠ざけようとしてきた。固く眼をつぶり、見えなければ、それは無いものと同じことだとしてきた。八重子さんとの十年余にわたる、たくさんの日と夜は、そのようなところで紡がれ、折り畳まれ、積み重ねられてきた。

積み重ねられたものは、いつの日か崩れる。崩れて、寂しい瓦礫の姿になる。ぼくは、小さくて愚かな自分から、自分の人生から逃げつづけようとして、その道づれに八重子さんを引きまわしたのだ。眼の前に広がる光景は、ただ虚しさだけを見せている。ぼくは、胸の奥でせせら笑うもののあるのを覚えながら、卑小で、愚鈍なおしゃべりの姿して、この先を生きるほかない。

## 十二

梅雨の日の濁った雲のかたまりがようやく頭上からぬぐい去られて、青い空に真白い雲が浮かぶ風景になった。やっと、夏の日が来た。子供たちの歓声も、遠く近く、聞えてくる。ミンミン蟬の激しい初鳴きも、ここから生き始めるのだと耳に響いてくる。日暮れになればカナカナが、みんな思い出になってしまったのかと胸に寂しさをかき立てる。

小柳老人は、わたしが仮りに名づけた「小柳老人の夢の残り」という文章題の「夢の」に棒線を引き、あっさり、「小柳老人の道の残り」に変えて、みずからまとめた「おしゃべり」の「三章」と「四章」を、それにつけ加えてきた。

ありふれた、ただの「おしゃべり」は、いったいどのあたりをゆけば、「寓話」として残されるのだろうか。どのような姿かたちをしていれば、そう呼ばれるのにふさわしいものになるのだろう。「この、わたしである武田信介」と「あの、ぼくで小柳老人である小柳和也さん」とのふたりの、こんな合作の「おしゃべり」が、はたしてほかの人の思いに通うものになるだろうか。

あれこれの「おしゃべり」に、つじつまの合わないところがある。腑に落ちないところがある。いくつかの出来事と人間関係が最後までしゃべられずに残されている。聴く者を落ち着かなくさせる、とってつけたところがある。品くだっていて、気持悪くさせるところがある。そんなさまざまな声が、わたしの耳に聞えてくる。

それでは、ひとをうなずかせ、感心させて、ほしいままに最後のところへ導きいたり、耳を安らかに閉じさせればよいのだろうか。わたしにはよくわからない。定めは眼には見えず、音に聞えず、居心地の悪いまま、わたしも、小柳老人も、道の途中で退場してゆくのだ。

二通にわたって送られてきた「小柳老人の夢の道の残り」のファックスのあと、次のような簡単な「文章」が小柳老人から届いた。

「武田信介様
どうしてもだれかに語り残しておきたい意義のあるおしゃべりを、ぼくは持ちきたったわけではないさ。八重子さんと過ごした十年余の日々から、もう何年も経って、ぼくは、長いあいだ、得られたものより失ったもので、いまのこの時間は、あるいはできているのではないかという気がしている。失われたものは帰ってこない。失われたものでできているいまことは、いったい何ものだろう。

生涯の終わりにかかれば、季節の移りからもしだいに遅れてゆく。冷たい冬の空気につやのない肌がいつまでもさらされて、気がつけば春の盛りになっている。頭上からの熱に気を悪くしているうちに北からの強い風が吹き始め、木枯らしの季節になっている。一つの季節に次の季節が重なって、一年が、三年、五年が、過ぎてゆく。

ぼくは細くした眼で生きてきた。見ることなど、細めに開けた眼は、一度も学ばなかった。見たくないものが多く見え、ぎゅっと閉じかけては細くとどめてきた。うすくした眼で、こらえてきた。ふたつのまぶたをおおった両手の指のそれぞれの、ほんのすこしのすきまから、ぼくは透かし見てきた。かすかに見えるもののすべてが、みなだれもが、先の世から射してくる光ににじんでいた。

あの日、壁から落ちて壊れてしまった八重子さんとぼくとのふたりの部屋の時計だけが、ぼくの眼の内側でくっきりと、いまここを過ぎゆく時間を刻んでいる。あの部屋に足を踏み入れると、ぼくはまずそれに眼をやり、一日を生き始めた。八重子さんは、もうこんな時間になったのかと帰りのしたくを急ぎ、一日の生を終えた。その時計が、針をなくし、音を失い、いまここを先へと過ぎてゆく。

それでは、武田君、また。いろいろとありがとう！

小柳和也」

鋭い光にものみながきらめき、濃い影をまとっている。空があまりにきれいに晴れあがっているので、わたしの眼から涙がこぼれてやまない。まっ青に晴れあがったこの時間はひとたびかぎりだ。どの時間も、ふたたびは帰ってこない。

川の水は景色を映して、ただ流れ去ってゆく。風は匂いを運び、吹き過ぎてゆく。涙は頰を伝い、地へとただ落ちてゆく。

# ぼくらの場合

# I

ぼくはいま、ここで、あらためて勝ちゃんのことについてのおしゃべりを始めることにするよ。つまらないおしゃべりを、ぼくはここまで延々としてきたけれど、そのあいだじゅう、ぼくの頭の真ん中では、勝ちゃんのことについてのおしゃべりはどうしたものだろう、という問いだけが、それだけがめまいするほどに渦を巻いていたのさ。

たとえば、(いまさら勝ちゃんのことをしゃべってみたところで、いったいそれが何に値いするというんだ？　仮りにでも何かを生み出せるとでもいうのか？)とか、あるいはもっと単純なところで、(いざしゃべり始めても、しゃべろうとしていることをぼくはうまく口にすることができるんだろうか？　しゃべってゆくうちに、あまりの筋道のなさに先を続けることがいやになっちゃうんじゃないのか?)とか、疑問の形した渦がね、巻くばかりだったのさ。ぼくは頭の中で渦巻くそんな問いにめまいしそうになっては、あわてて眼をつぶり、とにかく足元だけは保とうと必死になっていたよ。

けれど、ぼくはわかっているさ。いま、ぼくが口にした問いなんて、結局は逃げようとしている者のかっこうのつけ方にすぎないってね。(避けることができるのなら、眼を逸らして避けるんだ! 逃げられるものなら、ふり向かずに逃げるんだ! 避けて、逃げて、逃げて、避けて、ついに生ききってしまえば、それはそれで、ひとつの行為なんだ!)って、自分に言いきかせてさ。

まあ、ぼくのこんなかっこうのつけ方については、物ごころついてからここにいたるまで、思い当たらない場合のほうがすくないくらいだから、それはそれなりによく一貫してきたと言ってもいいんだけれど、それにしても、よく似た顔つき、口調で、子どものぼくを叱った女親と女教師の、【ヒトノセイニバカリシテ。カカワリノナイコトノセイニシテ。】という言葉は、ぼくの耳にまだ痛く響きつづけてきているよ。

とにかく、ぼくは、たった一つのことについてしゃべらないために、数多くの言葉を口にしてきていたんだな。ぼくはまるで、ぼくの遥かな頭上で時間が過ぎゆき、堅く眼をつぶったぼくのまわりで季節がいつのまにか移り変わってゆく、そんなありようを許されたいみたいな顔をしてしゃべっていたんだろうさ。

けれどね、ぼくはまた、昼の休みに首うなだれて放尿しているような時にも、一日の勤めをやっと終えてぐったりと蒲団に横になればなったで、視野の端っこからすっと忍び込まれるように、いくつもの《光景》で眼のうちをいっぱいにされていたんだな。

たとえば、それはこんな《光景》さ。

まず、八月の、真夏の午後の、眩しすぎる鋭い日射しがあるのさ。その光を背中に突き刺されるように浴びながら立ちつくすぼくらの、その足元に焼きつけられている縁どりばかりくっきりした小さい影に、ともするとその影に、そのまま光溢れる中で同化してしまったほうがいいんじゃないのかという、そんな途方に暮れてしまったぼくらの思いのある《光景》——。

あるいはまた、こんな《光景》だよ。

赤々と空を染めて西から射す夕焼けに、半身をさらし、首うなだれて、膝をただ抱え込んでいるしかなかったぼくらの、ひたすら土手に坐りつづけていた言葉も何の思いもないぼくらのその前を、さざ波が夕日の赤をきらめかせて静かに流れていた八月の、夕暮れ時の首抜川の《光景》――。

ぼくはこれまで、くり返しこんな《光景》に忍び込まれてきているんだな。ぼくはいつ、どこにいても、いくつもの《光景》と一緒にいるよ。勝ちゃんは、その《光景》のどのひとつにもいるのさ。なのに、ぼくはただ一つのこと、そう、勝ちゃんのことについてしゃべるまいとしてだけ、これまで、くだらないおしゃべりばかりしつづけてきたというわけさ。

ぼくがそんなふうにいたのは、ほんとうにほんとうのことだったのかね。いや、誰もみな、ぼくと同じことをくり返しのそれぞれの日々の中で、してきているんじゃないのかい。ひとつの《光景》がふっと浮かび上がっては、思いをかき立て、消えたと見せて、時にさっとよぎるような、折り合いのつかないものを毎日の継ぎ目に紛れ込ます、そんなようなことばかりしているんじゃないかい。

そうして、ぼくは、夢の中にまで、こんな《光景》に忍び込まれているんだな。

梅雨の合間のその数日は、真夏を思わせる天気が続いていて、枕元の窓を網戸一枚にしておいたのにろくな風も入らず、ぼくは寝苦しい眠りにかろうじてすがりついていたよ。そんな夢に押し寄せられたのも、蒸し暑さで眠りが浅かったからかもしれないけれどね。

ひっそりと、うすずみ色して静まりかえる、古ぼけた家の前の街路に、十人を越す少年たちがたむろしているのさ。はっきりと聞きとれない小さな声だけれど、胸の昂ぶりを押さえられない口調で、三、四人かたまってしゃべっている少年たちもいれば、いきどおりをはっきりと表情に表わして、あたりをうろうろしている少年もいたよ。春のどんよりとした夕暮れの、あたりの家から夕食の煮つけものの匂いが漂ってきてもおかしくない空気だったね。

ぼくも、そんなふうな少年たちと気持は同じだったのはよくわかっていたけれど、ぼくは彼らとは関係ないんだと力んで、ひとり、生垣の片隅にある石に腰かけていたよ。ぼくも感情が昂ぶるままに、まわりの少年たちと同じようにアイツを責める声を上げながら怒りに身をうごめかせていたかったんだけれど、そうはできなかったのさ。ぼくは一人のぼくではあったけれど、大きな役割を担った四分の一のぼくでもあったからね。ぼくは、もうそろそろ着くはずの三人を待ちわびながら、じっと坐りつづけていたよ。

(いつものように、ぼくら四人が揃えば、ここにいるみんなとはまったく関わらずに、すべては計画どおりにまちがいなく終わるんだ。アイツはもう、おしまいになるんだ。ぼくらはこれまでのぼくらの日々に、何もなかったように帰ってゆけるんだ。)

ぼくが、こんなふうにぼくにしきりに言いきかせていると、しばらくして聞き慣れたいつもの声が聞えてきたよ、それを耳にすると、ぼくは反射的に立ち上がり、一歩を踏み出そうとしたんだな。すると、ぼくの耳もとで声がしたのさ。ぼくは身体を固くして、その声に耳をあずけたよ。

「いずれにしても、ぼくらにとって、勝ちゃんはどういう存在だったんだい？　いったい何者だったのかね？　どうして、ぼくらはあんなにも勝ちゃんを畏怖し憧憬していたのだったかね？　そういう人間を持っていたぼくらというのは、いったいどういう者たちだったのかね？　そんなあたりのことが、いくらかでもはっきりとできるといいんだけどさ。」

声の生ま生ましさに引きつけられて、ぼくは耳を澄ましたよ。それが誰の声なのか、ふり向いてあらためて確かめるまでもなく、ぼくにはわかっていたさ。けれど、一瞬のうちに、ぼくは首をまわしていたよ。すると、頭に打つかったものがあって、首をすこし斜めに傾けたまま、ぼくは目を覚ましてしまったのさ。隣りで眠っている妻の江身子さんの、剝き出しになった肘がぼくのこめかみに当たっていたよ。

眠りの中で姿は認められなかったけれど、その声はたしかに橋口の、そう、橋口修のものだったよ。唇を尖がらせ、からみつく口調で、うん、あの指先も、槍の穂先みたいに相手の額に向けて突き出されたあの指先まで、引き連れていたようだったよ。橋口の、すぼめられた唇と渦巻状の指紋まで見えるひとさし指をぼくらはうるさがったものだったね。

それにしても、蒸し暑い夜の夢に聴いた声が、少年の骨格をそちこちに残したまま、十八歳でこの世からさよならをした、ぼくらの中でいちばんに逝ってしまった人間のものだとあらためて思って、ぼくは茫然とするばかりだったよ。

ぼくはこんなふうに、日々の暮らしの疲れをとるための、ただおだやかであってほしいだけの夜の眠りの中にまで、勝ちゃんにまつわる《光景》に忍び込まれてしまっているのさ。橋口の夢の問い掛けは、あの春の夕まぐれの、ぼくらが持った《光景》にまつわる、ぼくの内心の声でもあったにちがいないよ。日常の襞にとりあえず紛れ込ませている、声にならない声さ。

目を覚ましたぼくは、斜めに首をかしげたまま、上半身を蒲団の上に起こし、頭上からの豆電球の光に照らされた、よく似た輪郭をした三つのおだやかな寝顔を、ぼんやりと見ていたよ。六畳の和室は家族のいきれで淀んで、三人ともしどけなく足元に毛布を蹴散らし、すこやかに寝息を立てていたね。

どうして、ぼくの視線は《家族》の寝顔にそそがれたんだろうかね。そして、暗い部屋の中をさまよったんだろうかね。ぼくには、なんだか、ちょっとしたやりそこないへの腹立たしさとも、そのほこさきをどこにも向けられない傷の痛みともつかない感触が残っていたよ。

## II

夢から覚めたぼくのどんよりした視線を《家族》の寝顔の上に導いたのは、ただの漠とした感触にすぎなかったさ。けれど、その感じは、ぼくの身体の底で、一日中、はっきりした言葉にはならずに震えつづけていたんだな。光の当たらないところで、昼の光のあるあいだ、鮮明な言葉になりたいと不規則に震えながら求めつづけていたのさ。ぼくはその求めに耐えかねて、ついうっかり、こんなつぶやきを洩らしてしまったよ。

「親指とひとさし指の先にジグソーパズルの一片を挟んだまま、考え込んでいるのか、それともあきらめているのか、二重にたるんだ顎の肉を、もう片方の手の親指とひとさし指で、つまんだり離したりをくり返しているだけの……、」

ぼくはひとり、ささやかな夜の食卓に向かっていたよ。眼の前にひろげた夕刊には、水の面に日射しがきらきら跳ねている噴水の前で、腕にレインコートを抱えた笑顔の若い女性の写真が載っていて、梅雨が平年並みに明けたことが報じられていたな。三年後にも、五年後にも使えそうな写真だったね。

いつものように、ぼくはしんねりした思いでメシをひと口ふた口、ミソ汁をひとすすりふたすすりしていたよ。風呂場からは江身子さんと子どもたちがはしゃいでいる声が、エコーをたっぷりときかせて聞えてきたよ。眼の前の夕刊に載っている写真の笑顔よりも、もっと明るい笑顔がこぼれていたにちがいないさ。

ぼくはメシをもうひと口、そばにあるオシンコをひときれ、ミソ汁をまたひとすすり、あいまに聞えてくるワァーという長男の歓声、キャーッと叫ぶ長女の悲鳴、二人をたしなめる江身子さんの声……。

ありふれたそんな一日の終わりの時間に、ぼくの内側で朝から震えつづけてきていた響きが、はっきりとした音になって浮かび上がってきたんだな。それはね、一つの単語にしてしまえば、「糾弾」という言葉にほかならなかったよ。人を糾弾してやまない響きを、橋口のものであった《夢の声》は脈打たせていたのさ。

少年時代をうまく抜け出せずに逝ってしまった一人の人間の、そのあらわになった《夢の声》に、ぼくは生ま生ましい響きを聞き取っていたんだな。

そうさ、ぼくはいまここで、こんなふうに言ってみるよ。

ぼくはこの夏を越えると、三十歳になってしまうよ。生きていれば橋口も、しばらくすると、三十歳になるんだな。ぼくらはみんな、三十歳になってしまうのさ。こんなに齢をとってきたなんて、信じられるかい。

日一日と光が鋭く尖がる五月になれば、光に向かって、ざわざわと全身が総毛立つふうになったのに、この五月にはうごめくものなんか何もなかったよ。萌える緑の若葉も、匂い立つ風も、眼を病み、鼻を病んでいる人のものみたいに、ただそこにあるだけのものだったよ。弾力をなくした膝はこわばって、便器に坐れば、脱ぎ置いたパンツとズボンよりもっと情けなく、しみがにじむふとももが眼に映ってくるのさ。

あたりへふんわりと放っているような眼には、景色も人の姿も、うすい空気の中でしらじらとしているばかりなんだな。そのことに気がつかないふりをして、ふところの深くへいろんなものを沈み込ませているようないまここにいるのさ。ぼくは単純に、老いつつあるのかね。それとも、萎えちゃっているのかね。

そうだよ、もうすぐ、ぼくらはみんな、三十歳になってしまうんだな。

大野が、うん、大野明彦が、あの夏の最後となったひと泳ぎを終えて、プールサイドで、荒い息をしながら投げ出すように言ったよね。

「白く干上がっていたプールに、真夏の青い水が満ちるように生きなければいけないのさ。」

得意のクロールで、大野は「真夏の青い水」を切りながら、勝ちゃんを送る言葉を探し求めていたんだな。いや、勝ちゃんを送る言葉じゃなくて、勝ちゃんを送るぼくらのための言葉を、ああ、まだうまく勝ちゃんを送り出せていなかったぼくらの、そのぼくらのための言葉を探しつづけていたのだったさ。

言葉なんて
どれほど遠くへ来たつもりでも
鎖につながれている
ぼくのうしろ影にすぎない

こんな一連を十七歳の「ソネット」に刻んだ大野のことだもの、プールから上がったばかりの荒い息に投げ出された言葉は、まちがいなくぼくらのための言葉だったさ。それが見つかりさえすれば、ぼくらは勝ちゃんをうまく送り出せると思っていたんだな。

二十五メータープールの端から端まで、まるで途中でブレスすることが、もうどんなふうにも齢を取ることのなくなった勝ちゃんに、すまないことでもするみたいに、大野は顔をほとんど上げずに、ひたすら青い水をかきつづけていたね。何往復もくり返されたわりには、最後まで静けさに満ちた形のいい泳ぎだったよ。

肩で息をつき、しずくをポタポタと垂らしながら宙に眼をやって立つ大野のうしろで、強い音を立ててプールの水が抜けていったね。膝を抱えて大野を見上げているぼくの尻から腹へ、振動が這い昇ってきていたよ。落ち着かない思いで、ぼくは大野から眼をそらし、揺れる水面に映って、さまざまに形を変える東校舎の影を見つめていたよ。

夕暮れに近くなって、西からの日射しも校舎にさえぎられ、プールの周囲はすっかり陰り、風が過ぎると、しなやかなぼくらの十七歳の皮膚にも鳥肌が立ったものさ。

すると、澄んだ声で、泡立つ水の音からみんなの耳を取り戻すように、武田が言ったのだったね。

「みんな、いつかはこの世からオサラバしてゆくんだから、何をしても、そうさ、何ひとつしなくても、同じさ。」

一メートルほど離れて坐っていた武田に眼をやると、うん、武田信介もぼくと同じように膝を抱えていて、立ちつくしている大野の長身ぶりにあらためて眺め入るふうに、眼を細めて仰ぎ見ていたね。武田の額には、いつものようにひと束の髪が垂れていて、その言葉をちゃんと補強しているようだったよ。

武田は、「拠りどころとしなくちゃならないものなど、ぼくらには、いっさいないしなんだ。」ということを、ただひとつの拠りどころにしている少年だったから、ああ、その点では、武田ももちろん、その原則からはじき出されていたわけだけれど、大野へ向けられたその言葉は、きっと、「見習うような正しい齢の取り方なんて、生き方なんて、どこにもないほうがいい。」っていうことだったんだな。

武田の、その言葉は、大野をすぐそばで見上げていたわりには、そのほうへちゃんと向かわずに、大野の言葉がにじませていた勝ちゃんの死に、音立てて打つかりすぎたよ。ぼくらはぼくらのすぐ足もとに落とし穴を仕掛けられたように勝ちゃんを喪っていたから、いきなり落ちた穴からすぐに這い上がろうとするようには、勝ちゃんをまだ送り出せていなかったのさ。

ぼくらはその日まで、あの夏の終わりかけていた、プールサイドのその夕暮れ時にいたるまで、勝ちゃんの死について、ひと言も口にしていなかったね。言葉にしていなかったよ。そんなぼくらに、それからの日々のぼくらに、武田の言葉は向きを指し示しすぎはしなかったかい。

それにしても、ぼくらがみんな、橋口を置いてけぼりにして、三十歳になってしまうなんて、ほんとうにほんとうのことなのかい。

## Ⅲ

ぼくはプールサイドで口にされた大野の言葉に向けて、一瞬、口を開きかけていたんだよ。けれど、その時、さっと肌を撫でていった日暮れの風に身ぶるいしたものだから、そのすきをつくように、武田に言葉をかぶされてしまったのさ。

武田が口にした言葉は、たしかにあいつらしいいさぎよさを持っていたとは思うよ。だけど、あの時はね、なんのクッションもなしにぼくらの思いを勝ちゃんの死のほうへ向かわせてしまったから、ぼくらは皮膚に鳥肌を立たせながら、半分を過ぎて急に減る勢いを増すように見え始めたプールの水を見つめているばかりだったさ。

いや、尻から腹へとますます強くなってきた響きに、しだいに居心地悪くなって、膝を抱え直すことくらいはしただろうけどね。

ぼくらはあの日、武田のその言葉を最後に黙り込んでしまい、暮れ始めたプールサイドをあとにしたのだったね。そして、それきりぼくは、そのぼくらの沈黙と一緒に、あの夏の終わりからいまここにいたるまで、「もう……」と言いかけた言葉の残りを喉の奥に、とどこおらせたままになっているというわけさ。

ぼくは、どんな言葉たちを音にできずに、いまここにいるのかね。声にしてやれずに、いまここへといたっているのかね。しかしさ、身体の内側に、時間を超えてたたえられている言葉なんて、あるんだろうかね。それは、ほんとうに時間を超えているのかね。

夏が終わりに向けて、急ぐように残りの暑さを燃え立たせていたあの日から、ぼくらが黙り込んでプールサイドをあとにしたその日から、ちょうど一週間前の、突然やってきたすさまじい雷雨がまわりの景色を揺らめかせる中で、ぼくらも内側をそれぞれ揺らめかせながら、勝ちゃんと最終の別れをしたのだったね。

激しい雨に打たれて、石の蓋をはずされたばかりの空洞から、ひどく寂しい湿ったにおいが立ち昇ってきていたよ。古びた墓石の下に、これから葬られる人と同じ血を持っていた者たちの骨や灰を抱いて、長いこと静かにたたえられてきていたからかね。

ぼくは鼻をそのにおいでいっぱいにしながら、(こんなに寂しく暗い所に収めなくたっていいじゃないか。)としきりに思いながら、墓石の下に開かれている空洞を見下ろしていたよ。勝ちゃんがその中にいる真白い壺が、降りしきる雨に冒されているようで、見ていられなかったさ。勝ちゃんは真夏の激しい雨に、この世の熱をさまされて、違う界を生きゆく人になってしまったのだったね。

うつむきかげんに帰りの道を辿り始めたぼくらの濡れそぼった学生服に、真夏の強い陽射しがまた照りつけると、たちまち陽炎が立ったよね。まだ生きている者が放つ生まぐさいにおいを、たっぷりと染み込ませていた埃のにおいを、ぼくらはまとい、全身を汗にまみれさせて、重い足を進めるほかなかったね。

大野の部屋で、におい立つ学生服を乱暴に身体から剝がし取ったけれど、ぼくらの思いは一緒には剝がされていかなかったさ。ぼくらは空虚な、無惨な時間に、パンツひとつで十七歳のしなやかな身をさいなまれているよりなかったよね。大野の狭い部屋を窮屈な真白い壺になぞらえ、生ま身の肉と骨の上を過ぎゆく時間という暴力に、強い痛みを覚えるほか、ぼくらに何ができたのだったかね、いっそう固く膝を抱き締めながらさ。

　それにしても、大野のあの部屋ときたら、天袋のような西向きの窓しかなくて、風は入らず、熱せられた空気が満ちている屋根裏部屋みたいな、外界から閉ざされた真夏の午後の《光景》そのものだったね。ぼくらは身体のあちこちから汗を噴き出して、人の生を踏みにじる暴力としての時間の怖ろしさを味わっていたわけさ。それともそれは、その生がその時間まで占めていた、ほかのものでは埋めることのできない空間を空けてゆくことがあるという怖さだったのかね。

　どのくらい、ぼくらはパンツ一つで壁に寄りかかり、あるいはまた二つ折りにされた万年蒲団にもたれていたのだったか、ふいに大野が熱く淀んだ空気を揺らして立ち上がったのだったね。大野は橋口がもたれていた蒲団の下に手を差し入れて、一冊の本を取り出したんだな。本は、そこのところが開かれていて、大野はそのページを、うん、すこし声を震わせて、遠くを見ていた眼を戻し、読み始めたのだったね。

朝の水が一滴、ほそい剃刀の
刃のうえに光って、落ちる――それが
一生というものか。不思議だ。
なぜ、ぼくは生きていられるのか。曇り日の
海を一日中、見つめているような
眼をして、人生の半ばを過ぎた。

あの夏の日の大野の姿がいまここにあるぼくに、そのままの形して思い出されているけれど、あの時ぼくは、大野が手にした本の、(その、そこが開かれていたのか……、)ってさ、なによりもそのことに打ちのめされていたんだよ。

だから、その日から一週間あとに、プールから上がったばかりの大野が投げ出すように言った、

「白く干上がっていたプールに、真夏の青い水が満ちるように生きなければいけないのさ。」

っていう言葉が、もうひとつ深い調べを響かせ、その詩の言葉を底にたたえて、せつなげにぼくの耳に届いてきたのさ。

つまりさ、大野は勝ちゃんを送るぼくらのための言葉を求めて、その詩にいたっていたんだな。それはたしかに、ぼくらのための言葉にほかならなかったのさ。だから、ぼくは大野のその心に、ちゃんと応じようとしたんだよ。

（「もう、栓は抜かれた。どんな日々も、ぼくらは生きてゆけないだろう。」）ってさ。

でもね、ぼくはぼくのこんな粗末な言葉を、大野が生み出そうとした言葉にくらべられるなんてことは、まちがってもされたくないよ。ぼくは大野の心にね、ああ、ぼくらの心にさ、なるたけまちがえないようにするつもりだけで、すぐに言葉を返そうとしただけなんだからね。

ぼくは大野のようにきれいに抜き手を切って、ぼくらのための言葉を探し求めていたわけじゃなかったんだからさ。ぼくのそんな思いだけでも買ってほしいというものだよ。現実に、あの時、大野はプールから上がる前に栓を操作してきたんだからね。

だけど、どうだったんだろう。ぼくはさっき、あの日に言いかけられたぼくの言葉は、武田の言葉にさえぎられたまま、いまここにまで音にできずに、声にしてやれずにきてい

るなんて、だいぶ大きく出たけれど、ぼくの言葉なんて、それほどのものじゃないけれど、

白く干上がっていたプールに、
真夏の青い水が満ちるように、
生きなければいけない。

もう、栓は抜かれた。
どんな日々も、ぼくらは
生きてゆけないだろう。

こんなふうに、ぼくの言葉を大野の言葉に継いでいたら、大野は、ふふっ、とでも笑みをこぼしただろうかね。

いや、もうこれ以上、あの夏の最後の一日のことを思うのはやめにするよ。いずれにしても、あの夏のプールサイドにぼくの言葉は残されたまま、ぼくらはみんな、もうまもなく、三十歳になってしまうんだな。いつまでも終わらないぼくらの夏っていうわけさ。

# IV

あの夜、ぼくは橋口の《夢の声》に、ひとを指弾してやまない響きを聞き取り、それに「糾弾」という言葉を与えて、怯えているぼくを認めたのだったよ。だけど、ぼくはぼくらより先に、少年時代を脱け出せずに逝ってしまったからっていうだけで、ぼくらを「糾弾」できるものが橋口に与えられているとは思わないよ。

ぼくらは橋口の死を生きているのじゃないし、それによって生かされているわけじゃないさ。いくら先に逝ったからといって、ぼくらを「糾弾」できるような何かを橋口は手にしてはいないよ。そこに思いが残された死であれ、いちばん最初にさよならしちゃえばいいってものじゃないよね。

だとすれば、尖がった唇、突き出るひとさし指まで引き連れさせて、そうさ、過剰な現実性まで与えて、ぼくはなぜ、橋口はぼくを、ぼくらを「糾弾」しているのかと《夢の声》に怯えてしまったのだろうかね。なぜぼくは、ぼくらは「糾弾」されているという響きを聞き取ってしまったのかね。

ぼくはそのころ、あてどない思いが腰から背筋にかけてわだかまる夜や、足首がアスファルトから拒まれるみたいに弾かれる夜更けになると、ハートブレイカーズの「どこにもない場所だから」の歌い出しの一節をくり返しくちずさむようになっていたよ。ぼくはその一節ばかりが口からこぼれ出ることに、わざとらしい笑いを頬に浮かべたものさ。

一日を終える時間のことだもの、昼のあいだよりももっと深くうつむいて、ぼくはくちずさんでいたんだな。くり返しの毎日の中で、ぼくはぼくの外側に拡がる世界をどんなふうに感じているのか、その一節に託しているみずからの小さい姿をあわれんでいたのさ。

「どこにもない場所だから」は山鳩の鳴くような、ほんとうにやるせない音の連なりで歌い出されたよ。ぼくは十代の中ごろから、それがB面に入ったドーナツ盤をズージーという音が混じるようになるまで聴きつづけたものさ。だのに、深まった秋のセンチメントに不覚にも足を取られ、二十歳の誕生日の翌日に、ほかの何枚かのポップスのレコードや数葉の手紙や写真と一緒に、「もう、こんな音楽にはサヨナラだ。」って、ゴミにしたのさ。

だから、たった一行でも、夜更けの街路を深くうつむいて歩を運ぶぼくの口から流れ出るようになるまでには、それなりの時間も経っていたというわけさ。それがだね、晴れ上

がった三月の、まだ冷たい空気の日曜日の朝に、庭先からぼくの耳に、

曇った土曜は
雨の月曜より
わたしを悲しくさせる
ラララ　ラララ　……

雪の日曜は
二度とはこない
しあわせを運んでくる
フムム　フムム　……

って歌う声が届いてきたのさ。冬のあいだの頼りなさから、強さをだいぶ取り戻し始めた陽の光の下で、しゃんと背筋を伸ばして洗濯物を干す妻の江身子さんの、けっこう聴けるソプラノの声でね。

もう一度、江身子さんは、「曇った土曜は／雨の月曜より／わたしを悲しくさせる／ララ　ラララ　……」とくり返しながら家に入り、すぐに残りの洗濯物を持って庭へ出てきて、それまでのバラード調からアップテンポになって、洗濯物を広げるパンパンといういきおいのいい音を響かせ、続けたんだな。

いったい　どこまで
わたしたち　どんな　ふりして
生きて　いったら　いいんだろう

江身子さんにしてみれば、空気はまだ冷たいけれど、青く晴れ上がった空の下で、白く、まぶしく光をはね返す洗濯物を手にしたら、速いテンポの歌でもなければ、おさまりのつかない気分になってしまったんだろうね。
だけど、ぼくにしてみれば、夜道で、ふたたびくちずさむようになった歌詞によく似た言葉が、明るい陽射しの下へ流れ出てきたのだから、そのほうへ身体ごと引きずり出される思いになったというものだよ。生ま身の現実が、一瞬のうちに、溢れる思いでいっぱいになったのさ。肌を重ねて、けっこうな月日を一緒に暮らしてきた女の歌声なわけだからね。

ぼくがくちずさんでいたハートブレイカーズの「どこにもない場所だから」の初めの一節は、こんな感じさ。原詞のほうは、ちゃんと韻を踏んでいるけれどね。

いったい　どこまで行くんだい？
手には大きな荷物をさげて
足には重たい鎖をつけて
空の果てまで飛ぶ気かい？

そうさ、ぼくらはみんな三十歳になってしまって、勝ちゃんへの思いでいっぱいになっていたあの日々が、ほんとうにぼくらが持つことのできていた日々だったなんて、すぐには想い起こせなくなる《風景》の中に、《時間》の中に、入り込んでしまうんだな。ぼくらはうすい空気の中に茫漠と広がる《景色》が続くところを、ほの白い月の光に浮かぶ輪郭を持たない《風景》が続くところを、くぐり抜ける姿して辿っていくんだな。

どんな《時間》がそこに流れているのか、ぼくはよく知っているよ。ふやけた一瞬一瞬が、浮遊するようにぼくのかたわらを過ぎてゆくんだな。闇も影も、はっきりした境や輪郭を持たず、のっぺりとした《風景》が索漠と拡がっているよ。

ぼくはそれにすっかり馴れきっているのさ。向かうところもなく、背中からの漠とした不快な力にあらがい、踏み出そうとする一歩の力も持たないようにね。

V

ぼくらの勝ちゃんへの思いは、「畏怖」と「憧憬」という、橋口の生ま生ましい《夢の声》に響いた二つの言葉に、十全につくされていたのだったさ。どんな注釈もいらない、ヒトの手垢にまみれた、ありふれた言葉さ。もういまでは誰も、これほど陳腐で、凡庸な死語を使うものはいないよ。だけど、それはかえって、手垢で汚れきった死語となったことで、ぼくらがほんとうに生きた日々を託すのに、かっこうのものになっているのさ。

勝ちゃんは、町のはずれを西から東へと流れる首抜川の名を背負って、〈クビヌキの勝〉

と呼ばれていたよね。それは、《伝説》としてぼくらに伝えられていたのだけれど、かつての少年たちの中で、あれほどの勇気と闘志と正義とで、その軀がこしらえられていた者はなかった、と称えられた、真にその名にふさわしい《少年王》だったんだな。首抜川の両岸にあるいくつかの町に君臨した、無敵の《少年王》だったさ。

たった一人の少年にしか許されなかったその座に立ちつづけるには、季節が移りゆくごとに挑んでくる、新たな死にものぐるいのあらくれを足元にひれ伏せつづけなければならなかったんだよね。勝ちゃんは、ある時は、その圧倒的な美しい勝利によって、またある時は、死闘と呼ばれる末の苦しい勝利によって、しだいに《伝説化》されながら、それを守りとおしたのだったさ。

けっして大きいとはいえない軀を中学校の制服に潜らせるようにして通い始めた一日から、少年と呼ばれるにはもうふさわしくない軀つきになって高校を卒業する日まで、優に二千日を越えて、勝ちゃんはその名にふさわしい「勝利」しつづけるものだったよ。そのような《ヒト》でありつづけたんだよね。

ある闘いのあとの、あっけなく勝ちゃんの前にひれ伏した少年の、「〈クビヌキの勝〉はエイレイをしょってるんだもの……」という恨めしげなつぶやきこそ、勝ちゃんの強さの源を言い当てていたのかもしれないさ。

勝ちゃんは、エイレイばかりを無数に産み出し、酷さをきわめた戦争にコノ国が敗北したソノ日に、コノ世に生を享けたんだよね。もう今日でコノ国はみじめに敗れるんだと、あぶなげなラジオの声で告げられた時、「勝利」を祈念された〈赤子〉として闇を抜け、光溢れるコノ世の真夏の午後に、あざやかな始まりの声を勝ちゃんは上げたのさ。

いや、嫁に来て、幾月も経たないうちに戦場へと夫を見失った女親が、ラジオから流れ始めた、ベツの世から来るような不明瞭な声に恐怖し、満ちていない日月のうちにあったのに、ひどい痛みに襲われて産み出されたのだとも……。

いやいや、あるものといえば、ラジオが立てる雑音と耳の底までしぐれる蟬の声だけで、炎熱の昼下がりのあたりを支配する静寂にこわばって、若い嫁は痛みを回避する声も上げられずにすくんでいると、まわりの者たちがいっせいに首うなだれて、うめき声やら、すすり泣きやらを洩らし始めたので、みずからの苦しみの声をその機に乗じて解き放ったのだった……。

〈クビヌキの勝〉はこんなふうにコノ国の敗北と一緒に誕生することになって、〈真夏の赤子・勝利〉という《伝説》の主人公になったわけさ。〈真夏の赤子〉は、もうその時には南の国でエイレイとなっていた父親の、コノ国へのせつない願いをそのままに「勝利」と名づけられたんだよね。B29に無惨に焼けつくされたあとの、帰る所のない魂ばかりが浮遊していたコノ国のぼくらの町でさ。

そうさ、ほんとうに勝ちゃんは、酷い戦争の時代を死んでいった者たちの魂を背負って、影たちが棲むコノ世に誕生してきたのさ。

勝ちゃんに敗れた少年のつぶやきは、《伝説》を幾重にもまとって、ぼくらにも伝えられたわけだけれど、その少年も女々しい恨めしげなせりふの主として、〈歴史〉に、みんなの〈記憶〉に、とどめられてしまったのさ。いまになってみれば、かえって名誉なことかもしれないけれどね。

それにしても、なぜ、勝ちゃんは首抜川の河原のそこを、あえて主戦場としたのだったかね。神聖な闘いの場所として、その時まで、歴代の《少年王》たちの誰によっても、一度として変えられることのなかった影隠神社の境内から、数多くの厄災を人々にもたらしてきた首抜川の、なお不吉なそこへと、どうして新しくしたんだろうかね。

《伝説》は、燃え盛る視線はあったけれど、その座に初めて、対手のほぼ半分程度の肉体しか持たずに挑んだ者が、かろうじて勝利できたのちに、川のほとりの、その場所に立ち込める不吉を身に引き寄せ、まとうことで、みずからの非力を補強しようとしたからだった……、こんなふうに伝えていたね。

勝ちゃんが初めて《少年王》の座についた記念すべきその闘いも、本来なら伝説化されてあたりまえのものだったのに、たしかにそれは凄絶ではあったけれど、勝ちゃんがそののち少年たちの眼に映し出したものにくらべて、取り囲んだ者たちの心を打てなかったから、「ごく小さな挿話＝〈小説〉」としてしか伝えられなかったというんだね。それは、まったく理不尽というものだったさ。その腕に全治二か月の傷を負い、誰の支えもなしに引き揚げ、その苦痛にも、あえぎひとつ洩らさなかったと伝わったのにね。

この「ごく小さな挿話＝〈小説〉」のことは、〈クビヌキの勝〉と呼ばれるにいたる《伝説》に話が及ぶと、その座に立ち向かう者としては、勝ちゃんの軀はまだ小さすぎて、その時まで四つの季節を守ってきた頑強な少年が敗れるとは、誰にも思われていなかったのだから、単に勝利しただけでも、ちゃんとした《伝説》として伝えられてきてもよかったんじゃないのかと、ぼくらは声を大きくしたよね。

勝ちゃんは、じつに禁を破って、闘争する少年たちの神聖な場所から禁忌の場所へと、闘いの場を変えたんだよね。首抜川の河原のその一角は、昔、非道惨忍な者たちが首を刎ねられた仕置場で、その近くで水遊びでもしようものなら、たとい昼の陽射しがあるうちでも、首を持たない手が伸びてきて、水中に引きずり込まれるから、けっして近づいてはならないと、年寄りや親たちから代々、口々に言われた禁足の場で、勝ちゃんはそんな忌まわしい所へ、あざやかに身をひるがえしたのだったさ。

遥かな過去からの長い時間に晒されつづけてきても、なおもぼくらに抱かせることをやめなかった不吉を、勝ちゃんは小さな肉体の背後に立ち昇らせようとしたんだよね。それというのも、八月の炎熱にあぶられながらの南の国の戦場での父親の死は、のちにひそかにもたらされたところによると、名も知れぬ川のほとりで、その地の民によって振るわれた鎌で首を傷つけられた末のものだったから、勝ちゃんは首抜川のその一角を南の国の川のほとりに遠くなぞらえたのだった、と《伝説》は伝えていたよ。

勝ちゃんはどの少年にも保つことができなかった二千日以上の、六年もの春夏秋冬の日々を、禁忌のそこを主戦場に《無敵の少年王》として君臨しつづけたんだよね。ああ、ぼくらは、それからの日々、〈クビヌキの勝〉と呼ばれるにいたる《伝説》の眩しい光に、「畏怖」と「憧憬」の思いで、心も身体も震わせることなしには、けっして、その名を口に出せなかったのさ。

## VI

あの夜、しろじろと月が渡っていったあの春の夜に、天啓として勝ちゃんは、ぼくらのもとに訪れてきたんだよね。いや、あれは、訪れてきた、というような穏やかなものじゃなくって、襲ってきた、というくらいの、激しい突然のものだったさ。

ぼくらは翌日に、ぼくらにとって、ついに最大の日となった一日を控えていたのだったね。このあいだ、《夢の声》を引き連れ、《夢の光景》として蒸し暑い梅雨の夜に、橋口がぼくに見させた、うすずみ色した春の夕まぐれの一日のことさ。

ぼくらは、あの夜、大野の部屋で、抱えた膝の上に細い顎をのせ、また二つ折りにした蒲団に背中をもたれさせて、［アイツおよびアイツが惹き起こした件］に、ぼくらがまともに立ち向かえるのは、どんな姿かたちでなのか、どういうところでなのか、と探し求めていたのだったね。

ともすると、いつものように突き出る橋口の、槍の穂先みたいなひとさし指と、その粘

る口調に、

「［アイツおよびアイツが惹き起こした件］を糾弾するべきさ。ぼくらはそうすることによって、アイツを支える原形を打ち壊せるんだぜ。原形が打ち壊されないかぎり、アイツの卑猥なココロは何事もなかったように、これからも持続されてしまうんだよ。ほかのいくつもの街で燃えさかっている炎も、多くはそう考えて、勢いを増しているぜ。ぼくらはそうして一つの炎としてつながり、ますます火勢を強めることができるのさ。」

そんな方向を指示されそうになっていたね。

橋口のひとさし指はさらに鋭く突き出され、武田も大野も額から頭のうしろへと貫かれそうな感じがしていたのじゃなかったかい。突き出るひとさし指は、ぼくらの傾きを強くする不思議な威力を持っているものさ。

すこしして、橋口の、そのひとさし指がこぶしのうちに収められると、武田が静かに言ったね。

「いや、ぼくは、［アイツおよびアイツが惹き起こした件］をいくら糾弾しても、アイツを支えている原形まで打ち壊せるとは考えないよ。糾弾が、技術的にも、内容的にも、十分にうまくいったとしても、ぼくらはおそらく、アイツを支える原形まで打ち壊せた、と信じることができるだけだろうね。ぼくらはこのあいだ、何年経っても、アイツの眼がメガネの奥で冷たくたたえられているのを見て、アイツに挑んだんだよね。ぼくらはどうして、あの日、単純な、ただの拍手だけで挑んだんだろうかね。」

やわらかい手つきで額にかかる長い髪をかき上げながら、武田は言ったね。橋口が突き出したひとさし指の力を払いのけようと、その手はひるがえされたのにちがいなかったさ。

ぼくらは、アイツがずいぶん久しぶりにぼくらの前に姿を現わしたのを見て、プフッと吹き出さずにはいられなかったよね。どこといって乱れたところのない上品な紺の背広にしても、七対三にかっきりと分けられた髪型にしろ、まあ、黒ぶちメガネの下で尖がる細い顎が、思春期の少女たちに軽い笑いの材料を与えたかもしれないけれど、アイツはありきたりの中年男にすぎなかったから、とりたててぼくらに吹き出されてしかるべきところは何もなかったはずさ。だけど、ぼくの横にいた橋口も、武田も、うしろの大野も、いっせいにプフッと吹き出したのだったね。

それほど強く風が吹き過ぎたわけでもないのに、ひとひら、ふたひら、みひら、……、と散り残った桜の花びらが、校庭のはずれから少年少女の足元に舞い落ちた午前のことだったね。校長のドビンと肩を接するように演壇に立ったアイツの、うん、すこし緊張のふうを見せてはいたけれど、いかにも〔ワタシハモノヲオシエルガワノモノダ〕と取り澄ましている顔と、それをのせた肩の線と、そのふたつをつなぐ首の筋が、どんなに卑猥なココロでできあがっているのかを、ぼくらはよく知っていたからだったよね。

アイツはぼくらの町のチイちゃんを、「ヨロコビの声をあげて、毎晩、オトコ親を迎え入れ、妊むことがどういうことかも知らずに……」という、でたらめな風説をあとに残させて、夜のうちに町から去らせたオトコだったのさ。

深く窪んだうすいまゆげの下の眼に、いつも笑みをたたえ、不思議なもの、奇妙なものをぼくらから見つけ出しているよりなかったチイちゃんを、アイツは黒ぶちメガネを光らせ、満面に怒気をあらわにして、くり返し、長い時間、無言で威嚇しつづけたものさ。ぼくらはやわらかなラバーボールのようなボウズ頭と、丸いこけしに似たオカッパ頭で、じっとうつむき、押し黙っているほかなかったね。

ことに、その日のアイツの威嚇は執拗で、とだえることのなかったチイちゃんの眼もとの笑みもしだいに失われ、ブラウスの襟もとから真白いうなじをすっかり見せるほどにもうつむいてしまったんだよね。そして、ほんのいっときののち、初めての木枯らしに舞い散ってゆくわくら葉のように、チイちゃんはそのうなじの真白さをぼくらの眼に眩しく輝かせながら、ゆうらりとくず折れていったのさ。

ぼくらは光りつづけるアイツの黒ぶちメガネに射すくめられ、小さく椅子に縛られているみたいに、かすかな身動きさえできずにいるほかなかったのだけれど、そんなぼくらの鼻に、幼い心たちにはいつも恐怖と同じだったソレが、すぐにきまって立ち昇ってくるソレが、生まあたたかいままプーンと届いてきたのだったね。

のちに、ぼくらは「チイちゃん」という呼び名を耳にすると、立ち昇ってきたソレを、どうしてもまぼろしに嗅いでしまうことになったけれど、それと一緒に、自分の靴先にうずくまる枯葉のような少女を見下ろしている、アイツの黒ぶちメガネに鎧われた氷った眼つきも浮かび上がってくることになったんだね。アイツのその眼つきから、幼いぼくらが想い当たるもっとも卑猥なものの気配をぼくらはちゃんと見ていたよね。アイツはきっと、その時、勃起していたにちがいないよ。

その翌日から、ぼくらはチイちゃんの姿を二度と見かけることがなくなったんだね。そしてまた、今日まで、チイちゃんがぼくらにそそいでくれたようなまなざしにふたたび出会うこともなく、ぼくは来ている気がするよ。

ぼくらは、そうして、それぞれ背丈を二十センチも三十センチも伸ばした月日をあいだに持って、静かに桜の花びらが散りかかる春の日の午前、壇上に立つアイツの、卑猥なココロの力で全身の形が保たれた姿を眼にすることになったんだよね。ぼくらは、みだらで強欲なガラスの眼つきで遠い時間のむこうからやってきたアイツの姿かたちを見て、プフッと吹き出さずにはいられなかったんだな。

吹き出した口元をそのままに、ぼくはふり向き、笑いをにじませて、片眼を大野に向けてつぶり、横にいた武田の脇腹を肘で軽く突いたよ。大野はきまじめな顔をして、武田は正面に向いた姿勢を崩さず、二人とも、強い言葉を返すように、コクリと顎のひと下げで答えたのだったね。武田の肘が、その横に立つ橋口の脇腹を突くと、同じように橋口も、コクリとしたよね。

校長のドビンが、アイツを紹介しながらの、もったいぶった長い話を終え、演壇を下りてゆくと、アイツはいかにも角張って姿勢を正し、一歩前へ出て、「ただいま紹介されました……」と、口を開いたんだな。ぼくらはその瞬間をつかまえて、遥かな空の高みにまで音を届かせようとする力を込めて、いっせいに拍手をし始めたのだったさ。

いきなり始まった拍手の音は、歓迎のそれにしては音高く、長く続いたから、アイツはけげんな顔で口を閉ざし、ぼくらのほうに首を回したよ。あたりには春の陽がおだやかに射し、少年少女たちの誰をもやわらかく包んでいたのに、ぼくらに向けられたアイツの黒ぶちメガネだけは日の光を鋭く跳ね返して、光っていたよね。

アイツは、なおも続く、ぼくらの音高い拍手に悪意が込められているのに気づいたのか、土埃りをひどく巻き上げて風がいきなり立ったあたりを見つめるみたいに、眉間に深くシワを刻んで、ぼくらに視線を据えたんだな。

（アア、オモラシさせられたチイちゃん、ぼくらは彼女のために何もしてあげられなかった……。）

そんな思いを胸にとどろかせながら、ぼくはアイツの鋭い目の光に刺されないように、視線の切っ先をこらえていたよ。

ぼくら四人が音高い拍手でアイツと対峙しつづけていると、何かを感じたのか、あるいは不審のうちにだったたか、少年たちの中から一人、二人、三人、と拍手が起き、やわらかい少女の両手も加わって、それは、二十人、三十人としだいに拡がって、やがて春の陽がいっぱいの校庭に、大きい渦を巻き上げたのだったたね。遠くから寄せてくる潮鳴りのように、渦巻く音は南の校舎の壁にぶつかって、跳ね返り、北の壁へと響いていったよ。

壇上に一人立つアイツは、眉根にシワを寄せて、黒ぶちメガネにしばらく光をたたえていたけれど、尖がった顎の先まで紅潮したその顔は、すぐに青ざめ、そして深い息をつくと、不快さのきわまる顔を昂然と上げ、高鳴る拍手の響きに壇から下りていったのだったね。

ああ、うららかな春の空の下で、アイツはこうしてぼくらに迎え入れられたんだな。やがて、アイツがほかの町で惹き起こした、さらにいくつかの卑猥な件が伝わり、拡がって、多くの少年少女たちの怒りを呼び出すことになったんだよね。

そのころ、ほかのいくつもの町でも、それは、不快とか嫌悪とかであったり、抵抗とか克服とかであったりしたけれど、［アイツおよびアイツが惹き起こした件］によく似たものをきちんと片づけられないかぎり、そののちへと続いてゆくぼくらの時間をほんとうの思いでちゃんとやっていけないだろうことが、そのことだけが、まだしなやかだった心にはよくわかっていたから、それは怒りとなって、少年少女たちのあいだを枯草を伝う火のように渡っていったのだったさ。

月が天空を渡ってゆく春の夜がむなしく更けていったよね。春の夜風が大野の部屋の西向きの高窓にときおり吹き寄せ、軽く音を立て始めたよ。どれほどの時間が過ぎたのか、その風の音がうながしたのか、［アイツおよびアイツが惹き起こした件］にちゃんと立ち向かえるぼくらの形がなければ始まらないと、ふたたび、橋口が、武田が、そしてまた橋口の、武田の、と言葉が、それを探して行き交ったね。

　橋口と武田は大野とぼくより、ぼくらの向きを指し示そうとする言葉を多く持っていたから、こんな夜には、この二人のあいだで多くはやりとりされたのだったよ。

　それにしても、おお、そんな二人が二人とも、一方は死というまったき沈黙の世界に身を移して永遠に口を閉ざし、一方は拠りどころとしなければならないものなどいっさいなしなんだ、これからはいっさいを無音にしてくれと十七歳の想いをひとつ言い置いて、いまではどのような生にあるのかないのか、いつまでも終わらない季節の中にいるばかりさ。

　美しいソネットに想いを託していた大野でさえ、うたいつづけるには喪われたものの穴が大きすぎ、それを塞ぐには言葉など小さすぎて、人込みから遠く離れて、うす暗い部屋に立てこもっているんだな。

　だのに、ぼくは、なんておしゃべりなんだ。とにかくおしゃべりをしなくては、という衝動に口をあずけ、言葉を吐きつづけているなんてさ。勝ちゃんのことについてのおしゃべりをしてしまわないかぎり、ぼくらが何者だったのか、ぼくが誰なのか、どんなところにぼくがいるのか、わからないからだなんて、なんて未練がましい、まったくひどい、おしゃべりなんだろう。

## Ⅶ

夜がどれほど更けていっても、ぼくらはぼくらの耳の奥でかすかに響きつづけているものをじょうずに言葉にはできなかったね。だけど、幼い日に何もしてあげられなかったチイちゃんのために、ぼくらの感情を正確に表に現わすことだけが、「アイツそしてアイツの卑猥なココロ」に打ち克てるやりかたなんだとは、わかっていたさ。

橋口も、武田も、しだいに言葉すくなになり、ぼくらは行き悩んで、口を閉ざし、やがて膝を抱え込んでしまったね。ぼくはその前から、ずっと顎を膝小僧にのせ、視線をぼんやりと畳に遊ばせていたよ。腋の下ににじみ出る汗が、小さいかたまりとなって脇腹を伝い落ちてゆくのにつれて、そのまわりの皮膚が縮むのを寂しい風が立つように感じながら、膝を抱えていたのさ。

すると、大野がいきなり、かろうじてそれは、幼児のおしゃべりのように、きれぎれの単語でつながれて、なんとか意味をまとっている言葉を、口から取り落としたのだったね。

「〈クビヌキの勝〉を、……ね、首抜川の、……オレ、見たよ、昨日……、土手で……。」

その名を口にしながら、大野は、信じられないものが喉をせり上がってきて、声となって出てしまった、という眼をしたよ。大きく見開かれた眼は、そのままの形に固まってしまいそうだったな。

ぼくは、その名が、突然、耳に侵入してきたものだから、きつく脇腹を打たれたように、いっそう強く膝を抱えてしまったよ。そして、橋口と武田とぼくは、それぞれ、かすれた声で、そっと刻んだんだよね。

「〈クビヌキの勝〉を、見た……。」

あらかじめ罰が下されている畏れにぼくらは身を竦ませ、眩しく光り輝くものに遠く憧れて、その名をささやいたんだよね。

《伝説》の姿を輝かせつづける《少年王》……。その名を口にしようとするだけで、少年たちの眼をどんよりとさせ、皮膚の色を褪せさせた〈クビヌキの勝〉……。まだ年少すぎるからと、首抜川の修羅の闘いの場から遠ざけられ、肩寄せ合って、群れなす葦の茂みのあいだから、たった一度だけ盗み見ることができた、ああ、やわらかかったぼくらの眼の膜に映し込まれた、「畏怖」と「憧憬」そのものの形をしていた、赤い身の、ぼくらだけの勝ちゃん……。

生ま身のその姿を誰も見かけることがなくなって、どのくらい時間が経っていたのか、《余説》としてそののちぼくらに伝えられた《語り》によれば、そのころ、勝ちゃんはコノ国の首都の地の闇へ向けて、たった一人で蜂起の声を挙げていたのだった……。

炎はやはり、コノ国の首都でも、いまを盛りと燃え立ち、厚く覆ったコンクリートに若い血をたくさん滲ませていたから、赤身にその炎をくっきりと映し出して、勝ちゃんは新たな闘いを始めていた……。

そんな一日に、勝ちゃんは、首抜川の土堤に立ちつくしていたんだな。うん、勝ちゃんは、初めての《少年王》の座を守る闘いに、みずからの身の不十分を補おうとして、そのあたりに変わることなく立ち込めていた不吉を、新たな闘いのためにまとおうとしていたんだね。力こぶを剝き出し、首都の暗い地の闇へと向けて振るわれたツルハシを肩に担いでさ。

大野はあとになって、勝ちゃんの姿を見かけてから、みんなの前で声となって、いきなり口からその名がこぼれ出た一瞬にいたるまで、どんな言葉で三人に《物語》したらいいのか、そのきっかけをどうつかめばいいものか、まったく考えつかなかったんだよ、と言ったね。

ああ、それはしかたのなかったことだよ。あの春の夜に、大野はまっ先に、三人に、《事件》を伝える口の形しておしゃべりすることはできず、まして《物語》したかったのに、それを《消息》のように告げることはできなかったんだよね。首抜川の、そこにいた勝ちゃんは、じつに、ほんとうに、〈クビヌキの勝〉そのものだったんだからね。いまぼくが、ここでしゃべっている、こんな似姿みたいなものじゃなかったんだからさ。

ぼくは膝をさらにきつく抱きしめ、しなやかな、まだ生活の肉もついていない十七歳の身体を小さく折り曲げて、大野がつなぐ言葉に耳をあずけたよ。

「きのうの夕方、なんだか急に、首抜川の流れが見たくなったんだ。ぼんやり川べりへ向かって、土手のあそこに、差しかかったのさ。あそこの曲がりだけ、ほかより暗いのを、みんなも知っているよね。そこでさ、立ち止まって、流れに眼を向けたら、ぼくはいつも、そうするんだけど、そしたら……、」

大野がどんな表情で、どんな口の形をしてしゃべっていたのか、ぼくは一度も顔を上げなかったから、知らなかったよ。いやいや、わかりきっていたさ。大野がどれほどの勝ちゃんへの「畏怖」と「憧憬」の思いに満ちている顔つきを、口もとをしていたのか、わかっていたよ。

「土手を、下りきるところに、……いたんだ。夕闇の中に立つ人影があるのに、気づいたんだ。ぼくは、（アッ、〈クビヌキの勝〉だ！）って、その瞬間、思ったよ。いや、思った、というより、感じていたんだ。〈クビヌキの勝〉を、ぼくはただ感じたんだ。ぼくはたったの一度きりしか、あの〈ヒト〉の生ま身を眼にしたことがないのに、ずっとこどものころの、ずいぶん昔のことなのに、それなのに、その人影に気づいた瞬間、ぼくは、（アッ、〈クビヌキの勝〉だ！）って感じたのさ。（ぼくは、〈クビヌキの勝〉を！）って……。」

大野の声は、そこでいっそう上ずったよ。あたりまえさ。ぼくらが、ほんとうに畏怖し憧憬していた〈伝説のヒト〉が、夕闇にまぎれそうな眼にまちがいなく映った一瞬を、まちがわないように《物語》しようとしたのだからね。

上ずった大野の声は、ぼくの眼にも、そこにいる勝ちゃんの姿をちゃんと映し出したよ。ぼくも、「（アッ、〈クビヌキの勝〉だ！）」って感じていたのさ。ぼくの叫びも、耳の中にこだましていったよ。

しばらく大野は黙り込み、大きく息を吸ってから、やわらかい声で、そっと、いとおしむように、静かに言ったよね。

「あの〈ヒト〉を感じた時、キュン、と鳴いたんだ。鳴いたんだよね、ぼくのチンボコが、キュン、ってさ。」

そうして、ぼくらのチンボコも、いっせいに、キュン、と鳴いたんだよね。

こんなふうに、あの春の夜、勝ちゃんが天からの啓示として、ぼくらのところへやってきたのだったね。だから、ぼくらは勝ちゃんにまつわる「ごく小さな挿話＝〈小説〉」を手立てに、「アイツそしてアイツの卑猥なココロ」に立ち向かうことにしたのだったさ。

勝ちゃんはぼくらの始まりの終わりを決定してしまったんだね。

## Ⅷ

そのころ、いくつもの都市で、固く塗り込められたアスファルトにわずかばかりの傾斜を見つけ、一条のひび割れに沿って、驚くほどたくさんの、若いあたたかな血が流れていったよ。地を赤く染めてゆくそれに、これほどにも流れ出るものかと寒いくちびるをかたわらで噛みしめてみても、大きな音を立てて時間が切れてゆく怖れへの震えは止めようもなかったさ。

ずいぶんあとになってから、花の華麗を誇る遠い国の首都でも、地に向けて振り下ろされたものがあったと、ぼくは耳にしたけれど、「この下は砂浜だ。」なんていう、あまい言葉をくちずさむようにはね、勝ちゃんのそれは、抒情としてアスファルトへ打ちつけられたわけじゃなかったよ。勝ちゃんのツルハシは、コノ国の首都を堅固にのせて、あの夏の日に敗れたのちも、揺るがずに基盤を成してきた地の深い闇に向かって、振り下ろされたのだったさ。

いくつもの層によって守られ、それらをいけにえにしてきたコノ国の深い闇のありかを忘れさせて、とうに葬られているみたいに厚くそれを覆ったアスファルトへ、勝ちゃんのツルハシは鋭く向けられたのだったさ。そうさ、まちがいなく、みじめな敗北を背負わされたみんなの〈真夏の赤子・勝利〉としての、コノ国を支える暗い地の闇への闘いだったのさ。

このことは、〈余説〉として、勝ちゃんを喪ったあとのぼくらに、あの夏の終わりに伝えられたのだったけれど、いまここで、ぼくはその勝ちゃんのたったひとりの闘いを、踏みつづける頭韻脚韻が《物語》の重みを支える剛健な《叙事詩》のように、あるいはまた、あまやかな衣で包んだ《抒情詩》みたいに、口にのせるほうがいいのかね。

いいや、ぼくがそれをどんなふうに口にしても、〈余説〉は〈余説〉でしかないね。ぼくらはそこのところから始められているのでも、そこから来ているわけでもないさ。

ぼくはひとり、おだやかな春のたそがれがしだいに闇を濃くしてゆく中で、落ち着かない気分のまま、ぼくら四人が揃うのを待ちかねていたよ。ぼくはいつも、遅れちゃいけないとするあまりに早く着きすぎたり行きすぎたり、早すぎちゃいけないとするばかりに遅れすぎたり届かなかったりしたものさ。ぼくは、橋口が、武田が、大野が、そのものでいられたみたいに、そのものとしてあることができなかったよ。

アイツの家のまわりには、十人をはるかに越える少年たちがいて、ある者は角材で地面を激しく叩きながらアイツを罵り、別の者は押し黙ってうろうろし、あるいはひとかたまりになって低い声を洩らしつづけていたよ。

ぼくはそんな少年たちを眼で追い、煽られながらも、ぼくらは勝ちゃんにまつわる「ごく小さな挿話＝〈小説〉」のうちの一つを、もっともはかなげなそれを忠実に遂行するだけでいいんだ、ぼくらは彼らとはいっさい関係がないんだ、と言い聞かせながら、生垣の隅の石に腰かけていたよ。

　春のたそがれも夜へと移り終え、初めから雨戸が閉められていたアイツの家が小路の街灯に浮き上がり、どんなに小さな音も明りのひとすじも洩らさずに、まるで「アイツそしてアイツの卑猥なココロ」そのものみたいに息をひそめて、冷たく閉ざされていたよ。外側でどれほど声を立てられようと、足音高く地を踏みしめられようと、伝わってくるものなど何ひとつ、響いてくるものなどまったくないように、黒々と静まり返っていたね。

　待つうちに、聞き馴れた声が遠くから路面低く届いて、ぼくは詰めがちだった息を吐き、春のぬくもりもひんやりとさめた石垣の上から、ゆっくりと重い腰を上げたよ。うん、ぼくの腰は、十二分に重たくなっていたんだよ。ぼくは役割を果たすべく、ソレを、おとといからずっとがまんしつづけていたんだからね。

　ぼくは余裕の笑みをこしらえて、三人を迎えようと立ち上がったんだけれど、その時、突然、ぼくは思ってもいなかったのに、みんなに向けて尻を突き出し、アスファルトの上にふっと腰をかがめ、右手のひとさし指で指さしたんだよね。ぼくのそのしぐさを見て、初めに橋口がぼくの前に回り込み、手にしていたものをぼくの顔の前に突き出すと、武田も大野も、「ウン」という強い声でそれに応じて、ぼくの鼻先にそれぞれ手にしていたものを差し出したね。

ぼくら四人は、示しあわせたものを確認しあって、「アハハ、アハハ、アハハ……」と、ぼくらの短かった日々の、最初にして最後の、腹の底からの笑い声を上げたんだよね。ぼくらは勝ちゃんにまつわる「ごく小さな挿話＝〈小説〉」のうちの、もっともはかなげなその一つに、忠実に従おうとしていたよ。ぼくらはそれが伝える武器を、おのおの一つずつ携えていたんだよね。

勝ちゃんの「〈小説〉」が伝えるところでは、《少年王》の座に挑む勇気を持たなかったかわりに、卑怯な怖じ気ばかりをわがものにした、ひとの純な思いを正確に汚すことのできるココロを持っていた少年が、勝ちゃんの次の闘いが行なわれる前の日の夕暮れに、首抜川の、その〈聖なる場所〉に小便でまがごとをしようとしたのだけれど、その量がまるで足りなかった、というのだったね。

卑しいココロをした少年のそのまじないごとを知った勝ちゃんは、卑しく汚れたそのココロに見合うくらいの、いや、やっぱり、〈クビヌキの勝〉の反転のふるまいだったのだから、どうしたって、それを大きく超え、破砕してしまうものになったわけなんだけれど、そのオトシマエは、長くてたくましい、新鮮ににおい立つみずからの一本のソレと、三種のソナエだった、と「〈小説〉」は伝えていたね。

「〈小説〉」はまた、こんなふうにも伝えていたよね。

「《少年王》が携えていったものは三種のソナエだったけれど、ソノ三種がまちがいなくソレであったのか、誰も見たことがないから、どうもそのようなものであったらしい、というほどのもので、ソレは、そういうものだと思い込めれば十分なものなのだ。とにかく、伝えられている《少年王》の三種は、その時のものに似せているだけで、だから、誰も眼にしたことのないソレを、あたかも風に吹かれている〈仁〉と〈義〉に似ているといって、〈三種の仁義〉と呼んできたのだ。けれど、大切なことは、闘いにのぞむ者が携えるソノ三種のソナエより、それをあやつる〈ヒト〉の用意がきちんとなされていなければならないことなんだ。」

「〈小説〉」なんてものは、こんな程度のものさ。聖なる勝ちゃんにまつわり、へばりつき、媚びているだけのものだね。つごうの悪い、不明なところは置きっぱなしで、ほんとうのことを屋根の上で言いつづけてきているみたいに見えるだけでいいのさ。それに、なんといっても、どれもこれも、たった一つの眼しか持ってなくて、おまけにそれさえつぶっているようなしろものなんだからね。

まあ、勝ちゃんにまつわる「ごく小さな挿話＝〈小説〉」は、それこそ夜空に散っている星の数ほどあって、吹き過ぎる風のまにまにきらきら光って、その場所を明かすことはしていたけれど、《伝説》にくらべたら、まったくはかないものだったさ。だけど、そんなはかない「〈小説〉」のうちでも、どうしてそれをぼくらが手立てとしたのかと言えば、それが、はかなさでもっともきわ立っていたからだったんだよね。

あの夕暮れに、ぼくらが用意したのは、大野が魚肉ソーセージ十本、武田がパイナップルの缶詰ひと缶分、橋口が底をくり抜いたアヒル首のオマルだったね。これらがぼくらの〈三種の仁義〉だったさ。《少年王＝クビヌキの勝》が身につけていったものとは、似ても似つかないものにちがいなかったけれど、それらが似せたのは、「〈かつぎぼう・ひしゃく・おけ〉」という三種で、子どものころのぼくらにはおなじみのものだったよね。

ただ、ほんとうに、どうしても欠いてはいけなかったものは、準備が万端でなければならなかったものは、その三種をあやつる〈ヒト〉の用意のほうだったんだよね。［アイツそしてアイツの卑猥なココロ」と十全に対峙するための、〈三種の仁義〉をあやつる者の、うそいつわりのない用意としての、そうさ、けっしてまちがってはいけなかった、おお、ぼくの内側の、暗くて深いところに、十二分に溜め込まれた、うんこ……。

春の宵は、ぼくら四人を包んで深まってゆき、前の晩と同じように白い月が空を渡っていったね。たむろしていた少年たちも、一人、二人と去って、あたりは静まりかえっていったよ。ぼくら四人は、ぴたりと閉ざされたアイツの家の玄関の敷石に、ピラミッドのように魚肉ソーセージとパイナップルを積み上げ、それを真ん中にして、底をくり抜いたアヒル首のオマルを置いたんだよね。

うん、それから、ぼくは、ジーパンとパンツをおもむろに下ろし、まだ青白くまだらに蒙古斑が残っていた尻を剥き出し、アヒル首のオマルに跨がり、溜めに溜めた、それまでも、そののちも、あれ以上のものにお目にかかったことがない、太くて、長くて、よく巻き上げた、見事なうんこをしたのさ。

そうして、ぼくらは、「アイツそしてアイツの卑猥なココロ」と十全に対峙しきったのだったさ。あたりに漂うひときわ高貴なかぐわしさにむせながら、ぼくらは、

(アア、オモラシさせられたチイちゃん、これで、ぼくらを許しておくれ!)

そう、心に叫んだんだよね。叫びは、ぼくらの喉からほとばしり出て、春の夜空へと遠く駆け昇り、ぎらぎら光りながら、かなたへ流れていったのさ。

## IX

いまさらのようだけれど、ぼくは、何かについてしゃべろうとすると、どうしてこのことがしゃべられなくちゃならないのかというおしゃべりが、次から次へと湧いてきて、すべてはとうていしゃべりきれないのだから、ぼくにとって、おしゃべりは苦痛以外のなにものでもないんだと、前もって言っておけばよかったのかね。

きのうの日々から追い立てられて、ぼくは、さまざまな表情をしながら、ぼくの眼に焼きついている《光景》の、そのいくつかをしゃべってはみたけれど、そうさ、ずっと耳の奥に聞えてきている次の《言葉たち》を口にしてきたけれど、これは、しゃべるに値いするとは、誰かと分かちあえるとも思えない、ただのおしゃべりにすぎないんだな。

この先へと誰かを行かせることも、どこかへ向けて立ち去らせることもできない、そんなおしゃべりが、うん、ほかの誰とも分かちあうことができない、いや、分かちあうことをしないおしゃべりが、ぼくには、あるだけなのさ。うすっぺらな、じつにちっぽけな、切り離されて、落ち着く場所を持たない、うそそっくりのおしゃべりがね。

ぼくは、ただのおしゃべりにすぎないよ。

いまでは、もう、伝えることで何かの力になるんだという《幸福な物語》も、何かを目ざすだけで有効なんだという《不幸な物語》も、かたわらにはないのさ。そうなんだ、いまここにあるぼくの生は、どんな生とも名づけられない、何のための生なのか知らない、ただ空しく次の時間へと漂ってゆくだけのものなのさ。

真夏の鋭い陽射しもすでに、西の空を赤く染め始めているよ。かん高く続いていた蟬しぐれもしだいにおさまって、ひとりやるせなくヒグラシの声が耳を打つよ。あれはいったい「カナカナ……」と嘆いているのかね、それとも、「カナカナ……」と問いかけているのかね。

樹々を抱いて、かりそめをしぐれている蟬の声を全身に浴びていると、いまここがだんだんうすく、かすかになり、ときおり肌を過ぎてゆく風が、〈コノ世〉と〈ホカの世〉をめぐるいぶきのように感じられてくるのさ。小さな庭では、真紅のカンナの花が舟型の葉の裏にひときわ濃い影をたたえて、風に大きな葉を揺らしているよ。

「ぼくはたった一つのことについてしゃべらないために、数多くの言葉を口にしてきていたんだな。」

こんなふうに、ぼくはいま、ここで、このおしゃべりの初めのところで、言ったよ。勝ちゃんのことについてはしゃべるまいと、そうさ、そのことだけのために続けていたおしゃべりは、やめることにしたのだったよ。だけどさ、ほかのおしゃべりは、言葉たちは、どんなふうになればいいのかね。

たとえば、ぼくの横で、妻の江身子さんが、うすものをまとって、ぐっすり眠り込んでいるよ。ついさっき、

「なんでもなかったわ。遠くなってゆく意識の中で、なんだかよくわからないものに、キバを剝き出した怖いものに、軀の奥がガッと嚙みつかれた気がした瞬間、眠ってしまったみたいだったわ。車の運転は気をつけてしてきたけれど、麻酔がまだ醒めきっていないみたいだから……。」

こう言って、色をうすくした顔に妙な笑いを浮かべ、車の鍵を手渡してから、崩れるように横になり、すぐに寝息を立て始めたのさ。ときおり、ひどいいびきもかいているよ。

ぼくのおしゃべりは、江身子さんのその言葉に返す何かを見つけられるんだろうか。答えることのできる言葉を持っているのかね。ぼくは、汗のにじむTシャツ一枚で畳に寝こ

ろび、次の時間へと新たなものをつなぐことを拒んだ江身子さんの、深い眠りの奥にひそむ闇を怖れながら、言葉を探すことができるんだろうか。

それとも、ぼくは、天井に眼を凝らして、この夏を越えると、ぼくらはみんな、三十歳になってしまうなんて、ほんとうに信じられていいことなのかい、ってつぶやいてばかりいるだけなのかね。

（＊124ページの引用の詩は北村太郎「朝の鏡」〔『北村太郎詩集』所収〕より。）

## おしゃべりなあとがき

新型から変異に変異を重ね、いまやその災いをなすちからが増すばかりのコロナウィルスと一緒にいる、２０２１年の初夏の日々だ。樹々は溢れる光を浴びて、緑の葉が唄うように吹き過ぎる風にひるがえる。ウィルスがひとの息からひとの息へと嬉しそうに踊りながらゆく。

### 婚約　辻 征夫

鼻と鼻が
こんなに近くにあって
(こうなるともう
しあわせなんてものじゃないんだなあ)

きみの吐く息をわたしが吸い
わたしの吐く息をきみが
吸っていたら
わたしたち
とおからず
死んでしまうのじゃないだろうか
さわやかな五月の
窓辺で
酸素欠乏症で

いまは亡き辻征夫さんの詩「婚約」の全行である。1970年代半ばの五月にされていた詩人のしあわせに満ちていた呼吸が、2021年の五月に幻のように帰ってくる。このいまも呼吸は同じように交わされて、とてもふしあわせな道行きであるのがおかしい。一重二重に口を覆いながら誰もが道をゆく。

このような毎日に、難渋するひとたちの手助けにも杖ともならないのに、おのれ一箇の内側の声にそそのかされ、この集に収める作の姿を想い描いたこと自体が、すでに道を踏み外すふるまいだったのではないか。そうであるにちがいない。

けれど、道の外をひとりで、これまでどおり、足元もおぼつかず、うつむきかげんの姿に行くほかないのだから、なんとかうす明かりでも灯してもらえないものだろうかと、こころやさしい二人の友人に、つるべ落としの秋の日に泣きついた。ひとが読んでくれるとも思えない、誰の眼を怖ろしいものにするとも考えられない、そのようなほどのものであるというさとりさえ得ているからと、うろんな顔をさせ、泣き寝入りのまねまでさせて、懇切な初めての読者の慰めを恵まれることになった。その二人の優情が稔る果実だけで、十二分に感謝に頭を下げて、道の外れの日暮れに身を息めるはずであった。それでよかった。

春のまだ寒い土に凍えながら耕しもせず、頬を濡らす雨の滴が水嵩を増すのを痛がらず、夏の日照りの罅割れもよそ目に来たものだから、詰まる道に覚え知る身の軽さは、秋を過ぎても穫り入れるもののなかった、背負っているものの少ないことの証しにほかならなかった。だから、ああ、もう七十歳を二つも過ぎたと歎き喚いても、いかんともしがたかった。夕暮れが夜へと暗さを増してゆく道の外れで、おのれひとり、骨折りに微笑しながら、天与の才能たちの到り着いた所を羨み、遠望する椅子を求めるほかなかった。

するとふたたびの声がうす闇になさけなげに立った。せめて、今生でひとたびかぎりでも陽の目を見せてもらえないものかと、あわれ長年月、からだの奥底に、光の当たらない納戸抽斗にうずくまっていた言葉文字おしゃべりが、暮れ残る道外れでささやいた。一集を欲望し、形がほしいとせがんだ。世を謳歌する眩しい時分の花にも、人の称讃する真の花にも遥か遠く来て、影すら持てない暗所にしゃがみこみ、しょんぼりしていたのであるかと、そのささやきは聞えて、我が物ながら、ただしみじみかわいそうになった。

しかし、言葉文字おしゃべりが到るほんとうの所は広々とした宙空にあり、うずくまっていたいまさらのこれは、閉所の習作や試作やの単なる集積羅列にすぎない。ここに見えるものがそのようなものであれば、結果したそもそものこの身体と心がそれではないか。そのような生のほかのものではなかったのではないか。習作試作の生であった気がしてくる。

罪を背負って生きる生も、苦のただ中を辿るこれも、習作試作の小道大道外道を往来するものであると無念にも定めれば、ほしかった境涯や境地から遠く来たみずからのいとなみも、おのずの生であったのだろう。よく生きることができても、できなくとも、おのずのことだろう。ならば、この一集をその途次にふと洩れ出た、青い息した「生涯の形見」として見逃せないものだろうか。白い息の「生涯の残響」として耳を塞いでしまえないだろうか。いずれにしても、風が過ぎると跡は消え、誰に訊いても知らないと言うにちがいない。

＊

このような〈習作試作の騙り物集〉に「生命の祈りの力」をこころよく与えてくださった装画の五木玲子氏に心からの感謝を捧げたい。氏は作家五木寛之氏夫人で、四十年余の御高誼を御両者から賜ってきた。寛之氏からは社会生活の初期に路頭で踏み惑うところを、またその後の岐路も助けていただきながら、たびたび御恩情に応えられずに来た。このような場で恐縮だが、改めて人生の道中の御礼とお詫びとを申し上げたい。

集中に作品を引かせていただいた詩人北村太郎さんからは、「詩人格」が表すさまざまな教えを頂戴してきた。生涯のその詩作は思索の偽りのなさを十全にして、戦後詩を代表する活躍をされていた四十余年前から、亡くなられてはや三十年にまもなくなるが、尊崇の思いは変わらずに尽きない。

この集の装丁をしてくださった大橋泉之さんは、この二十年余のこちらの実社会での生活の時間を深く支えて下さった。その誠実な振舞と仕事のお蔭で、ここまで来ることができた。有り難さもひとしおである。御礼を申し上げる。また、たくさんの先達、友人、知己やものとの御縁も、思議の及ばなかったこのいまここへの無数の導きの手であり、感謝するばかりだ。特に和田周平と大日方公男の長年の友人二氏に御礼を申し上げる。

「集題」にした『おしゃべり』について「言い訳」させていただくと、これはフランスの作家ルイ＝ルネ・デ・フォレの作品の清水徹氏による邦訳題にあって、愛読研究の方たちには頭を低くしてお詫びするのみだが、五十年ほど以前、この作家・作品についてのでたらめな「感想文」を学校生活の終りに記したりなどして、以来、「語り物／騙り者」のことについて当惑混乱しつつ来ていて、いかさまものらしく、一集の〈習作試作の騙り物〉に高度な作品名を盗用させていただくしだいになった。その折りに賜った保苅瑞穂さんの温言は忘れられない。遥かな年月ののちになってしまったが、御礼を申し上げたい。（本書の校了時にご逝去を知り、御魂の安らぎを心よりお祈り申し上げる。）

最後に、辻征夫さんの素敵な詩を汚すようだが、昨夏、異様な体感と高い熱とでにがい日々を送ったあとに、お返しの詩のようなものを文字にしていたので、この「生涯の形見／生涯の残響」の、さらに「余興／余響」として納めさせていただくことにする。

## 新型ウィルスといる老いの日

もっと、
ずっと、
いつまでも
濃厚接触していたいのに、
それは、もう、禁止されたから、
その気持は、できるだけ、早めに
捨て去ったほうがいい　それ以上
近寄ってはいけない、
と決められたのだから、
そこから、動いてはいけない
あきらめてほしい
ただじっと家にいてほしい

そんなふうに、きみは言うけれど、
ぼくは、もう、すっかり
年を取って、
それは、思いにあるだけで、
何かを
解き放つなんて、
できやしないから、
何も、
できっこないのだから、
たったひとりで
ご飯を食べよ　旅に出よ、
空からやたらに降る声に
昨日はどこか、明日はおぼろ、
うす目して、探し求める
空に舞う　そのそれ　の中、

透かし見てみる
いまここが、
背中から　前へと伸びる
てのひらに、
しきりと泡立っている。

（［別人誌］「扉のない鍵」第４号、２０２０年11月15日発行、掲載）

この初夏の日にも、昨冬からのコロナウィルスが跳梁跋扈する鬱陶しさは続き、あらゆるものの内部に潜んでいたものが外部に露われて、ますますいやな思いになる。みずからもそのようなもののうちのものであろうが、と憂鬱さもきわまるが、天異地変人妖流血疫病とどの歴史をとっても、それは人間の生存のほかのものでなく、三重にも口を覆って、言わずもがなの「おしゃべりなあとがき」を終え、暮れ残る夏の道外れで、一集の限りない足りなさを悲しんで眼を閉じることにする。

２０２１年初夏

野田　和

収録稿覚え書◇（「小柳老人の話（一―三）」を除き、いずれも未発表）

小柳老人の話
２０１９年（令和１年）９月、第一稿（第一稿題「小柳老人の道の残り」／「小柳老人の話」）
２０２０年（令和２年）３月、第二稿（第二稿題「うすばかげろう」）
２０２１年（令和３年）４月、第三稿

小柳老人の話（一―三）　２０２１年（令和３年）11月「別人誌」「扉のない鍵」第５号掲載

ぼくらの場合
１９８１年（昭和56年）５月、第一稿（第一稿題「いつまでも終わらない夏」）
１９８８年（昭和63年）11月、第二稿（第二稿題「そして、ぼくらの時代に」）
２０２１年（令和３年）２月、第三稿

著者略歴

**野田 和**

**のだかず**

1948年（昭和23年）11月26日、神奈川県横浜市に生まれる。横浜市立小・中学校から、64年4月、同市内の神奈川県立全日制高校に入学、翌年、1年生の2月に英語教師を殴打し諭旨退学、４月、同市内の県立定時制高校２年に転入、68年3月、4年制の卒業まで通い、同年4月、中央大学文学部文学科仏文学専攻に入学、72年3月、卒業。以後、十指に余るさまざまな規模の出版社に所属また無所属で、雑誌（宗教団体機関誌・現代詩誌・リトルマガジン・総会誌・純文学誌・詩歌文芸誌）・読本（詩人・小説家）・書籍（詩集・小説集・評論集・歌集・句集・随筆集・エッセイ集）・文庫・短歌絵本・霊園新聞などの編集・企画・制作、および別名・匿名でグリーティングブックの著作、月刊純文学誌・一般週刊誌の書評執筆、芸能人名の著作の代作・構成、月刊・季刊純文学誌新人賞応募作品の下読み、各種雑誌（純文学誌・オートバイ誌・婦人誌・大衆文学誌）・単行本（小説集・評論集・エッセイ集）の校正、庶務に従事。まれに詩作・歌作をして、現在、「［別人誌］扉のない鍵」に投稿している。

（連絡先＝hokutousya2@gmail.com）

# おしゃべり

2021年11月10日　初版印刷
2021年11月19日　初版発行

**著者**
**野田 和**

**発行人**
**柳下和久**

**発行所**
**北冬舎**

〒101-0062東京都千代田区神田駿河台1-5-6-408
電話・FAX　03-3292-0350
振替口座　00130-7-74750
https://hokutousya.jimdo.com/

印刷・製本　株式会社シナノ書籍印刷

ISBN978-4-903792-79-8　C0093

北冬舎の本＊

**北村太郎を探して** 新訂2刷
北冬舎編集部編
北村太郎を追慕する詩人たちによる講演、追悼文、愛読詩などを収録　＊3520円

**誄**《しのびごと》
桂 芳久
老残の世阿弥を描く珠玉の短篇のほか、三島由紀夫、原民喜らを偲ぶ　＊2200円

**梶井基次郎ノート**
飛高隆夫
純質の詩精神が生んだ、稀有の作品の魅力と創作の根源を読み解く　＊2200円

**詩人まど・みちお**
佐藤通雅
「ぞうさん」ほかの童謡詩で名高い詩人の本質的な魅力を探究する　＊2640円

**鎌田俊彦氏の生活と意見**
鎌田俊彦
反乱の60年代を生きた、過激派リーダーの無期懲役刑の日々の思い　＊1760円

**青の暦一九七〇** 泉鏡花記念金沢市民文学賞受賞
山下渉登
全共闘運動に身を投じ、熱い政治の季節を生きた青春を描く長篇小説　＊2200円

**日日草**
山本かずこ
実力派の女性詩人が、得たもの失ったものの思い出を書き記すエッセイ集　＊2200円

**中村教授のむずかしい毎日**
上村隆一
某有名私立大学教授がおくる、やさしくてむずかしい人生の日々……。　＊1870円

**世界の果てまでも**
大田美和
歌人・英文学大学教授・妻・母親を生きる女性の社会と精神への思考集　＊2750円

**黄金の魚** 2008年度ノーベル文学賞受賞2刷
ル・クレジオ
村野美優訳
突然さらわれ、売られた少女が故郷を探して苦闘する、愛と成長の物語　＊品切れ

＊好評既刊　　価格は税込

# 岡井隆と現代短歌

加藤治郎

短歌研究社

# 岡井隆と現代短歌　目次

## Ⅰ

Ⅱ

Ⅲ

# 岡井隆と現代短歌

装幀　next door design

# I

# 走り続けた前衛歌人

前衛歌人の岡井隆が世を去った。九十二歳だった。大きな空虚が詩歌の世界を覆っている。我々は、その空虚を吹き払うことができるだろうか。前衛のスピリットを継走できるだろうか。

岡井隆における前衛とは前衛短歌のみを指すのではない。短歌革新集団「アララギ」の継承、ライト・ヴァースの提唱、現代詩への越境、皇室との交流、それら全てが前衛なのである。

前衛短歌は、一九五〇年代から六〇年代にかけての文学運動である。塚本邦雄・寺山修司・岡井隆が主要な前衛歌人だ。尖鋭な批評意識によって、韻律の変革、隠喩の導入、私の拡大をもたらした。

岡井隆は自らの生き方を根拠とした前衛だった。リアリストなのである。医師という職業の日常が作品に反映している。

右肺《うはい》には稀《うす》き酸素が、左肺《さはい》には臆説が満ちみちて死にたり

『土地よ、痛みを負え』（一九六一年）の作品。左肺に巣くった臆説が死をもたらした。不条理への沈鬱な思いが歌われている。

楕円しずかに崩れつつあり焦点のひとつが雪のなかに没《ぼっ》して

『朝狩』（一九六四年）の作品。短歌における抽象表現を究めた。楕円の焦点の片方が雪に没した。世界が崩れてゆく不安定な意識を表現している。

岡井隆は「アララギ」を継走した。正岡子規の写生、斎藤茂吉の鋭敏な感覚、土屋文明の新即物主義、近藤芳美の社会性という前衛の血脈を岡井は継承し、更新したのである。「アララギ」は短歌革新集団だった。岡井は近藤芳美を継いで「未来」の主宰となった。

ただ「アララギ」の歌人は、みなセンチメンタルだった。自分の弱さや醜悪なものを隠さなかった。愛の希求は純朴でさえあった。そういう素顔は塚本邦雄や寺山修司にはなかった。自らの生の根拠を歌うことに岡井の本領はあった。

蒼穹《おほぞら》は蜜《みつ》かたむけてゐたりけり時こそはわがしづけき伴侶

『人生の視える場所』（一九八二年）の作品である。

一九八五年、岡井は、新たな文学運動を起こした。短歌におけるライト・ヴァースの提唱である。シンポジウムを開催し、パネリストには、栗木京子・坂井修一・中山明など短歌結社の枠を越えた若手歌人を起用した。もともとライト・ヴァースは、W・H・オーデンの「共同体のなかの詩」に拠る。「日常社会生活あるいはごくふつうの人間としての詩人の経験を主題とした詩」である。

岡井は芭蕉の「軽み」にも注目した。軽い短歌を主導したのである。近代以来、歌人はリアルな私を歌ってきた。短歌は人生を背負い重苦しくなっていった。岡井は人生という衣装を脱ぎ捨て軽やかに歌おうとしたのである。成熟した大人の歌を企図したが、実際には、俵万智・紀野恵を始めとする若手歌人がライト・ヴァースの時代に登場したのである。

岡井隆は止まらなかった。『ヘイ　龍《ドラゴン》　カム・ヒアといふ声《こゑ》がする（まつ暗《くら》だぜつていふ声《こゑ》が添《そ》ふ）』（二〇一三年）には、短歌・現代詩・詩歌論・エッセイ・対談が収録されている。平出隆との対談「正岡子規、躍動する運動神経」の中で岡井は、一個の人間というのは総合的な精神の存在なのであるという思いを語った。それは岡井隆の存在様式に等しい。

口語歌のふえし由来を申し上ぐ　両陛下ほのかに微笑みたまふ

『鉄の蜜蜂』（二〇一八年）の作品。宮内庁御用掛の素描である。皇室と現代短歌に通路が出来たのである。

前衛歌人は走り続ける。岡井隆は詩歌の長距離走を完走した。

# 一九八三年のことなど

手をだせばとりこになるぞさらば手を、近江大津のはるのあはゆき　『禁忌と好色』

いまここで手を差し伸べたらあなたの虜になってしまう。もう引き返すことはできない。それだったら手を、と言いさす。余情に浸る。そして、大きな景に転じる。近江大津である。琵琶湖に春の淡雪が降る。雪は湖に身を委ねる。ただ消えてゆくのだ。少し華やかで儚い情景である。この景は愛恋の果てを暗示している。

この平明な深さは、ライト・ヴァースの先駆けだった。一九八三年、岡井隆は『禁忌と好色』で迢空賞を受賞した。

抑圧のかなたにまろき丘立ちてダダダダダダダダダと一日《いちにち》

ダの数は九箇。ダダイズムとは関係ない。

『歌人集団・中の会・作品集』は、一九八三年四月に刊行された。岡井隆は、春日井建、斎藤すみ子とともに「中の会」を牽引した。中部の若手歌人を育成したのである。大塚寅彦、荻原裕幸、小塩卓哉といった若手が頭角を現すことになった。

岡井は作品集に「歌と後注」二十首で参加している。短歌の後に注釈が付くという風変りなスタイルだった。「ダダダダダダダダ」は抑圧の重低音である。心身を打ち壊してゆく。彼方の穏やかな丘を遠望して、現実のここに耐えている。

「未来」が複数選者制に移行したのは、一九八三年七月号からである。それまでは近藤芳美一人が選を行っていた。編集後記で岡井は「この制度は、近藤さんの労力を一部分肩がわりするという動機から出発している。けれども、ことがそれだけですまないことも明らかである」と記した。強い決意を感じた。

岡井隆選歌欄に入れば入門となる。それが制度だ。「一九八三年、岡井隆に師事する」という私の略歴は今日まで続いている。選歌欄という場で紀野恵、山田富士郎、大辻隆弘、江田浩司といった手強いライバルたちと出会った。岡井は門下生に囲まれるという運命を受け入れたのである。そして岡井は、門下生を年若いライバルと捉えたのである。

岡井選歌欄のメンバーは「ゆにぞん」という集団を形成した。結社内結社とも呼ばれた。一九八五年に「短歌におけるライト・ヴァース」というイベントを開催し、短歌界を先導することになる。

歌集や評論集ばかりではない。こういった岡井隆の足跡を財産として我々の明日がある。

## 「あばな」と言って旅立った

岡井隆が世を去った。七月十日、唐突な報せだった。自宅で療養されていた。だれにも危機感はなかった。心不全で恐らくは急な旅立ちだったのだろう。「岡井先生、どうされたんですか」と聞きたくなる。

以上簡潔に手ばやく叙し終りうすむらさきを祀《まつ》る夕ぐれ

『天河庭園集』（一九七二年、『岡井隆歌集』所収）の歌を思い出した。執着のない人だった。自らの仕事には徹底的に拘るが、あっさりしたところがあって、次々にあらゆるものを放擲する。好奇心が強く、新しいものを好むが、すぐ飽きて次に行ってしまう。周りの人々は右往左往することになる。

岡井隆の作品はダイナミックに変遷した。

灰黄《かいこう》の枝をひろぐる林みゆ亡びんとする愛恋ひとつ

第一歌集『斉唱』（一九五六年）の巻頭歌である。上句のイメージが下句の愛恋の比喩になっている。ちなみに吉本隆明は『言語にとって美とはなにか』でこの歌を引用し「短歌的喩」という概念を創出したのである。

岡井隆は一九五〇年代から六〇年代にかけて、塚本邦雄、寺山修司とともに前衛短歌運動を推進した。

産みおうる一瞬母の四肢鳴りてあしたの丘のうらわかき楡

『土地よ、痛みを負え』（一九六一年）の作品である。「ナショナリストの生誕」という連作の一首でメタファーの冴えた歌である。この場合、母はアジアの大地である。楡は産まれた生命の比喩である。

前衛短歌運動を経て、岡井の作品はより自在になってゆく。韻律と言葉の豊かさが際立つ。

ホメロスを読まばや春の潮騒のとどろく窓ゆ光あつめて

『鷲卵亭』(一九七五年)の作品である。この歌の核心は、ホメロスでも春の潮騒でもない。「ばや」という助詞の明るい音韻とほのかな願望が一首の要《かなめ》なのである。

現代歌人シリーズ(書肆侃侃房)という前衛短歌、ニューウェーブ、ポストニューウェーブの歌集の集成で岡井隆が筆頭になったことは記憶に新しい。年若い歌人たちと並んでも全く違和感がない。

はるめいて来《こ》しは昨日の空だつた此のごろ見ないと思つてたら　訃《ふ》!

そのシリーズの一冊である『暮れてゆくバッハ』(二〇一五年)の作品。柔軟な口語文体で「訃《ふ》!」は嘆息と訃報を掛けている。軽やかで深い歌である。一九八五年に岡井が提唱したライト・ヴァースそのものであると言えよう。

ああこんなことつてあるか死はこちらむいててほしい阿婆世《あばな》といへど

「未来」二〇二〇年六月号の作品である。「死について(続)」という七首の終りの歌だ。この一連は岡井隆が生前に発表した最後の作品となった。「あばな」は中部地方の方言で、「さようなら」の意味である。自在な口語で、いくぶんユーモラスに死と向き合っている。なんという人だ、あなたは！
「あばな」と言って、岡井隆は旅立った。

# 愛の歌

抱くとき髪に湿りののこりいて美しかりし野の雨を言う　『斉唱』
妻不意に鮮《あたら》しく見ゆ、白昼の部屋ぬけてゆく風を抱きて　『土地よ、痛みを負え』
女らは芝に坐りぬ性愛のかなしき襞をそこに拡げて　『眼底紀行』
薔薇抱いて湯に沈むときあふれたるかなしき音を人知るなゆめ　『鷲卵亭』
性愛のまにまに頽れゆきにしや岡井隆といふ青年は　『歳月の贈物』
女への幻想の斧ならべたりあかあかとしてかなしかりけり　『マニエリスムの旅』
手をだせばとりこになるぞさらば手を、近江大津のはるのあはゆき　『禁忌と好色』
□□（注、空白《ブランク》は白きが故にどちらかが先立つといふ女男《めを》のかなしみ）　『神の仕事場』
食卓のむかうは若き妻の川ふしぎな魚の釣り上げらるる　『E／T』
夏空の雲を見に来《こ》と妻が呼ぶレトリックみたいに華やぐ雲を　『静かな生活』

岡井隆の歌は振幅が大きい。歌集を読むと明らかになる。生の振幅も大きい。生が歌を導き、また歌が生を変えてきた。愛は岡井隆の主要なモチーフだった。性愛の季節を通り抜けた。その変容を追ってみる。

一首めは、みずみずしい恋愛の歌である。メタファーに浸る前の第一歌集の作品だ。抱きしめる。恋人の髪が頬に触れる。髪は湿っている。少し時間が経ったのだ。恋人は語り始める。野原に雨が降っていた。それは美しかったと言う。自分も降られていたのだ。少し遠くから恋人はやってきた。頬に感じていたのは雨だった。風景を追想し、いま二人は雨の野にいる。

岡井隆にとって愛はしばしば性愛だった。女性たちが芝に坐っている。昼休みの中庭を想う。明るい光景だ。スカートの折り目が鮮やかに拡がる。それは性愛の象徴だった。性愛の襞はあちこちに見える。生々しい。まだ性愛のかなしさを知らないのだろう。青年は、無防備な姿を痛ましく思っている。そして、ときめいている。

性愛の妄執が強いほど、痛手は深い。青年は頽れていったのである。別人格のように自分を突き放している。性愛を突き動かしていたのは、幻想の斧だった。何本もある。すでにあかあかと血潮の色を映していた。愛と殺意が等しいことを歌っている。

近江大津の歌には、血みどろの性愛の季節を過ぎた穏やかさがある。愛は成熟したのだ。愛恋の果てはあわゆきのように儚いが、少し華やかな気分もあるのだ。

『神の仕事場』は、ニューウェーブの修辞を多用した歌集である。前衛短歌の息子たちの世代の修辞を逆輸入する。愉悦があった。□は空白を視覚化したものである。□□という記号が歌であるとは破格だ。それは二人の存在である。そして、注の部分が短歌形式になっている。愛し合った女と男はどちらかが先立つ。愛の根源的な悲しさを歌っている。修辞が導いた深い愛の歌である。

『E/T』『静かな生活』は、幸せな愛を歌っている。安らかな日常である。妻は、創作の場に入り込んでいる。ふしぎな魚を吊り上げて驚かせる。ときおり創作の部屋から連れ出す。バルコニーで夏空の雲を見ようと言う。愛は、インスピレーションなのだ。

# 岡井隆の歌業

## 岡井隆にとって歌集とは何か

岡井隆の全歌集を展望したい。エポックをどう捉えるかということもあるが、まずもって、どこまで歌集としてカウントするか。岡井隆の場合、それは自明のことではない。つまり、岡井隆にとって歌集とは何か。現代短歌にとって歌集とは何か。それを考えるわけである。一冊一冊の各論に入ると見えなくなる。岡井隆は、歌集という様式自体を繰り返し問いかけてきた。歌集を未知の様式と考えたのである。三〇〇首・四〇〇首の短歌を一頁に二首・三首とレイアウトする。それが歌集の標準かもしれない。しかし、それでいいのか。つまり、短歌にとって最適な歌集とは何だろうか。どういう様式なのだろうか。それが問われ続けたのである。詩型融合ということでは、与謝野鉄幹『東西南北』には、短歌が二五三首、詩が五三篇、連歌が二六首収録されていることを思い起こしたらよい。

どこまで歌集とするか。例えば『初期の蝶／「近藤芳美をしのぶ会」前後』は、『斉唱』から『マニエリスムの旅』まで初期歌集からの抄出と主に書きおろしの新作が収録されている。一冊の歌集の編集としては異色である。『旅のあとさき、詩歌のあれこれ』（二〇〇三年、朝日新聞社）は、どうなのか。歌集とエッセイを収録している。さらに『ヘイ　龍《ドラゴン》　カム・ヒアといふ声《こゑ》がする（まつ暗《くら》だぜつていふ声《こゑ》が添《そ》ふ）』（二〇一三年、思潮社）はどうかという問題が起こってくる。この二冊も歌集としてカウントしたらよい。除外する利点はない。さすがに例えば、エッセイ集に一首・二首、歌が添えられている本を歌集とは言わない。しかし、『ヘイ　龍《ドラゴン》』には、短歌が五八二首収録されている。ボリュームとしては十分、歌集なのである。

来年もわれら同志でありうるかそれはわからぬそれが同志だ
『ヘイ　龍《ドラゴン》　カム・ヒアといふ声《こゑ》がする（まつ暗《くら》だぜつていふ声《こゑ》が添《そ》ふ）』
加湿器ゆ部屋の暗黒へ上がる湯気いい夢を見たいなあ痛切に　同
砂浜に降りてゆく妻雨まじりの風に立ちすくむわれを残して　同

三首引いた。同志とは志が芯にある。来年も続く馴れ合いの集合ではあり得ない。心に響く歌である。部屋の暗黒が加湿器の湯気で生々しいものとして迫ってくる。ユの音が連なり夢を導く。口語の肉声感と相俟っていい夢への希求に真実がある。砂浜に降りてゆく妻は無邪気だ。私はひとり残された。雨まじりの風に寂寥感がある。私は少し遠くから妻を見守っている。甘く僂い夫婦の歌である。

現代詩やエッセイという他のジャンルの作品が入っている著作物を歌集とは呼べないか。もともと岡井隆の歌集は、短歌以外の要素を取り込んできた。『眼底紀行』『天河庭園集』(国文社版)では、散乱する詩語が刺さってくる。『歳月の贈物』『マニエリスムの旅』『人生の視える場所』『禁忌と好色』では詞書きという散文と短歌という韻文の交響になっている。

岡井隆に「多ジャンルにまたがりながら、短歌だけの持つてゐる特質をしつかりとつかんで立つといふこと。平凡ではあるが、現代の歌人に要求されるのは、さういふ、つつましいともいへるが、結構、大へんな覚悟であり、努力なのではあるまいか」(『ヘイ龍《ドラゴン》』)という言葉がある。短歌を拠点として様々なジャンルと渡り合うこと。それが岡井隆のスピリットなのだ。江田浩司の『岡井隆考』を読むと、別の岡井隆像が立ってくる。途轍もなく巨きな存在なのだ。「もともと一個の人間というのは総合的な精神の存在なのであって」(『ヘイ龍《ドラゴン》』)それを実現するのが短歌の最適状態である。岡井隆の歌集はその実践であった。

## 異質な言語の挿入

岡井隆における異なったカテゴリーの言語を挿入する方法を考えてみたい。それは文語脈であれば、口語のつぶやきがそれに当たる。

やや遠く熱源生《ねつげんあ》るる家内《いへぬち》の、いまさらどうしやうもないさ、さみだれ

『五重奏のヴィオラ』

一九八三年の作品である。文語脈に異質な口語のつぶやきが挿入されている。そして、短歌としての「調べ」が失われていない。流麗ですらある。「いまさらどうしやうもないさ」とは誰にでもあるような日常のつぶやきだ。それが短歌形式の中では俄然光っている。「やや遠く熱源生《ねつげんあ》るる家内《いへぬち》の」という文語脈があって、口語が挿入されている。その言葉の感触の差異がポエジーを生んでいる。「さみだれ」と締めるところが鮮やかだ。カテゴリーの転換が比喩表現の本質とするならば、この歌の場合、口語体が比喩として働いている。別の意識が挿し込まれているのだ。もう一首、一九九四年の作品を引いてみる。

冬螢《ふゆぼたる》飼ふ沼までは（俺たちだ）ほそいあぶない橋をわたつて

『神の仕事場』

冬の螢というとイリオモテボタルだろうか。弱々しい光を想像する。冬螢を飼う沼を漠然と思い浮かべるが、そこに向かっていく人々がいる。（俺たちだ）という別の意識が挿入されて少し驚く。俺たちを発見したことで、その沼までほそいあぶない橋をわたってゆくという思いが引き出された。パーレンは、ニューウェーブのレトリックである。私の内に多様な意識が共

存することは、ニューウェーブの特徴である。ただし、現代短歌においてそれを展開したということであって、先行する作品はある。

雲ひくき峠越ゆれば
（いもうとのつめたきなきがほ）
丘と野原と　　　　宮沢賢治

大正五年（一九一六年）の歌稿である。峠を越えて丘と野原が見えてくる風景に妹の泣いた顔が過った。異質な意識が挿入されたのである。短歌形式でパーレンを使った初めての作品だ。宮沢賢治のような多様な意識の交差を詩の根源とした詩人がいて、後年、吉本隆明は「普遍的な喩」と名付けた。岡井隆の視野に入っていたことは疑いようがない。

## 全歌集のエポックをどう捉えるか

岡井隆の全歌集三十六冊をエポックに分けることを考えてみる。前衛短歌期は分かりやすい。『鵞卵亭』以降という見方も定着している。『鵞卵亭』まで十九年、『鵞卵亭』以降『鉄の蜜蜂』まで四十三年。その二期でも不都合はないのであるが、もう少し細かく区分けしてみて見えてくるものがあればよい。

Ⅰ　**前衛短歌期**　一九五六年～一九七八年

『斉唱』『土地よ、痛みを負え』『朝狩』『眼底紀行』『天河庭園集』（国文社版）

Ⅱ　**ライト・ヴァース期**　一九七五年～一九八九年

『鷲卵亭』『歳月の贈物』『マニエリスムの旅』『人生の視える場所』『禁忌と好色』『α（アルファ）の星』『五重奏のヴィオラ』『中国の世紀末』『親和力』

Ⅲ　**アノニム期**　一九九一年～二〇〇〇年

『宮殿』『神の仕事場』『夢と同じもの』『ウランと白鳥』『大洪水の前の晴天』『ヴォツェック／海と陸』『臓器《オルガン》』

Ⅳ　**多様性期**　二〇〇一年～二〇一八年

『E／T』『〈テロリズム〉以後の感想／草の雨』『旅のあとさき、詩歌のあれこれ』『伊太利亜』『馴鹿時代今か来向かふ』『二〇〇六年　水無月のころ』『家常茶飯』『初期の蝶／「近藤芳美をしのぶ会」前後』『ネフスキイ』『X《イクス》―述懐スル私』『静かな生活』『ヘイ　龍《ドラゴン》カム・ヒアといふ声《こゑ》がする（まつ暗《くら》だぜつていふ声《こゑ》が添《そ》ふ）』『銀色の馬の鬣』『暮れてゆくバッハ』『鉄の蜜蜂』

前衛短歌期に異論はないだろう。福島泰樹の編集した国文社版の『天河庭園集』は、一九七八年に刊行されている。

ここでは『鵞卵亭』以降をライト・ヴァース期と呼んだ。ライト・ヴァースを若者の口語による都市風俗詠と捉えると違和感があるだろう。しかし、ライト・ヴァースを岡井隆が本来企図した「成熟した精神で人生観・世界観を詠う大人の文学」とすれば、妥当ではないか。何よりライト・ヴァースは岡井隆自ら提唱した文学運動であったことが重要である。前衛短歌は、巻き込まれていったという側面がある。また『人生の視える場所』『禁忌と好色』『α（アルファ）の星』『五重奏のヴィオラ』は家族詠であることが際立っている。さらに『歳月の贈物』以降、詞書きを大々的に採用されたこともポイントだ。

『宮殿』以降をアノニム《無名》期と呼んだ。『宮殿』のあとがきには「作者は、読者の前に姿をあらわしてはならない」また「作者は、無名でなければならない」と記されている。ライト・ヴァース期と比べてはっきりしているのは、家族詠がなくなったことである。身近な他者に照らされる私が消失した。父親という顔が消えている。病院を退職したので医師の顔もない。また、一九九〇年に豊橋の家を出て東京で新しい愛の生活を始めたということも小さい出来事ではない。春・夏・秋・冬という四季で構成された歌集ということでも特異である。この歌集に転換点を見出した。

最後の多様性期は、様々な様式の歌集が試みられた時期と捉えた。『E／T』は、新作百首で一冊の歌集をまとめたことが画期的だった。横書きのレイアウトも試みられているが、それは『伊太利亜』に結実している。『初期の蝶／「近藤芳美をしのぶ会」前後』は旧作と新作の混合という特異な歌集である。この時期に刊行された『ヘイ 龍《ドラゴン》 カム・ヒアといふ声《こゑ》がする（まつ暗《くら》だぜつていふ声《こゑ》が添《そ》ふ）』のジャンル綜合作品集というスタイルは『暮れてゆくバッハ』に継承されている。オーソドックスなスタイルの歌集もあるが、ジャンルの越境を行い、歌集の多様性を実現した時期として位置付けることができる。

## 短歌の特質について

岡井隆は「多ジャンルにまたがりながら、短歌だけの持つてゐる特質をしつかりとつかんで立つといふこと」をどう考えたか。岡井隆は「木曜便り」で詩型論を試みた。短歌という詩型の特質は、様々な定型詩を試行することで摑めるものなのである。

前衛短歌には二つの側面がある。
① 第二芸術論に呼応して、韻律の変革・暗喩の導入・私の拡大により短歌を革新したこと。
② 最前線にいて、現代詩・俳句・散文といった他ジャンルと交戦することで短歌を更新する

こと。

歌集でいうと『土地よ、痛みを負え』『朝狩』は、①の側面が強い。前衛短歌の問題としてよく論じられてきたことだ。②は、詩型論を試みた時期で『眼底紀行』『天河庭園集』に当たる。②の前衛観は、岡井隆に濃厚である。他ジャンルと戦うという意識が最も鮮明に現れたのが「眼底紀行――野外劇のための序奏」である。

どこからか水晶体を透してゆがんだ陽が差すとき、くさぐさのものの象《かたち》が見えてくるので、またそれに沿って道をえらべば

あさぼらけ鋭きかげの集《つど》いきて巌《いわお》をおこす作業終えたり
ひといきに閾《しきい》をこゆるイデア　見え初《そ》む
むらさきが朱に勝《まさ》りゆくところ見えおり

『眼底紀行』

散文詩と短歌形式・旋頭歌形式の大連作である。七七七・五七七・五七七という五七のバリエーションも何首かある。短歌は戦う。旋頭歌という援軍を率いて、重戦車の作品群となっている。圧倒される。定型律こそ最大の戦力だという詩歌観を示しているのだ。

後に『岡井隆コレクション②短詩型文学論集成』の「自歌自注」でこう振り返っている。旋

頭歌は五七七／五七七の二行詩として捉えることができる。左右対称性（シンメトリー）をなす「この釣合ひのよさが、この詩型の泣き所でもある」というのだ。「反対に、短歌は、その畸の要素故に、尽きぬ生命を与へられて来たのではあるまいか」と述べている。短歌は、まず五七五七七の一行の詩である。五七／五七／七の三行構成ともなり、また、五七五／七七の二行詩ともなる。いずれも対称性がない。短歌は「畸《き》の型」である。その特質を自覚することに意味があるのだ。作歌にも影響する。この詩型の奥深さに気付く。

これは正岡子規が「然るに短歌のみは一種異様の歴史を有し、調子のみ変りて詩形変らざるの変象を呈せり」（「短歌の調子」）と述べていることと通底する。実に面白い。句跨りの問題、文語体・口語体の問題、さらに連作・群作を視野に入れるとバリエーションはさらに拡がる。

岡井隆は、歌集においても畸であることを力とした。豊饒な歌集群である。

『神の仕事場』

「前衛」は畸型的《アノマラス》だと人は言へ疾《はし》れるものは奇とならむ常に

# Ⅱ

# 抽象という技術

## 1

抽象的に。しかし、明確に。

焦点に奉仕してゐる面積の楕円のうへを花覆ひたる　『五重奏のヴィオラ』

岡井隆は、ときおり読者に手のなかのカードを見せながら挑んでくる。各歌集の自註の類である。この歌の場合、短い詞書きであるが、「抽象的に。しかし、明確に。」とあって、岡井隆の考え方のエッセンスが示されている。抽象というと、具体物の提示に比べ、なにかわかりにくいとか、あいまいなものだというのが通念ではなかったか。それを覆しているのだ。「抽象」にどんな可能性があるのだろうか。一方、「具体」というのは、われわれが作歌の基礎としてたたきこまれたことであった。

小論では、岡井隆の作品の抽象という問題を考えていこうと思っている。抽象というと、抽象芸術、あるいは、文学にとって抽象とは何かといった問題にもぶつかるだろう。難しい領域だ。例えば、岡本太郎の「抽象的な技術こそ晦渋な地方色を否定し、自然に国境を乗り越えた、真に世界的な表現形式である」といった言葉が想起される。しかし、残念ながらほとんど素手でこの領域に入っていかなければならないのが現状である。ただ、いままですこし考えてきた喩とかイメージの問題と絡めながら抽象の特質を探っていきたいと思っている。また、後半では、過去に論じられた成果にも目を配るつもりである。

さて、引用歌にもどろう。この作品は、「未来」一九八五年五月号に発表された「『風変りな生活』のための下書き」が、初出である。

まず、「楕円」という把握に立ち止まってみよう。楕円とは幾何学的には、二つの固定された点（焦点である）からの距離の和が一定である点のあつまりである。「楕円」という言葉自体に何か文学的な背景があるかどうかは知らない。ただここで分かるのは、それが大きな世界であれ、日常的な世界であれ、中心がふたつあるという世界観を作者がもっているということであろう。中心が単一である円ではないということだ。そして、楕円という提示は、ふたつのなにかの調和をとろうとした場合、円（完全さということに私の連想はつながるが）にはなりえないのだ、ということを言っているように思われる。円ではなく、すこし歪ではあるが、そのかわり広がりをもった世界というものが想起されるだろう。

ここで早急に岡井隆におけるふたつの世界という議論をする必要はないだろう。例えば表題からすれば、『斉唱』の「二つの世界――愛と死を周つて」がなつかしく思い出されるし、すでに『土地よ、痛みを負え』で明らかになり、生涯を通じて作者を占めている文学と医学をめぐる問題を指摘するのはやさしい。だが、抽象というのは、もともと現象のある面を捨象することによって成り立つものであった。捨象という表現行為を作家が選んだ以上、彼が捨てたものをわれわれがまた蒸し返す必要はないだろう。楕円は楕円である。われわれは、楕円を提示した作家の心的状態を読めばよいのだ。

引用歌の話を続けよう。楕円は「焦点に奉仕してゐる面積」と理解されている。面積というとらえ方も独特だ。線でなく面積なのである。それは、ふたつの中心点によって描かれた世界の内的な充足を思わせる。線によって閉じられたひとつの世界の内がなにかによって埋められている、充たされている、という意識と読む。そして、その「面積」は、「焦点に奉仕してゐる」のである。みずからのふたつの中心から生成され充足された世界がある。それがまた自分に尽くしている、という環状の満ち足りた意識ではなかろうか。「楕円のうへを花覆ひたる」というのはひとつの華やぎであろう。この場合、言葉の抽象度は「花」が適切であって、菊とかたんぽぽとかではうまくいかないことを作者は知っている。また、「花」という色合いが添えられて、詩として完結したのだとも言えよう。

次の一首を思い起すのは、さほど唐突ではないように思われる。

楕円しずかに崩れつつあり焦点のひとつが雪のなかに没《ぼっ》して　『朝狩』

この作品は、「短歌」一九六一年四月号に掲載された「ガザ遊園」の冒頭の歌である。「ガザ遊園」には、「われとわが妻《つま》の営む、広漠たる意識野《いしきや》のかたすみの遊園」というコメントがつけられている。また、『朝狩』自註には、この連作に対して「抽象（アブストラクト）ということを、まともに考えていた一時期があって」という解説が付されている点にも注意したい。

ふたつの点のうちのひとつが、雪にしずんでかくれてしまうというのだ。「楕円しずかに崩れつつあり」までは、縦横《たてよこ》を軸とした平面的な視覚イメージを喚起するが、「雪のなかに没して」という高低の座標が加わったため、立体的な視覚イメージを生成するに至っている。そして「焦点のひとつが」という表現によってあたかも楕円がぐらぐらと斜めに傾きながら崩れていっているような状態が見えるだろう。非常に不安定な意識が手にとるように、わかる。また、幾何学的な視覚イメージが、突如「雪」という感覚的な（冷覚の）イメージを喚起する言葉に接触する辺りのおもしろさも見逃せない。一首めの「花覆ひたる」も同様だが、その接触したところにちょっとした落差というか、水準の違う言葉がかるく反発しあうような面白さがあって、詩の味わいがあるように感じられる。

ところで、この歌のふたつの点というのを「われとわが妻の営む……」という説明に沿って解釈することも可能だろう。われとわが妻が楕円の焦点だというように。それが当たっているようにも思われる。が、一首めの引用歌と同じ理由で、そういう方向へ探索するのは不毛な作業であると考える。具体的な事象を話題にするのは、楽しいことだが。

二十年以上隔たったこのふたつの歌に、不安からある充足に至らしめた歳月と意識のドラマを見たいと思う。たとえその充足がかりそめのものであったとしてもだ。この場合、具体的な事象はあまり重要ではない。作家の意識の核みたいなところの移り変りに注目したいのだ。そうさせるのが、抽象という技術ではなかったか。

つまり、そういった抽象というのは、喩法とは機能の異なるものだと考えた方がいいということだ。喩というのを、ここで詳しく論じる余裕はないが、「カテゴリーの転換」(三枝昻之)という簡潔な定義に賛成したいと思う。「楕円」を具体的な事象の言い換えとして読まないということは、先に述べたとおりである。何が何でも言い換えたとするもとを詮索するような読みでなく、作家の精神のありさまに至りたいと思うのだ。

さて、この二首を通してみると、抽象的な言葉によっても視覚的なイメージを喚起して、明確なメッセージを伝えられることが実証されている。また一方において、どこまでも抽象だけでは、押し切れないことも示しているように思う。「花」とか「雪」とか、具象性はさほど強くないにしろ、そういう感覚的なもので一首を支えた方がよいという判断があったのだろう。

## 2

高野公彦に「半具象と音楽性――『歳月の贈物』の手ざはり」(「短歌」一九八二年七月号)という評論がある。

このなかで、

海のある方《かた》の空より透きとほり来て家ひたす青ありにけり

悲喜劇のさなかにすする葬《はふ》り粥《がゆ》その塩は浸《し》み魂《たま》におよばむ

うたた寝ののちおそき湯に居たりけり股間に遊ぶかぎりなき黒

といった作品が引用されて、その半具象性ということが指摘されている。

大体どれもほぼ意味内容の分る歌である。でありながら、歌の輪郭がくつきりと見えるかと言へば、私にはそれが見えがたい歌が多い。絵でいふ、没線描法のやうな手法が、かすかに感じられる。奇をてらつて作者がわざとおぼろめかしてゐる、といふのではなく、表現上の細述を放棄したことによるおぼろさ、である。その程度のおぼろさが、作品の中のイメージの鮮かさの周りに、ただよつてゐる。抽象画ではなく、かと言つて具象画といふにはどこか不分明なところのある、いふならば半具象画。日常的次元のもの、或ひはことがらに還元できるイメージが散在してゐて、その周りを純粋な色（すなはち音楽化された色彩）がとりまいてゐる。あの半具象の絵に、これらの歌は擬せられるのではなからうか。

適確な指摘だと思われる。おそらく、一方に小論で検討した楕円の歌のようなきわめて抽象度の高い歌があるのだろう。そして、もう片方に具体物の提示なり、積み上げでイメージをつくっていく種類の歌がある。具体物のデッサンが主体の作品をさがすのは、さほど難しくないだろう。抽象と具体がうまくつりあったところに着地するという考えかたはわかりやすい。が、高野は、もう一歩踏み込んで、岡井隆の手法を説明している。すなわち、鮮やかにイメージを生成する言語があって、その周りにそれをぼかす働きをする言語があるということ。それは、十分意図的な手法であると思われる。あいまいさ、ではなく抽象度（あるいは、具体性）をうまく量りながら配合していき、イメージをふくらませる方法である。計量的なぼかしとでも言おうか。ただし、だれでもできるというものではなく抽象という技術と緻密なデッサン力が要求されることはいうまでもない。それぞれの特質をよく押さえてこそ（楕円の歌のような作品が一方にあってこそ）両者をうまく配合することができるのだろう。

最初の歌を例にとって読んでみよう。まず、「海のある方の空より」と比較的よくイメージを生成する表現から入り、すうっと読んでいくと、「透きとほり来て」とくる。この時点では、それが何のことだかよくわからない。うまれかかった「海」のイメージがすこしぼかされていく。そして「家ひたす青ありにけり」と続き、再び、具体的な「家」の画像が想起され、さらに「家」と「青」という抽象度の異なるイメージが接触する。その濃淡の繰り返しが面白い。一首読みおわって「透きとほり来て」「ひたす」のが「青」だという独自の把握におどろかされ、一首全体の構成を楽しむのだ。

イメージの生成におけるぼかしの作用は、興味深いところだ。最近、「ゆらぎ」の理論というものが注目されていて、何か人間に快い感覚をあたえるものが、きっちりとしたものではなく、ぶれをもったものだと言われている。例えば、等間隔の縞模様よりも、微妙なうねりをもった木目の方が心地よいという。明確さだけではおもしろくない。このあたりに鍵があるのかもしれない。

また、抽象とかイメージといった話をしていると、どうも玉城徹の「イメージに置換することの不可能な精神のレヴェルの問題」という議論が気になってくる。『芭蕉の狂』（角川書店）のなかで、

水とりや氷の僧の沓《くつ》の音

という句の「氷の僧」について「その直観は、くどいようだが、イメージとは関りがない。

精神が精神の音を聴くという、ある寓意的な関係が成り立って、はじめて、この直観がはたらくのである」と論じたものだ。「何でも彼でもイメージに還元しようとする態度」に疑問がなげかけられている。

確かに「氷の僧」というのを、感覚的な（視覚とかの）イメージで論じるのは困難な気もする。ただ、イメージという領域の広がりがあるわけで、例えば、高野公彦の、

わがいのち暗闇《くらき》に醒めよ　わがいのちひかりに熟れよ　ナヴェ・ナヴェ・フェヌア*

＊「かぐはしき大地」の意。

という作品の「ナヴェ・ナヴェ・フェヌア」という表現は、深層意識のイメージの記述ではなかったか（「短歌」一九八九年二月号「イメージング――深層意識の扉」で論じた）。興味の尽きない領域で、詳しくは別稿を期すことにしたい。

ただし、引用した岡井作品の特徴というのは、イメージを生成する言語を周りの言語が完全に阻止するようには働いていない、ということを再度確認しておきたいように思う。それは、抽象度の異なる、つまりイメージの生成の度合いの違う言語がうまく組み合わされているからである。そうしてみると、「氷の僧」がイメージに還元できないのは、機能的に言うと、「氷」も「僧」も同じ水準の言語であるがために、「氷」のイメージを直ちに「僧」が打ち消してし

まうことによるものかもしれない。

〇

小論では、まずふたつの「楕円」の歌から、岡井作品のなかで抽象という技術の特に際立ったところを考察した。後半では、高野公彦の評論を手がかりにして、ぼかしの技術としての抽象を知った。

トータルな岡井隆像に至るにはまだ気の遠くなるような距離が、ある。

# 叱つ叱つしゆつしゆつ　岡井隆におけるリアリズムの展開

## 1

岡井隆ほど「短歌作品におけるリアリティーとは何か」という問題に自問自答してきた歌人はいない。なおかつ、短歌におけるリアリズムの限界を認識してきた歌人もいないだろう。

絵画や映像芸術におけるリアリズムにくらべれば、すべての言語芸術のリアリズムは、比喩的な概念にすぎないであろう。さらにそのなかでも、短詩型文学のリアリズムのごときは、語の矛盾とさえおもわれるほどであって、この短い詩は、作者にとっては、あたかも現実の物象の模写であり、視覚的聴覚的などにとらえた《物》の姿を言葉にうつしかえたかのように錯覚されるにしても、それは作者が、自分の詩の成り立ちのプロセスをよく知り、生活とか事件とか小状況のすみずみまで既知のものとして把んでいるからなのである。一般の読者にとって、この短い詩は、或る漠然とした作者像の周辺に、読者の経験の深浅狭広の度に見合った程度において顕現させている幻想の像の、いわば引き金のようなものにすぎない。

岡井隆『韻律とモチーフ』（一九七七年、大和書房）

視覚を中心とした〈物〉の描写に賭けるかどうかは、作歌の実際において、大きな岐路となる。五・七・五・七・七の限られた領域を描写に使うか、あるいは別の何かに注力するかは、決定的な選択である。岡井は、短歌における模写の限界を述べている。物象の模写が不可能だと語っているのではない。それを精緻に追い詰めていくことが短歌の本質から外れていると言っているのだ。

新しいリアリズムを模索した同時代の篠弘も、定型の中で「微細かつ濃密な描写がもとめられがちであった。一首における描写はますます錯綜したものになっていった」として、近代短歌におけるリアリズムの「描写の限界性」を指摘している（『歌の現実　新しいリアリズム論』一九八二年、雁書館）。

さらに吉本隆明の発言を引いてみたい。

「初期の『アララギ』つまり子規とか、長塚節とか、伊藤左千夫とか、赤彦とかに漠然と感じたことは、その描写の精密さに比べて、喚起される内容が非常に貧しいということです。（中略）古い歌の自然描写を見ていくと、ことばでは粗雑な大まかな自然描写にすぎないのに、こっちに喚起されてくる内容は非常に強烈で大きい。それはやはり近代で、写生ということを間違えたんじゃないか、『万葉』なら『万葉』の自然描写を間違えたんじゃないかな。なぜそれじゃ古歌で、大まかな自然描写が、喚起する内容は大きくて鮮明で、ある一つの意味内容を訴えるのかと考えたら、それはたぶん、韻律とか、調べだけで喚起するものが、もう本来的にそこでは付随しているということがあって、それを抜きにして、描写の細密さを追ったんじゃないか[1]」

（「週刊読書人」一九七八年十一月）

こうしてみると、七〇年代の終りに、近代短歌の価値前提の一つである「描写の細密さ」による達成は、根本的に覆されたと言ってもオーバー・トークではないだろう。もちろん、左千夫や赤彦たちは「描写の細密さ」のみを追ったわけではない。「叫び」といい「声調」といい、彼らは、凡百の現代歌人よりも韻律にこころを砕いた。何よりも、彼らは野人であって、細密さのみに向かう線の細い作家ではなかった。ここでは、近代短歌の作品・言説の総体として受け止めるべきだ。

さて、「描写の限界性」に対して、現代歌人はどう対処しようとしたか。篠弘が「もはや現代は視覚時代ではない」として触覚、運動感覚、筋肉感覚を含んだ「体性感覚」による人間性の回復を提案したことはよく知られている。

岡井の構想はどうだったか。

リアリズムというと「意味」のリアリズムだけを考えるが、詩歌のリアリズムは、「韻律」のリアリズムなのである。（中略）「生」の流れを、負の形で、韻律的に記録していくドキュメントが生まれはしないだろうか。(2)

（「短歌新聞」一九七八年一月）

吉本の発言も、岡井の回答も、新聞という軽装の場にあったことが面白い。節目は、そんなところにあるのかもしれない。

『前衛短歌の問題』（一九八〇年、短歌研究社）では、韻律のリアリズムとは「意味を徹底的に排するという方法」と書かれている。「リアリズムとか写実とかいう言葉が、現実描写を意味するなら、それは、短歌の本質とは背反する概念だ」と補足されているので、韻律のリアリズムは、現実描写、つまり視覚的な像の再現には向かわないことが示唆されている。さらに、「事実の重みと、記録のたしかさを、基幹に置くところから、一切の表現を出発させること。この、あくなき『事実偏好』。これが、『写実』とか『リアリズム』とかの、素顔なのだとおもっています」と述べられている。

「事実の重みと、記録のたしかさ」をいかに韻律的に実現するか。音とリズムを主体として、現実を記述するという行為が平明だとは誰も考えないだろう。韻律が「何が」も「どうした」

も具体的に指示できないことは誰にでもわかる。おそらく、詩歌にとっての現実とは、というふうに転倒させないと、韻律のリアリズムは、うまく説明できない。

現実は、分節されることによって規定されてゆく。しかし、人間の感情の揺れや精神のひびきのようなものは、うまく分節しきれない。「かなしい」とか「うれしい」という分節では満足できないから詩歌をつくりはじめる。近代歌人は、そういった概念的な分節を排除して、具体的な〈物〉の模写に〈こころ〉を仮託したのであり、それはそれで一つの見識であった。

詩歌にふさわしい領域が、いのちのひらめきや精神の気韻にあるならば、詩歌における現実もそこに求めるべきだろう。ひらめきや気韻は、韻律にこそ親和性があろう。われわれは、意味ではなく韻律によって世界を分節してゆく行為を想定してよい。無論、われわれは牧歌的な世界に生きてはいないから、いのちや精神は、苛酷な現実に引き裂かれ、軋み、悲鳴を上げるのだ。それは、ノイズとして〈短歌的〉な韻律を攪乱するだろう。

## 2

膨大で広範囲にわたる岡井隆の作品を「短歌におけるリアリティーとは何か」という問題意識から読んでゆきたい。それは、短歌におけるリアリズムの更新という問題に等しい。つまり、リアリズムを方法的に規定することはできない、とも言える。

短歌史は、ある意味で、この「写実」の「実」の中味を拡大する過程だったともいえます。また、「写実」の「写」の方法を、革新していく過程だったともいえます。

岡井隆『前衛短歌の問題』

二十世紀の短歌史は、子規が残した「実際の有のまゝを写すを仮に写実といふ。又写生ともいふ」(「叙事文」)というとんでもない宿題に悪戦苦闘してきたとも言えるだろう。

「実」は、事実であり現実である。「写」の対象だ。ところで、現実は言葉の関係によって規定されるものであるなら、方法も関与的であるとしか言いようがない。「実」の内容と「写」の方法は、インタラクティブな関係にある。現実は変容し、それを記述しようとすれば方法も変化する。また、方法の革新によって、現実は新たに規定されてゆく。つまり、リアリズムとは、現実と言葉(方法)を相互に活性化する行為なのである。

篠弘は『歌の現実　新しいリアリズム論』において「これからのニューリアリズムの担い手は、自然主義的なリアリズムをはげしく拒否し、それを克服した人たちであるにちがいない。新しいリアリズムは『抽象からの反動ではなく、抽象を経て生まれた』ものになるであろう」として前衛短歌の思想表現方法の成果の上に立脚すべきことを示唆している。「リアリズムはリアリズムと闘わなければならない」という言葉どおり、篠もリアリズムを静態的には考えていない作家の一人だと言えよう。

さて、短歌におけるリアリズムはいかに更新されてきたか。岡井隆の作品をとおして検証してゆきたい。

草こえて飛びちがいたる蜜蜂の翅《はね》見えぬまで宙にとどまる　『斉唱』（一九五六年）

皮膚の内に騒立ちてくる哀感を伝えんとして寄る一歩二歩　同

一首めは、リアリズムの原型とでも言うべき描写の冴えた作品だ。ポイントは「翅見えぬまで」という発見である。実際にその場にいなければつかまえられないスケッチだと思わせる。じっと息をのんで見つめている作者がいる。こういう細部への視線は、対象への愛情にかかわっている。描写の精密さという点では、短歌形式において精一杯のところだろう。岡井がごく初期にこういった世界をクリアしたことの一つの証であると言えよう。

二首めは、せつない相聞歌である。おそらくこの先はメタファーによらなければ表現できない限界線まで来て、かろうじてとどまっている。この哀感とは何だろう。性にかかわる哀しみには違いない。「皮膚の内に」と言っているが身体的な感覚とは別のものだ。感覚と感情の境界にある微妙なものとしか言いようがない。何かこの微妙なものは、身体から流出しているようで、それに収拾がつかないまま恋人に近づいてゆく。「寄る一歩二歩」の不安定でよろめくような韻律がリアルだと言うべきだろう。性愛のクールな陶酔が伝わってくる佳品だ。

この作品において、もはや視覚による描写という範疇から踏み出していることは明らかだろう。

屍《し》の胸を剖《ひら》きつつ思う、此処《ここ》嘗《か》つて地上もつともくらき工房

『土地よ、痛みを負え』（一九六一年）

この嘆きの深さはどうだろう。医師としての現実を生きることへの沈鬱な祈りが込められている。現実世界にきびしく対峙している作者像に疑いの余地はない。

屍体の胸をひらくという行為の中に、すでに「思う」という思想への契機がある。行為の中から思想が展開していくというスタンスは明瞭だろう。それがリアリストとしての岡井隆の豊饒さであることは言うまでもない。それは、肉体を観念化することも、観念を肉体化することも可能な修辞力によって保証されている。その双方向の通路の太さが、岡井を素朴なリアリストではなくしている。多くの作家が躓くのは、その通路の脆さのためだ。

工房というメタファーには、人間の身体の暗い情熱にみちた営みを感じる。クリーンな機械装置のイメージではない。混沌とした肉の匂いがある。神の意志も自分自身の意志さえも届かない孤絶した空間像を喚起する。そこには光が差さない。「地上もつともくらき工房」に、救いのない生命の営みを思わずにはいられない。生命への讃歌からはずいぶん遠いところにあ

る。「此処嘗つて」には、はじめてその禁忌の場所を開示したことに対する痛切な思いがあるのだ。

現実の重みと修辞が高い次元で釣り合っていて、素朴なリアリズムからは、大きく踏み出している。が、この作品が「文学は、生き方の提示たり得ないか。文学をして実践倫理へのうながしたらしめたい[3]」という悲願に深く根ざしていることが確信できるならば、リアリズムが方法の拡充を忌避する理由は見当たらない。メタファーによるリアリズムの拡張を鮮やかに示した作品だと言えよう。

いずこより凍れる雷《らい》のラムラララムだむだむラララムララムラム[4]

『天河庭園集』（一九七二年）

迅い雹のあと、東天低く虹がかかった。

今日一日《ひとひ》天《あめ》の変化《へんげ》のはげしさやこころをさらふ春のさきぶれ

『マニエリスムの旅』（一九八〇年）

言葉には、音があり意味がありイメージを喚起する力がある。例えば「雷」と提示されたとき、読者の意識は（ぴかりと光る）「雷」の像に向かう。その像の生成に向かって音は意識の底に後退する。意識におけるイメージの優位性は、作者の側でも同じだ。オートマティスム

（自動記述）を試みたシュールレアリストたちを悩ませたのは、視覚イメージであった。「超現実的な声」に耳を傾けることを中断させたのは、音を追う意識の流れの中に立ち上がる視覚イメージを定着させたいという意識だったのである。(5)

この「ラムラム」は、裸体の音だ。作者の欲求が音そのものに向かった結果と言えるだろう。意味や像を突き破りたいという衝動なしには考えられない。意識の底にある音を剝き出しにすることは、ある種の自動記述だと言ってよい。

二首めは、世界を包含するようなダイナミックな抒情と音楽性が魅力的な作品だ。「天の変化」の実際は、すべて詞書きに抽出されている。普通は、雹や虹といった具体的な気象を詠み込みたくなるものだ。この作品からは、そういったものが注意深く排出され、抽象度の高い言葉が選択されている。現実描写の細密さとは逆方向にベクトルがある。具体的なイメージを喚起する言葉が避けられているから韻律自体を楽しむことができる。ただし、音が裸体になるところまでは行かず、微妙なところでバランスをとっている。音は漠然としたイメージの背後にあって、読者の意識下に働きかけている。

上句の「ひとひ」「へんげ」「はげしさ」下句の「さらふ」から「さきぶ」への推移が心地よく響く。母音の流れは、上句ではイ音の優勢からエ音、そしてア音へと展開している。下句では、オ音へ移行している。特に、結句が〈ｏａｉｕｅ〉《のさきぶれ》で終っている点に着目したい。結句にすべての母音が再現されている。そこにある種の完結感がある。つまり、句ごとの母音の展開を結句で総括するという構成になっているのだ。
韻律のリアリズムというイデーが作品として具現化してきたと見るべきだろう。

たたかひをしてこしわれをしづかなるうからのかほがかこみて動く
『α（アルファ）の星』（一九八五年）

帰宅した父を家族が迎えるという日常の情景だが、どこか隙間のようなものがある。職業的な戦いか、人間関係上の葛藤があったのか、父は疲労の極みにある。彼をかこむ「しづかなるうからのかほ」の静寂さが不気味である。この場合、静けさは心の平安をあらわしているのではない。実際に賑やかな子供たちの声が聞こえてこない、その生理的な状態を再現しているのだろう。それは「かほがかこみて動く」という妙に即物的な把握からも明らかだ。視覚的には認知できるが、他の感覚とか感情は閉ざされた状態。音もなく、映像のように動いている顔。そのめまいのような、気が遠くなっていくような感覚をとらえている。「動く」以外すべて平仮名表記であることも、うまくその感覚をあらわしている。
短歌におけるリアリズムは、ある面で視覚から「体性感覚」へと拡充してきたが、この作品は、いわば皮膚感覚の奥の生理を扱っている。現代人の病的な様態を定着した実験的な作品だと言ってよい。

吡つ吡つしゆつしゆつしゆわはらむまでしゆわはろむ失語の人よしゆわひるなゆめ

『神の仕事場』(一九九四年)

最新作であり、話題作である。「皇后の失語」を扱った歌であることは「今、書いている作品が一番気になる」(「リテレール」一九九四年夏号)の「どの人も、皇后陛下の失語事件の歌として、うけとつて面白がつてをられるやうである。それでかまはないと思ふ」という岡井隆の自作自解からも明らかだ。また、岡井の「それはリアリズム克服の世紀であった」(「未来」一九九四年一月号)という評論では「わたしは、写実の歌——つまり、わたし自身のその時の感情を託した表現だと思っている」と言明されている。妙に情報の多い、つまり場の磁力の強い作品だが、作品に即して読んでみよう(6)。

まず、全体に意味と音が溶解している印象を受ける。いわゆるスーパー・オノマトペだ。溶解という印象をもう少しときほぐしてみたい。この作品は、指示性において様々な水準の言葉から成り立っている。それを抽出してみる。

◇事実を指示している言葉。この場合、失語の皇后が手話を使って会話したという事実。

「しゆわ」(手話)「失語の人」

◇かすかに意味を帯びているが、文脈の中では捩れている、つまり正確に機能していないか、事実を特定できない言葉。

「叱つ」「はらむ」「ひる」

誰が何を叱っているのか不明。「はらむ」は「孕む」と読めるが手話を孕むとは、かなり無理な比喩的な言い方。「ひる」は「放る」か。これも無理な語法。
◇ほぼ純粋な音。音のみの言葉であり一首の中ではオノマトペとして機能している。
「しゅつ」（しゅっ）「はろむ」

「はろむ」は「はらむ」から導き出された意味のない音だと推測する。
◇形式に奉仕する（整える）いわば虚辞。
「まで」「な」「ゆめ」

これだけ様々な水準の言葉が押しこめられると、溶解というより、錯乱と呼ぶのがふさわしい。一方、シッ・シュッ・シュワ、ハラム・ハロムという連鎖はあからさまであり、語句と語句は粘着して、ゲル状の塊になっている。意味の錯乱と韻律の連鎖。実に奇妙なスタイルになっている。

が、「皇后の失語」という事実にかえってみると、この作品はかなり精緻なドキュメントになっているのではないか。音の苦しげな連なりは、まさに失語そのものの記述と読める。一九九三年の皇室の混乱と苛立ち、マスコミ報道の喧騒も十分伝わってくる。他のどんな方法でもこのようには作品化できなかっただろう。視覚的な描写をいくら積み重ねてもその現実には到達できないのだ。リアルタイムの現実を扱いながら、かなりの水準まで韻律のリアリズムを実現した作品だと言うべきだろう。

第一歌集から、最新作までおよそ四十年におよぶ歌業を、リアリズムの視点から俯瞰してみた。岡井隆においてリアリズムという水脈は太くて長い。今現在、リアリズムを更新し続けているからこそ、岡井隆はリアリストと呼ぶにふさわしい。

〔註〕

（1）「定型・非定型の現在と未来」という岡井隆との対談における発言。岡井隆全歌集Ⅱ・別冊『岡井隆資料集成』（一九八七年、思潮社）に再録。

（2）「生きている古典」というアンケートへの回答。『前衛短歌の問題』（一九八〇年、短歌研究社）に再録。

（3）『辺境よりの註釈　塚本邦雄ノート』（一九七三年、人文書院）より。

（4）『岡井隆歌集』（一九七二年、思潮社）収録「天河庭園集」の表記に拠る。

（5）『シュルレアリスムの思想』（一九八一年、思潮社）所収、ジュリアン・グラック「アンドレ・

ブルトン」を参照。

（6）「リテレール」の自作自解でもオノマトペを中心に次のように説明されている。「『叱つ叱つ』は、はじめ『しつしつ』だつた。その方が、純粋にオノマトペになつていいかも知れない。オノマトペに限らず、人工言語は、自然言語とダブつてしまふ時があつて、危機である。『しゆわはらむ』とか『しゆわひる』とかいふ、造語の動詞でも、さうである。自然言語では『しゆわ』は〈手話〉を予想させる。『はらむ』は『胎む』。『はろむ』は、『はろかなる（形容詞）』を連想させる。そのあたりは、『ひる』は、『放《ひ》る』といふ品のよくない語に通じてしまふ」しかし、作者の解釈が唯一無二ではないと考える。

# 『E／T』、未知の虚空へ

## 1

『E／T』（二〇〇一年、書肆山田）は、沈潜した甘美さが心地よい歌集である。その世界に流れる静かな時間を共にすれば、何も言うことはない。しかし、ひとたび批評的な心持ちになると、様々な問題が噴出してくる。困ったことである。いずれも歌集とは何かという難問を誘発しているように思われる。

『E／T』の巻末に著者の作品集リストがある。『斉唱』（一九五六年）から『臓器《オルガン》』（二〇〇〇年）まで、評論・エッセイを除く韻文作品集である。いろいろな感想をもつ。ひとつは、序数歌集的な意識の稀薄化ということである。序数歌集とは、広義には著者（あるいは編集者）が何番目の歌集だと宣言する歌集である。所謂「世に問う」意識。そこには世に問う根拠となる作風の転換あるいは深化の刻印が求められよう。歌人のキャリアが刻まれているのである。今現在でいうと、例えば塚本邦雄『約翰傳僞書』が第二十四歌集、馬場あき子『世紀』が第十九歌集ということになる。

序数歌集とは狭義には塚本邦雄のタームというべきだろう。周知のように塚本の場合は、独自の美意識により序数歌集から除外している間奏歌集が数多くある。厳密には、間奏歌集あっての序数歌集なのである。

さて、岡井隆の場合、『臓器《オルガン》』のあとがきに「この歌集は、わたしの二一番目の歌集」と宣言されている。序数歌集は健在であった。しかし、どうもこの『E／T』は、そういう磁場から自由な作品集という印象が強い。二十二番目の歌集と宣言するのが無粋とさえ思われるのだ。もちろんそれは意図されたことなのである。

作品集リストに戻ってみよう。ここでは、佐々木幹郎との共著の組詩『天使の羅衣《ネグリジエ》』（一九八八年）、詩集『月の光』（一九九七年）も、序数歌集と同じポジションに置かれている。さりげないが重要な仕掛けなのである。『E／T』のモチーフは、現代短歌を〈詩〉という地平に置くことである。それは本書の編集者・石井辰彦の意志でもあり「短歌が短歌でありながら世界に通ずる新しい詩でもあり得た時」（石井辰彦『現代詩としての短歌』）の驚異を遠く見通した、その一歩であると言わなければならない。本書が書肆山田「りぶるどるしおる」という〈場〉に置かれたこともその証であろう。そういう地平において序数歌集という意識は、多分無粋なのである。

おそらく「りぶるどるしおる」シリーズの愛読者を中心に、本書は新しい読者を獲得しているだろうが、彼らにはまっさらな作品集として届いているはずだ。書き下ろしということも、そのまっさら感に寄与している。本書の内実と相俟って、この手つかずの感覚の香しさが『E／T』の魅力なのである。

それにしても、編集者の存在を思わないではいられない。その役割の濃淡によって企画者ともプロデューサーとも呼ばれるが、岡井隆における石井辰彦、穂村弘における村井康司、加藤千恵における枡野浩一、そして「歌葉《うたのは》」で精力的なプロデュース活動を展開している荻原裕幸。歌集はプロデューサーの時代を迎えたといえる。いずれも歌人・俳人がプロデューサーである点、短歌の特異性を反映しているのだろう。

プロデューサーは、著者の新生面（新人の場合は、その才能）を見出し、企画として具現化し、出版の場を保証し、作品の水準を示し、刊行後には批評をプロモートする役割を果たしている。そして岡井隆のようなキャリアの歌人にこそ、新生面を切り開く助力が必要なように思われる。石井はその役割をよく担ったといえる。今後、編集者は歌集論の一部分として欠かせない存在になるだろう。

さて、詩と短歌を同じ地平に置こうとするとき、あるいは、新しい〈場〉の読者を想定するとき、序数歌集という磁場はむしろ五月蠅くなると書いた。少し補足しておこう。再び作品集リストに戻ると、一九八五年以降二〇〇一年（本書）まで、ほぼ毎年作品集が刊行されていることが分る。ブランクは、一九九二年と九三年のみである。歌集に限定しても『ウランと白鳥』（一九九八年）、『大洪水の前の晴天』（一九九八年）、『ヴォツェック／海と陸』（一九九九年）、『臓器《オルガン》』（二〇〇〇年）と、毎年刊行されているのである。これは単に多作ということを語っているのではない。歌集は、はっきり〈年刊歌集〉となっているのである。それは、近代の実人生という時間軸に沿った歌集には遠く、現代のキャリアの刻印としての序数歌集とも違う制作意識ではないだろうか。〈年刊歌集〉が小刻みな序数歌集でなくなる契機は只一つ。それが〈テーマ歌集〉となることである。『E／T』はその先駆けといえるだろう。発表媒体は違っても、一年をある構想（テーマ・方法）で歌いきり、歌集とすること。そういう歌集のスタイルが見えてくるのである。

## 2

『E／T』の扉を開ける。そこには岡井隆の肖像画があり、まず読者に強く複雑な印象を残す。適当な言葉が見当たらないが、ある種の疎外感といったらよいだろうか。妻による夫の肖像画。精密である。特に額、鼻梁の線が揺るぎない。画家とモデルの深い融和を思わせる。線という言語で、自分が最良の理解者であることを語っている。柔らかな他者の拒絶。そんな感じである。ここが極私的な空間であるというメッセージを発している点で、歌集の入り口に相応しい。

食卓のむかうは若き妻の川ふしぎな魚の釣り上げらるる
わが磁気の過去の砂鉄をほそほそと曳きあげてくる朝餉《あさげ》の妻に
気づくとはあはれ花びらの傷つきてのち在《いま》したる風に気づくを
夫婦別の寝室が流行る　それはそれ朝日の籠もる部屋で一緒だ
しかし電話とテレビは別だひそひそと廊下の右にこゑの洩れゐて
細く狭い　Ｋ　から水の音がして寝にくるだらうそれも出逢ひだ
白き人はかなしみのうへに坐りをり「覗き込んでは嫌」しづかなり
さくら咲いて循環バスに降ることもわれとは従兄弟同士のあはさ

夫と妻のプライベートな空間であることは瞭然だが、〈私〉の感触は淡い。沈潜した甘美さと先に書いたが、歌集を覆っているのは淡さの感情であると言い換えてもよい。

食卓で向かい合う、そんな間近な距離に妻の川がある。妻のささやかな世界だ。ふしぎな魚とは、何だろう。妻は、新聞か雑誌でも読んでいる。ありふれた日常の中で、なにか関心事に出会した。そういう場面を想像する。彼女にとっては楽しくてしかたがない。無心にはしゃいでいる。でも、夫である作者にはその話題がすこし遠くて、うまく摑めない。ふしぎな魚としかいいようがないのである。ふと妻に淡い他者を感じ、しかしその手応えを喜んでいるのだろう。「ふしぎな魚」といった修辞、「らるる」の語感の軽さあたりから、淡さの感情が流露している。

砂鉄から蹉跌を連想するのは自然なことだろう。穏やかな生活も、過去の時間からは逃れられない。私という磁気が自ずから引き寄せてくるものは、砂鉄のように暗いざらざらした記憶である。砂鉄の色といい質感といい神経の襞を示すような修辞だ。妻の存在をも侵食してしまうかもしれないし、それをどうすることもできない。そんな不安と苦渋が語られている。

三首めは「神について」という副題が付いた一連からである。作品の抽象性と敬虔さが相俟って透き通った心象を読者に手渡す。引用歌は、神の存在の感触をいかに言語に刻印できるかという窮極の試みである。かけがえのないものが傷ついた後、神が存在していた徴に気づくという。それは風の気配のように微かであった。花びらが傷つく様を神は傍らで見守っていたのだろう。深い恩寵である。神を希求する遙かな感情が歌われている。

寝室、廊下、Kの歌は、この歌集のトーンを代表している。極私的な感情生活のなだらかな起伏である。細事をゆったり歌うところが安らかなのだろう。修辞は、岡井的ミニマリズムというべきもの。窮極の修辞は、言葉の選択にあるというポジションだ。「こゑの洩れゐて」の「ゑ」や「ゐ」の微かな視覚的屈折。「K」（キッチン）という略語の鮮やかな起用。さくらと配されて思いがけず「循環バス」が巡る季節を暗示する詩語に昇華すること。このあたりに最小化された修辞のエッセンスがある。文語脈に「覗き込んでは嫌」という会話体が投げ込まれて感情の喩を形成するところは、もはや馴染みのある手法だろう。

『E／T』は、極私的でありながら無私へ繋がっているというパラドックスを内包している。それは様々な形で、近代的な〈私〉を超克しようとしてきた現代短歌の一つの終端なのかもしれない。塚本邦雄、寺山修司のように〈私〉を仮構するのでもなく、あるいは〈私〉を演じるのでもなく、自己肯定の連鎖を断ち切ることが出来るのであれば、それは達成なのである。そして『E／T』は、成し遂げているのではないか。

〈私〉（作中の主体）を、生身の私からずらすことで、自己肯定の呪縛から表現を解放しようとしたのが現代短歌の一つの道筋であった。〈私〉の仮構や成り代わりは、読者に〈私〉という問題を突きつけた。前衛短歌は多くの読者の自発性を励起した。読者は方法という戦線へ参加したのである。しかし〈私〉を仮構し続けることは至難の事業であり、短歌の大衆化は方法という戦線を無化したように見える。ただし、仮構された〈私〉は、それを前提にすればよいから、読み方は明瞭だったといえる。

一方、〈私〉を演じるというスタンスは読者にとって分りづらい。それは結局、読者不在の情報戦に陥るのである。まず、「あとがき」の「〈私〉は私そのものではない」という意味合いの記述で虚構性が示唆されるのが通例である。読者は、生身の私と〈私〉のずれの問題に直面するが、それ以上の情報は与えられないから、私と〈私〉のどこがどうずれていて、なにが虚構なのか知る由もなく宙吊りの状態になる。虚構性を示唆することで、作者が読者にどういう読みを期待しているのかが不明なのである。行き着くところは、歌集外部からの情報流出（自注の類〉であり、噂なのである。噂の真偽に付き合う必要はないだろう。

もとより作者は、表現する瞬間瞬間に〈私〉が更新され、そこに私が存在するという現場にいるはずなのである。私と〈私〉がずれているのが常態であり、それを埋めようとする行為の繰り返しなのである。

近代的な〈私〉を超克するという文脈に置くならば、岡井隆は、私と〈私〉をずらず方法とは、別の行き方をとったといえる。私と〈私〉をずらさない。ただでさえ、ずれているのだ。そう認識するところから始まるなら、まず私と〈私〉が一致する〈場〉を再構築し、読者に示さなければならないはずだ。妻の画いた肖像画は、疑いようのない迫真性をもっている。そこから始まり「妻」が頻出する作品群を経て、〈夫から、年がはなれてゐる「若い妻」をモデルにして歌を書いた〉と記すあとがきまで、すべてがプライベートな世界であることを語っている。ご覧下さい、〈私〉は私なのですと優しげに語りかけてくるようである。そうして〈私〉は淡く、消されてゆくのである。その淡さの感情に、読者は安らぎ、自らの空虚を委ねるのだろう。

先行する歌集から『Ｅ／Ｔ』に繋がる感触の作品を引用しておく。


とほくゐて近いやうにも感じゐる実は遠くもちかくもなけれ　　『ヴォツェック／海と陸』

うらさびしいダイエーで襯衣《シャツ》を　海風に耐へられるだけおしやれな白を　同

はじめての寂しい町で門を見た象の彫ものの鼻がをかしくて　同

きづかざる潮位のやうに上りきて妻にしあればしづかなり　水　『臓器《オルガン》』

ともだちの来てゐる妻の部屋のそと水中にたつ鷺の寂しさ　同

## 3

『E／T』について二、三メモしておきたい。

まず、百首（数えてみると百三首ある）というボリュームの問題。歌集の通念からすると少ないといえる。これは個人の受容の差が大きいだろうが、百首で物足りなさはなかった。むしろ歌集の統一感に充足している。

もともと言葉の量に頼る詩型ではない。三百首、五百首といったボリュームが歌集に不可欠なのか、再考すべきだろう。これは分量の問題に留まらない。年刊歌集、テーマ歌集という発想を促すものになるからである。

もう一つ、横書きの問題。

ゆくりなく　蔵書の庭に　ひわひわと
のびる一本の
君
の
なよたけ

永井陽子に捧げられた歌だろう。シンメトリーの美しい表記である。表記自体が、伸びやかな精神性を示唆している。贅沢なスペースが確保されなければ成立しない点において、歌集のボリューム、テーマ歌集という問題と連鎖してゆくのである。

『E／T』は〈歌集〉を軽やかに未知の虚空に誘っている。

# 薔薇抱いて

薔薇抱いて湯に沈むときあふれたるかなしき音を人知るなゆめ　『鶩卵亭』

『鶩卵亭』（一九七五年）所収「戯画流行のこと」の一首。一連は挽歌が主調になっているが「原子炉の火ともしごろを魔女ひとり」「夜つぴてす猫女《ねこぢょ》の」といった戯画タッチも確かに認められる。悲劇を解消するための切羽詰まった戯画というべきだろう。

薔薇を抱くという行為は非日常的だ。錯乱した男の戯れである。男の胸は薔薇の棘で血まみれになっているだろう。薔薇に性愛の像を読みとることは自然であり、端的に女性の暗喩と読み替えてもよい。さらに言うなら、薔薇にキリストの血を受けた聖杯といったキリスト教的シンボルを想定することもできるはずだ。薔薇は欲望と贖罪が混淆した複雑なイメージなのである。そういう多義的な読みが読者に期待されている。

この歌は混沌としたイメージから、覚醒した思惟へと展開している。「人知るなゆめ」という他者への意識が理知的である。この二重性が作品の奥行きをもたらしているのだ。

# 第二芸術論の後に　――岡井隆の現在

## 1　近作、日本語の饗宴として

岡井隆の反第二芸術論を読みながら考えたのは、短歌の特質は何かというごく平凡なことである。五七五七七という詩型のほかに何か指し示すことができるのか。

岡井隆は「韻律の泉」と言った。反第二芸術論の中心に韻律を据えた。それは〈短歌は究極のところ「うた」であり、「しらべ」である〉(『朝狩』自序、一九六四年)と述べて以来、変わらぬ短歌観である。それは今も、揺るぎないものである。

詩型に導かれる音数律を唯一の根拠とすること。予めフォルムが与えられ、なおかつ制約がない。それは途方に暮れるような自由である。現代の歌人はその自由の泉に溺れかけているのかもしれない。いやむしろ、読者の方が、その多様な光の散乱を受容する術を喪っているという状況なのだろう。

第二芸術論議を手がかりに、岡井隆の近年の問題意識とその歌業を俯瞰しようと思っている。まず、ここ数年の作品を読んでみたい。岡井隆、七十歳以降に刊行された歌集ということになる。それは現代短歌の現在地点とほぼ等しいのである。

プルトニウムの昧爽《よあけ》よ来よと思ひけむ希《ねが》ひけむされど人智さびしき
『ウランと白鳥』（一九九八年）

〈男らや真冬の琴をかき鳴らし〉飯島晴子
ウラニウムに近寄りて行くひとりひとり袋のやうに愛《エロス》を負ひて　同

歩み初めるところから撮る映像の宣伝色の強き輝き。
ビルの瓦礫を前にしおこるUSA、USAの連呼、なんぞ羨《とも》しき
『〈テロリズム〉以後の感想／草の雨』（二〇〇二年）

青年らあまたのりこみて動かせり巨いなる艦も小さなる艦も。
星条旗掲げて征《ゆ》けばよいものを自衛艦ゆく最後尾より　同

俳句や現代詩に比べて、短歌はこういった社会的主題をよく扱っているといえる。オウム真理教事件、9・11も現代短歌においては競詠といえるほど多くの歌人が歌った。岡井隆は常にその先頭を切った歌人である。

俳句は有季定型ともなると、季語を除いた五七で時事的なことを盛り込むこと自体、物理的

に困難なのだろう。短歌の五七五七七は、世界に向かって何かを表明できる最短の詩型である。何より明治の伊藤左千夫以来、社会的主題を歌ってきた伝統がある。

歌集タイトルと同名の連作「ウランと白鳥」は、青森県六ケ所村の原子力燃料工場の視察に行った際のルポルタージュという形をとっている。社会詠というとマスメディアに依存した間接的で偏ったものではないかという批判があるが、岡井は事実への接近という点において一歩踏み込んだのである。

当時、六ケ所村の使用済核燃料再処理工場は核燃料リサイクル政策挫折の象徴的存在だった。抽出されるプルトニウムの受け手である〈もんじゅ〉が頓挫しつつあるため使用済燃料の廃棄場所になりかねないという危機に直面していたのである。こういう専門的で複雑な事象を抒情詩が扱うことは、困難であるに違いない。

一首めでは、それを韻律でもって突破しようとしている。「思ひけむ希《ねが》ひけむ」の助動詞の畳みかけが強烈であるが、これは韻として「プルトニウム」をも受けている。ウム、ケム、ケムと連なっているのだ。それに挿まれている「昧爽《よあけ》よ来よ」のヨの押し出し。音でもって感性を揺さぶっている。そして「されど」で転調し、結句「人智さびしき」ではイ音を中心にその情動を冷ややかに受けとめているといえよう。

二首めでは、社会的事象を暗喩と融和するという方法で生命を吹き込んでいる。飯島晴子の俳句は、男の激しい情動のイメージを提示している。ウラニウムを扱う男達の像は、幾分無力感を漂わせながら愛という宿命を負っている。配剤された俳句を含め、むせかえるほどのエロスでくるんでいる。

『〈テロリズム〉以後の感想／草の雨』は、9・11の同時多発テロ事件をテーマにした歌集である。「ウランと白鳥」は、原子力問題への大きな違和というポジションで宙吊りになっていた。修辞が幾重にもそれを覆った。もとより散文で白黒割り切れない思想を短歌は扱うのである。作品がイデオロギーの下僕でないことも共通認識である。政治的正義とは別の位置にある。

しかし、どうも無色透明の立場ではあり得ない。何らかの立場を表明することは必要ではないかというのが、9・11以降なのである。若い世代には「紐育空爆之図の壮快よ、われらかく長くながく待ちゐき」（大辻隆弘）というように同時多発テロの映像にニューヨーク空爆の幻影を重ねた（会田誠「紐育空爆之図」の引用だろう）素朴な反米感情を鼓舞した作品も現れている。短歌の韻律が、なにかを言わせてしまう。韻律の魔というべきか。そんな怖ろしさもあるのだ。

岡井隆も反米ナショナリズムを鮮明にした作品を発表している。ただし、反米に奉仕しているのではなく、その地点から歌っている点に注意したい。むしろ逆で、それさえもこの詩型に奉仕する一事象に過ぎない。「〈テロリズム〉以後の感想」と冷ややかに観ているのである。この政治と短歌という古くて新しい問題は、現在進行形であるといえる。

貴乃花までに帰ると言ひ置いてさす雨傘のみづあさぎいろ
『大洪水の前の晴天』(一九九八年)

はなやかで少し寂しい時の友だち。「山崎」とよび捨てにする、この良き酒を。　同

うらさびしいダイエーで襯衣《シャツ》を　海風に耐へられるだけおしやれな白を
『ヴォツェック/海と陸』(一九九九年)

暗示するものの味わいが読み手を惹きつける。分かるでしょう、みなさん「貴乃花までに」で、と語りかけてくるようである。夕方六時ちょっと前なんだなと、すっと引き込まれる。読者のための客室が用意されているのだ。静かな市井の日常のさりげない一齣である。夕方までには帰ってくるというところに平穏な二人の生活が暗示されていると読めるだろう。水浅葱色のほの明るさも印象深い。

「貴乃花」という名前、「山崎」という商品名、「ダイエー」という社名さえも歌語として一首に溶け込んでいる。

「山崎」の歌は、五七七五七七の旋頭歌体になっている。韻律に乗せて軽やかに言葉を流す上句。人名に掛けて「よび捨てにする」というところに親和という微かなポエジーがあるのだが、この定型詩の中では、このくらいの薄味で十分成立するという見極めが絶妙なのである。

この作品は、実際にサントリーの広告コピーとして全国紙で使われた。コマーシャリズムへの傾斜を危ぶむ人はまずいないだろう。ここにあるのは、そういうものを易々と料理してしまう達人の余裕なのである。コマーシャリズムをも呑み込んでしまう器を見たいと思うのだ。

たまきはる抽象といふ心ならオヴァーナカヴァナかぜに乱るる
『ヴォツェック／海と陸』

Mama,《母さん！》 don't go《行くな。》、の叫びかすかにDaddy,《父さん、》 come home《かへって来て！》 はつひに耳を聾せり
『臓器《オルガン》』（二〇〇〇年）

食卓のむかうは若き妻の川ふしぎな魚の釣り上げらるる
『E／T』（二〇〇一年）

白き人はかなしみのうへに坐りをり「覗き込んでは嫌」しづかなり
同

不可思議な歌である。「抽象といふ心」が分かりにくいが、難波田龍起展の歌が前後にあるので、その抽象画を観てのことだろう。抽象へ向かう心というふうに解釈する。「たまきはる」は枕詞である。魂の極まるということで「命」や「内」「心」などにかかる。「むらぎもの」も心の枕詞であるが、それを選ばなかったのは、「たまきはる」と「抽象」のタとチの響き具合によるものだろうし、語意どおりの「魂の極まる」画の迫真力を示唆しているからなのだろう。「オヴァーナカヴァナ」は造語か。ヴィオラのような響きのオノマトペで「かぜに乱るる」

放胆な心持ちの喩になっている。

なんといっても「たまきはる」と「オヴァーナカヴァナ」の配剤が面白い。前者は古代からの枕詞であり公的な言葉であるともいえる。語調に緊迫感がある。後者は、作歌の瞬間に生まれた刹那的、かつ極私的な言葉である。語感は放胆だ。しかしいずれも虚辞であり「抽象といふ心なら」「かぜに乱るる」という歌意をふくらませている。こういった異質な言葉が韻律に乗って軽やかに同居している様が刺激的なのである。

思うに、短歌は星座に似ている。歌人は、天空の星のたった五つを選ぶ。それで星座という世界観を暗示する。読者は示された五つの星から、再び星座を幻視するのだ。その星の選び方の大胆さ、時空の把握力において、岡井は群を抜いている。

二首めは、ジョン・レノンの「マザー」を引用している。イギリスのロックの詞を取り込んでいるという外見に目がゆくが、この歌は、家族とりわけ三人の子どもとの離別という極私的な状況を抜きにしては読めない。「Daddy《父さん、》, come《かへつて》 home《来て！》」は、悲痛な絶叫として耳を聾するのである。岡井は私的な状況を隠さない。「短歌のリアリズムとは私性といふこと」（『茂吉と現代』）というテーゼが貫かれているのだ。

『E／T』は、妻と二人の生活を歌ったきわめてプライベートな歌集である。極私的な空間でありつつ私の感情は淡い。極私から無私の世界が拡がるというパラドックスを内包している。妻の輪郭が「白き人」と曖昧になりながら「覗き込んでは嫌」という発語が悲しいまでに生々しい。それを回収して世界はあくまで静かなのである。

思いつくままに引用し、簡単にコメントした。七十歳を過ぎて、これだけ艶やかでアクチュアルな作品を、しかもこれだけのボリュームで発表している詩人歌人は他にいないだろう。

これらの作品が示唆しているものは何か。十首ほどの引用だが、現代短歌の縮図というべき眺めになっている。岡井隆が現代短歌の象徴的存在になっているのは、岡井の同年代の歌人が現在への関心が薄く、一方、若い世代が伝統への志向が弱く韻律に熟達していないという現状に関わりがある。

ここには、雅語、古語、口語、俗語、オノマトペ、造語、記号、外来語、はたまた固有名詞は商品名に到るまで、歴史的仮名遣いであることを含めて、日本人が摂取してきた日本語のおそらく全てがある。日本語の饗宴といってもよい。それに伴って、社会的事象から愛恋まで、現代の日本人を取り巻くおおよそが作品のテーマとなっている。それが五七五七七の韻律に乗って響き合い、芳醇な抒情詩になっているのだ。

こういったことが為されている形式は他にない。俳句や現代詩では難しいことであって、もし試作したとしても、短歌ほど美しくはできないだろう。それを短歌の特質と言い切ってよいか。いや、それは音数律を唯一の根拠とすることの単なる裏返しに過ぎないのではないか。

## 2　第二芸術論をめぐって

現在、第二芸術論に関心のある読者は極めて少数だろう。が、現代の歌人にとって、一九八〇年代の半ばに現代短歌を志した私のような世代にも、それは依然として何ものかなのである。

岡井隆著『短歌――この騒がしき詩型　「第二芸術論」への最終駁論』（二〇〇二年七月、短歌研究社）は、複雑で苦いものだった。まず第一に、これは第二芸術論とともに現代短歌のある部分を否定的に捉えたこと。それは、とりもなおさず岡井隆その人の前衛短歌という歌業の一部であること。これがなんといっても苦いのである。

　すべては、日本語の文脈の中にとけこんでしまつてゐる和歌――五・七・五・七・七の韻律の泉から、その折々に汲みとつてみせた短歌だつたのである。
　往年の、「第二芸術」論者たちよ、これは容易なことではないよ。これを一気に否定するなどといふ革命的な暴挙は。けれども、わたしは、深くあなた達に同情する。わたしもまた、短歌の内側にあつて、その「暴挙」に加担しようとして来たからだ。

（「結び」）

本書の結語である。愕然とする。従来の反第二芸術論とは明らかに異なる。ここでいう「加担」とは、前衛短歌運動を指し示す。岡井隆は、第二芸術論を論駁しながら、それを契機とした短歌の現代化というプログラム諸共葬ろうとしているのか。いや、冷静に読めば、暴挙に加担したという痛恨の極みが述べられているだけで、前衛短歌そのものを否定しているのではない。しかし、現在の岡井が錯誤の上に成り立ったものを容認するだろうか。災いを転じて福となす式の都合のよい史観をもっているとは思えないのである。

現代短歌史の通説では、第二芸術論自体は粗く不備のあるものだったが、短歌の変革の契機になったという意義は認められてきたのである。第二芸術論に呼応した短歌を通じて、それは超克されたという短歌史観の先に現在がある。そこに疑問符を投げかけた点がまず注目される。

さて、第二の特徴、これも結語に含まれているのだが、短歌という詩型の本質に根ざした反第二芸術論であることに着目したい。それは執拗に織り込まれている韻律の問題なのである。

外山滋比古『短詩型の文学』（外山滋比古著作集6、二〇〇二年十二月、みすず書房）は「正面切って『第二芸術論』に反撃するのではなく、俳句の独自性を打ち出すことによって、おのずから批判を超克しようとした」（著作ノート）この三十年間の論考を集成したものである。近代芸術とおよそ相容れない添削と結社が作品を古典化する比類ないシステムであるという評価には、教えられるところが多い。本書の見所は、切れ字・季語という俳句の独自性がいかに西欧の近代詩とは異質の価値を形成してきたかを明らかにした点である。「切れ字は、このようにことばの普通の論理を断ち切って、論理の規制力のおよばないような表現を可能にするところにその特質がある」(「省略の文学」)というのである。外山の論考は、俳句という詩型の本質に根ざしているから、状況に左右されない説得力があるのだ。

詩型の本質からの反論ではなく、短歌は第二芸術論で期待された文学とは別の何ものかであるという議論は根強かった。その一例として、岡井が「信ずるに足る反論」であったと回顧している土屋文明の「短歌の現在および将来について」に触れておく。

文明は、一九四七年十一月の講演でこう述べた。短歌は「生活の文学であり、生活即文学である」こと。そして「けっして一つの英雄を作り出す文学ではなく、一つの天才をめぐる文学ではなくて、同じ立場に立ち、同じ生活の基盤に立つ勤労者同士の叫びの交換である」こと。そういう短歌のありようは商業主義文学の先を行く姿であるという信念は「アララギ」の「編集所便」(一九四六年一月)で述べた「思想以上の強力な生活が在る筈だ」という立言を受けている。

これは、第二芸術論が要求したものとは別の価値を提示した代表的な反論といえる。実際、この理念は「生活即短歌」として継承され、戦後から現在に到るまで、短歌というジャンルの一つの拠り所となっている。新聞歌壇への投稿歌から専門歌人の作品まで「生活」は根づいている。この「生活」という城壁は強固であるが、一方、短歌を文学から孤立させたともいえる。

文明の反論は「生活即短歌」を中心に論じられ継承されてきたが、文明に詩型に根ざす論考がなかったわけではない。「この音数律をもって割合に簡単に終わる短歌の形式というものが、やや平板な日本語の抑揚というものの欠点を受けることが割合に少なく詩として成立する」（「短歌の現在および将来について」）と述べられている。抑揚の乏しい日本語にとって短歌の音数律は、詩の成立に有効だというのである。岡井の文明への信頼も、こういう韻律への言及があったからではないかと思われる。

岡井の駁論に戻る。この書では、第二芸術論者を中心に、その論だけでなく、経歴、著作を丹念に腑分けしながら、彼らに潜む短歌的抒情を摘出している。

臼井吉見、桑原武夫に「抒情詩への欲求」すなわち「韻律のすぐれた詩」「つまりは音数律によつて、磨きあげられた詩」への欲求を検証し、森鷗外に「韻文詩人の耳」を認める。音数律を根拠とする以上、韻律の問題を短歌否定論の中心に据えた小野十三郎に手厳しいのは当然の帰結であった。

小野十三郎の詩そのものは、小野がいふほどに「奴隷のリリシズム」を脱却したものではなく、かれの嫌ふ短歌的抒情をたつぷりと含んだものであつて、短歌の音数律を守りつつ革新しようとした文明や芳美とは、戦後詩歌といふことで共通のレベルのものだつたといふことになる。

（「小野十三郎と『奴隷の韻律』」）

このように結論づけている。ここでは「共通のレベル」という評言に留意したい。岡井は、短歌の韻律を詩型固有の黄金律としてのみ賞揚したのではない。執拗ともいえるほど、第二芸術論者たち、あるいは森鷗外を始めとする文学者に、音数律への欲求を見ようとした。鷗外を例にとって、結語では「韻律の泉」という美しい言葉で語っている。

これは、短歌をジャンルとして孤立させないための方途ということばかりではない。短歌の音数律が、深く日本語の文脈の中に、すなわち日本人に溶け込んでいるということがその核心なのである。

戦後の前衛短歌の大きなポイントは韻律の改革であった。「濡れた湿っぽいでれでれした詠嘆調」を批判した小野十三郎に呼応した前衛短歌の象徴的な作品として定番のように引用される作品がある。

革命歌作詞家に凭りかかられてすこしづつ液化してゆくピアノ

塚本邦雄『水葬物語』（一九五一年）

イメージに沿って読もうとすると〈革命歌[5]／作詞家に[5]／凭りかかられて[7]／すこしづつ[5]／液化してゆくピアノ[10]〉と五五七五十の形になる。一方、短歌形式に沿って読むと五七五七八となる。読者は、この二重の読みの緊張にさらされ、優美な短歌のリズムによる陶酔から醒めざるを得ないのである。こういう韻律の革新を、現在の岡井はどう評価するだろうか。前衛短歌は「音数律によつて、磨きあげられた」短歌的抒情を打ち壊すところから始まった。そこへは、本来行くべきではなかったのではないかということが、この駁論から類推できる。塚本邦雄の韻律革新には懐疑的ではないかと思われるのである。

考えてみれば、前衛短歌期の岡井は、主に喩法の徹底した活用あるいは連作への志向において際立っていたのであり、個々の作品の韻律は保持されていたのである。ここでは、前衛短歌期の岡井の代表作「ナショナリストの生誕」から引いておけば十分だろう。

産みおうる一瞬母の四肢鳴りてあしたの丘のうらわかき楡
『土地よ、痛みを負え』（一九六一年）

つややかに思想に向きて開ききるまだおさなくて燃え易き耳
同

さて、岡井の論駁の第三の特徴は、反米ナショナリズムの立場である。

あの短歌否定論の大世論もまた、アメリカ占領軍により「思想改造＝洗脳」運動のさ中におきた思想であり、言論の一つだつたといふことに、あらためて注意したいと思つたからである。

第二芸術論、つまり日本の伝統文化の否定の論調も、むろん、その大いなる一つである。なぜなら、一国の戦争は、一国の固有の文化の自覚とそれへの排他的な愛着――つまりナショナリズムを大きな思想的根拠として発動される、政治的な行動であつて、背後に民族的国家的な思想的根拠がないと長くは続かないのである。一国に精神的な意味で、武装放棄させたいのなら、その国の文化を変へてしまへばよい。さしあたり、伝統文化を否定し、外来の、たとへば米欧の文化類型をここへはめこむことにすればよい。(「杉浦明平と石原吉郎」)

第二芸術論をアメリカ占領軍による思想改造の一環としてとらえる。丹念に韻律の泉を尋ねた手つきとは違う荒々しさで岡井は語る。今まで、第二芸術論が敗戦を契機としたことや、戦争責任の問題に絡めて議論されたことはあったが、ここに到るとまさに最終駁論であり、「あとがき」の言葉どおり「『第二芸術』の論はすべて一篇の戯画だつたのだ」と思えてくる。であれば、第二芸術論に呼応した短歌改革運動は、すべて「暴挙に加担」したと見るのが当然である。

岡井の第二芸術論駁論の三つの特質、すなわち戦後の短歌革新運動への異議、日本語の韻律の泉を精粋とする価値観、反米ナショナリズムの立場は、不可分のものである。

## 3　再び、短歌の独自性とは

あらためて思い到るのは、俳句の切れ字、季語に比較して、短歌の独自性として主張しうるものが五七五七七という素の詩型だけだということである。それでは物足りないと思うかどうか。そこが短歌観の分岐点なのだろう。短歌の短さをむしろ長所とする見解もあるが、それを言い出すと俳句に負けるのは誰にでも分かることだ。

子規は、五七五七七という詩型の考究を一歩進めていた。短歌という詩型の本質は、時代の要請によって、その韻律の内実を変え得る点にあることを見抜いていた。「短歌のみは一種異様の歴史を有し、調子のみ変りて詩形変らざるの変象を呈せり」（「短歌の調子」、一八九八年未完稿）というのである。詩型は同じでも例えば〈五七・五七・七〉と〈五七五・七七〉では、リズムが異なる。その柔軟性によって時代の変化に対応し、短歌形式は現在まで生き延びてきたのである。そういった地点までこの短歌という詩型の独自性を見極めれば、反第二芸術論には十分だっただろう。

いや、詩型だけではない。誰でも知っているように、短歌には、切れ字や季語どころでない、独自の財産が豊富にある。枕詞、序詞、本歌取り、縁語等々、千年の蓄積による修辞群である。それは、短歌の伝統的美意識に通じるものである。

現代において岡井隆は、その屈指の使い手なのである。とりわけ序詞を用いた歌が印象深い。

むらがれる鴨の羽がひのさむざむと性愛のなき季節しばらく　『ウランと白鳥』
ふらここの高きより来て砂を薙《な》ぐいきほひをもて言ふことばはも　『大洪水の前の晴天』
わが母の阿片丁幾《アヘンチンキ》を待ち侘びしあのひそけさの春の夕闇　『ヴォツェック／海と陸』
よーぐるとに沈む林檎のねばりある性愛はもう俺んではなく　『臓器《オルガン》』

序詞（傍線部）は、歌いたい情感を導き、その句を修飾するレトリックである。いずれも、こういう伝統的な修辞を現代に生かす苦心と愉悦が見てとれる。岡井が序詞を好むのは、韻律への親和性によるのではないかと思われる。

一首めは、有心《うしん》の序というべきもので、群がる鴨のイメージが残像として性愛の情感に繋がっている。序詞が「性愛」という現代的主題と安らかに結びついている点が刺激的である。二首めで注目したいのは「高きより来て砂を薙《な》ぐ」あたり、序詞が極めて写実的である点だ。伝統技法と「アララギ」の写実の融合というのは性急だろうが、岡井ならではの序詞だといえよう。三首めは序詞的といった方がいいだろうが、母の像がすうっと夕闇に消えてゆく気配が美しい。四首めは、意識的に俗っぽい場に序詞を置いているが、こうなるともう完全に現代の風景に溶け込んでいるといえる。

ここで問題になるのは、なぜ歌人が反第二芸術論において、修辞という短歌の独自性を主張しなかったかということである。掛詞にしろ本歌取りにしろ、この短い詩型で複雑なことが表現できる点において、桑原武夫の「がんらい複雑な近代精神は三十一字には入りきらぬ」という批判への武器になり得たのではないか。

言うまでもないことだが、枕詞、序詞、本歌取り、縁語といった短歌独自の財産は、戦後の第二芸術論を待たずに、殆ど死滅していたのである。その内実を第二芸術論者たちがどれだけ理解していたかは分からない。彼らの目に映った短歌は、すでに伝統文化が否定された後の、近代化された五七五七七という詩型だったのである。通俗的な比喩を使えば、焼け跡に焼夷弾を落としたようなものに過ぎなかったのだ。

だれがその修辞という千年の伝統を否定したのか。言うまでもなく正岡子規以来の「アララギ」を中心とした近代歌人なのである。無論、「アララギ」の歌人たちは『万葉集』復興を実践したのだが、写生という理念は、和歌の修辞を廃して、五七五七七を約束事のない透明な詩型にしたのである。実際のありのままを写そうとするとき、レトリックは夾雑物なのである。そして、『万葉集』という色合いが褪せた後、詩型だけが残ったのだ。

岡井の駁論でも「もともと明治以来あつた傾向が、露骨になつただけのことだつた」と記されている。整理すれば、明治以降の短歌の近代化は詩型内部の改革であり、第二芸術論は詩型そのものの否定であった。が、伝統文化否定の実質ということでは、第二芸術論という外圧ではなく、歌人自らが遂行した点において明治の近代化は徹底的だったのである。外圧であれば、レジスタンスも反攻も可能だろう。それは実際、戦後短歌の改革で現実となった。一方、自ら手を下したことについての復興には、時間を要したのである。

以上、示唆したように短歌の近代化は、錯綜している。「修辞ルネッサンス」すなわち、枕詞、序詞、本歌取りといった詩型独自のレトリックが現代短歌に全面的に復興したのは、前衛短歌が「アララギ」のリゴリズムを打破したことに起因することも常識なのである。

もう一度、素描してみよう。一八九八年、「歌よみに与ふる書」の連載が始まった。正岡子規を中心とする和歌革新により『古今和歌集』の伝統が否定された。写生の理念により、短歌は近代化に対応できる五七五七七という形式だけを根拠とする詩型となっていったのである。一九四六年、第二芸術論の火蓋が切られた。これは短歌というジャンルそのものの否定だった。一九五一年、前衛短歌運動が始まる。第二芸術論に呼応しながら短歌の象徴性を復権し、アララギ歌学のタブーを破壊した。そして、一九八〇年代後半、修辞ルネッサンスが起こる。あらゆる修辞が全面解放となり題詠が活況を呈したのである。

概観すると、第二芸術論が短歌の近代性を打ち砕き、伝統的な短歌独自の修辞を復興する契機となったことが分かる。実に倒錯した眺めである。

レトリックの屈指の使い手である岡井隆が、なぜそういう短歌独自の財産を、駁論に据えなかったか。やはり取るに足らなかったからだろう。伝統的な美意識には繋がらない現在を歌う単なる技法の一つだったのである。それは、「アララギ」という岡井の原体験によるのではないか。この「最終駁論」で頼みにしたものが唯一、五七五七七という詩型だった点において、岡井隆は一人の「アララギ」だったのである。

# 岡井隆と現代短歌　蒼穹は蜜かたむけて

## 1

◯

現代短歌ってえのは複雑な奴である。

現代短歌の終焉はいつだったのか。そういう問いが決して危機感を煽る性質のものではなくなったように思う。楽観していたのだろうか。歌壇という客船があって、おおよそ同じ顔ぶれで、毎晩にぎやかに宴を催していたのだが、ふと船窓を見ると、われわれは海底にいたのである。

現代短歌は危機にあるか。答え、危機などといった状況をとうに通りこしている。簡単にいえば、廃墟である。さかえているのは、〈非現代短歌〉である。あえていえば、趣味としての短歌である。たくさんの専門歌人（と称せられて来た人たち）が、この趣味としての短歌の盛行に手をかしており、わたしもそのひとりである。（中略）ただ、自分は、現代短歌の廃墟にあって、煉瓦を焼いて、箴言的思想詩というささやかな小屋をつくりつつあると思っている。そしてその仲間も、決して一人や二人ではないと思っている。

岡井隆『旅のあとさき、詩歌のあれこれ』（二〇〇三年、朝日新聞社）

岡井隆は、既に現代短歌の終焉の後のビジョンを描いていたのである。初出は、「短歌朝日」二〇〇二年三・四月号。詩歌の危機が語られるのは、ジャンルの生理的なもので、それは再生への意思表示であった。しかし、この岡井発言は違う。静かであり、孤独である。孤独だからこそ、少数の同志を想定するのだ。状況的に言えば、この発言に対する歌壇の反響は弱かった。無関心というより無気力に近いものを感じた。

端的にいえば、現代詩を支えてきた多少とも知的で感性豊かな若い読者層が、この地上から急速に消えつつあるのである。やがて、もう誰も現代詩は死んだとは言わなくなるだろう。当該対象が生きているか死んでいるかの判断さえ、もう誰にも出来なくなるだろうからである。それは真におそろしいことではないだろうか。

そう、衰退とか危機とかのレベルの話ではない。今日、われわれは詩の死後を生きているのかもしれないのだ。２００１年荒野の旅。そして、こうした事態をもたらしたのが、今日の大衆社会状況であることはいうまでもない。

野村喜和夫「２００１年荒野の旅」（「國文學　詩の争点ノート」二〇〇二年一月号所収）

野村喜和夫の発言を読むと、現代詩、現代短歌は共通した現在にいることが分かる。怖ろしいほど酷似している。岡井、野村いずれも二〇〇二年初めの言葉である。趣味としての短歌の盛行と、知的で感性豊かな若い読者層の消滅は、同じ状況を語っている。現代短歌の廃墟と詩の死後も同じ現場を指している。隣接しているとはいえ、異なるジャンルのこの同病ぶりは異様でさえある。一体どういうことなのだろう。

現代詩も現代短歌も、それを担ってきた詩人、歌人は少数であったはずだ。今さら大衆社会状況でもあるまいと言いたくなる。しかし、現代美術も低調であるという話を聞くと、このContemporary の衰退は、ジャンル固有あるいは内部の問題ではなく、「ジャンルを存立させるインフラ」（野村）の危機であると考えざるを得ないのである。

現代を担ってきた先鋭な詩人、歌人が、大衆社会状況を支えきれなくなった状況と言えようか。ある面、大衆社会状況に関わる度合いは歌人の方が大きいだろう。プロの歌人ほど新聞、雑誌の「選歌」という形で直接多くのアマチュアと接するからだ。投稿数でいえば、数百から数千の大衆が一人の歌人に集まる。ケータイ・タンカというものがあるが、片手でちょこちょこ作る伝言めいたタンカが大衆社会状況の象徴である。現代短歌であるはずがなく、短歌という定型詩であることも怪しく、五七五七七の定型文であればいい方で、形式も適当な伝言と歌人は向き合うのだ。そういう状況に外側から浸食され、現代短歌を追求する意志は潰されてゆく。

「短歌をやつて、革新を思はぬ程ならばよした方がいいと思ふのだ」（前川佐美雄「植物祭後記」）という気概が現代短歌の源流にあり、「激しい否定と断絶を求める精神にしか、現代短歌は成りたたないのである」（菱川善夫「現代短歌と近代短歌」）に違いない。岡井隆の言葉で言えば「それは訣別ではなくて、近代短歌の圧殺といった血なまぐさい行事になるのかも知れない」（「短歌改革案ノート」）ということであった。現代短歌とは創造的破壊なのである。

現代短歌の終焉を告げたのは、三枝昻之であった。

蒼穹《おほぞら》は蜜《みつ》かたむけてゐたりけり時こそはわがしづけき伴侶　『人生の視える場所』

三枝昻之は『岩波現代短歌辞典』（一九九九年）の「近代短歌と現代短歌」という項目で、岡井隆のこの作品に言及し「深く静かな冬の青空を仰ぎながらの人生への愛惜を読み取りたい。『鵞卵亭《がらんてい》』以後の岡井隆《たかし》の世界は和歌的表現のしらべを尊びながら、人生的な感慨を主題にした世界である。そこにあるのは紛れもなく岡井自身の『私の表白』である」と評価した。近代短歌共通のモチーフは「自我の詩」であり、「こうした確認を短歌のマクロな風景の中に置くと、見えて来るのは、前衛短歌という思想表現を呑み込んで、自己表現を豊かに太らせる短歌百年の大きな流れである。そこには近代短歌と現代短歌の違いはない」と総括した。

短歌は〈私〉の詩である。前衛短歌の反〈私〉の短歌を包括すれば確かにそうだろう。説得力のある見解である。こうして見ると、現代短歌を規定するものは、批評であるという当たり前のことがよく分かる。短歌史の一点を指し示す、批評の意志が現代短歌を創出してきたのだ。

「近代短歌と現代短歌の違いはない」という言葉で現代短歌は終った。三枝は近代短歌の正の遺産の継承に向かった。それは「激しい否定と断絶を求める精神」すなわち創造的破壊の原理との訣別であった。批評原理において現代短歌は終焉したのである。

こういう問題提起が短歌史の価値を形成する辞典という場で為されたのは納得できることである。そして『岩波現代短歌辞典』の監修者は、岡井隆その人である。岡井隆は、現代短歌の終焉を静かに見届けたというべきだろう。

しかし、この状況には楽観的にならざるを得ない。現代短歌は、近代短歌を否定するところから始まった。今、篠弘説に従い、現代短歌の始まりを「前衛短歌が開花した時期におく」(「近代と現代とのあいだ」)とする。前衛短歌の期間、すなわち塚本邦雄『水葬物語』(一九五一年)以降、およそ岡井隆『朝狩』(一九六四年)までに、近代短歌との闘争は、ほぼ決着を見たのである。それ以来四十年、自覚的な歌人は、明確に否定すべき対象のないまま、自律的にこの詩型に新しさを求めてきたのである。岡井隆でいえば『人生の視える場所』(一九八二年)における詞書きの大々的導入、『神の仕事場』(一九九四年)のニューウェーブ的修辞の饗宴、『伊太利亜』(二〇〇四年)における横書きの採用等々、常に新しい短歌をエピキュリアンの貪欲さで拓いてきた。否定すべきもの、つまり敵のない戦いほど苦しいものはない。そして、そういう困難な時期は終ろうとしている。

今、はっきり乗り越えるべきものが見えたではないか。大衆社会状況である。それは近代短歌以上の難敵である。箴言的思想詩というゲリラ戦しかないと岡井隆は考えている。明日の現代短歌が生まれる基盤は十分整ったのではないか。

## 2

信濃へは歳末行った。松本駅で鰻に地酒。いきが荒く、いやに苦しい。

蒼穹《おほぞら》は蜜《みつ》かたむけてゐたりけり時こそはわがしづけき伴侶　『人生の視える場所』

草色の聖地を雪山が守っている、あのプロバンスをおれは好いている。それにしても、ひどい風邪だ。

淡雪のやうなる痰が暫し出て憶ひ出はみな暗みはじめつ　同

歌集『人生の視える場所』(一九八二年、思潮社)は、短歌総合誌「短歌」(角川書店)に連載された作品をベースに構成されている。連作短歌の連載という試みは今でも新しい。方法としては、全篇、詞書きが多用されており、散文と韻文の交響が刺激的な歌集となっている。

もう一つ、この歌集の特徴は、歌集巻末に著者の「自注」があること。これが二段組み三十五頁に及ぶのだ。目茶苦茶なことをする人である。あとがきには「自注を、かなりくわしく書いたが、詩歌入門者以外には、じゃまなおしゃべりであろうから、識者は、どうか、よみとばしていただきたい」とある。読み飛ばすわけにはいかない。

もう一度「蒼穹」の歌にもどってみる。歌の場を再現するため、続く歌も引いてみた。まずは「自注」の、作者がオープンしたカードを読んでおこう。

冬のある日信濃路の夕空に対している。濃厚な蜜のような雲が斜めに流れているところである。下の句は、歳月の推移によって、人の心がゆっくりと変っていくさまを嘆いているのであろうか。と、そんな風にも解釈される。この一篇の〈信州論〉の序奏である。

（『人生の視える場所』自注）

歌の理解のためには、夕空という情報は貴重である。「蜜のような雲が斜めに流れている」という記述は鑑賞を助けてくれるが、読者は「蒼穹《おほぞら》は蜜《みつ》かたむけて」から自由に想起すればいいだろう。「そんな風にも解釈される」とは、既に作品は作者の手から離れていることを語っている。自注が絶対ではない。詞書きにあるプロバンスは不明である。信濃と南仏のプロバンスを重ねているのだろうか。

三枝昻之は「人生的な感慨」を近代短歌から継承するものとして見いだした。それは下句の「時こそはわがしづけき伴侶」から滲んでくるものだろう。私の表白であることは疑いようがない。この一首は「一月五日のためのコンポジション」という題の一連にあり、それは作者の誕生日であるから、一層、人生的な感慨を深めることになろう。

しかし、この作品は、現代短歌の修辞の精粋から成立している点を確認しておかなければならない。上句の「蒼穹《おほぞら》は蜜《みつ》かたむけて」は、風景描写である。冬の信濃だ。近代短歌の自然詠と比較すると破格の暗喩である。

省略が著しい。これは短歌の音数律からの必然的要請である。蜜の流出する感じは伝わってくるが、その情景を語ろうとするとなかなか難しい。さしあたり二つの鑑賞文を参照しておく。

上句、どう読んでもいいが、みごとな冬晴れの空である。「蒼穹」の文字が、天空に張り渡すフォルム、器のフォルムを喚起する。そこから蜜のようなさまざまな光の粒子がこぼれる。「かたむけて」には、また、時間の推移が重ね合わされる。夕空へむけてゆっくり傾いてゆく蒼い穹。下句はそこになだらかに接続する、過ぎ去った時間への哀惜である。

小池光『鑑賞・現代短歌十　岡井隆』（一九九七年、本阿弥書店）

曇りない冬の大空は、蜜の壺を傾けるかのように、豊かに輝きわたる。その光を見ながら、自分の波瀾に満ちた来歴を反芻《はんすう》する作者。時の流れというものは、常に自分のかたわらにあり、「伴侶」のように自分の悲苦を癒《いや》してくれた。

大辻隆弘（二〇〇四年、『三省堂名歌名句辞典』）

小池は、まず蒼穹自体を器と捉えた。それが傾き、蜜のような光の粒子がこぼれると解釈した。大辻説では、大空と蜜の壺の関係は曖昧である。大空の見えない手があって、蜜の壺を傾けていると補って読んでおきたい。つまり「蒼穹は蜜（の壺を）傾けて」と省略されていることになる。「波瀾に満ちた来歴」というのは岡井隆の年譜を踏まえたお喋りである。

ダイナミズムという点では、小池説の方が魅力的だろう。すなわち「（器である）蒼穹は（内なる）蜜を傾けて」とすれば、短歌の言葉と一致するだろう。ただし「さまざまな光の粒子がこぼれる」には違和感がある。それでは拡散する感触になってしまう。小池説に拠りながら、蜜のように垂れて流れる感じに拘って読んでみたい。

大空の半球は器のようだ。蒼から夕焼けの色への階調は、ちょうど蜜の器を傾けているように見える。蜜は細く垂れ、やがてうねるように雲の流れとともに拡がってゆく。蒼と蜜の色が色彩として鮮やかに響き合う。色彩感といい筆致といい、後期のファン・ゴッホの絵画を見るようである。生の力に溢れている。プロバンスという地名の示唆がゴッホを想起させるのだ。
現代詩の読者であれば、この雲と蜜のイメージには、宮澤賢治「春と修羅　第二集」からの引用が織り込まれていることに気づくだろう。

東の雲ははやくも蜜のいろに燃え
丘はかれ草もまだらの雪も
あえかにうかびはじめまして
おぼろにつめたいあなたのよるは
もうこの山地のどの谷からも去らうとします
ひとばんわたくしがふりかへりふりかへり来れば
巻雲のなかやあるいはけぶる青ぞらを
しづかにわたっていらせられ
また四更ともおぼしいころは
やゝにみだれた中ぞらの
二つの雲の炭素棒のあひだに
古びた黄金の弧光のやうに

ふしぎな御座《み》を示されました
（中略）
お丶天子
あなたはいまにはかにくらくなられます

（ちくま文庫『宮沢賢治全集Ⅰ』より）

七四〔東の雲ははやくも蜜のいろに燃え〕は、一九二四年四月二〇日作である。異稿（先駆形）では「普香天子」というタイトルで、「お月さま／東の雲はもう石竹のいろに燃え」という出だしである。あなたは月であり、今、夜明けとともに姿を消してゆく哀惜を語っている。石竹色のうすい赤紫の方が実景に近いだろう。

作者はこの引用のカードをオープンにしたと考えるべきである。「蒼穹《おほぞら》は蜜《みつ》かたむけて」だけでは、おそらく賢治の詩には到達できなかっただろう。わざわざ自注で「濃厚な蜜のような雲」と記し、限られた読者には十分伝わる情報を発信したのである。賢治の詩とまで言ってしまっては、読者を信頼していないことになる。

賢治の詩では春の明け方であり、岡井作はそれを冬の夕暮れに転化している。引用のモチーフは何だろう。賢治の詩は、月への讃歌であり、無邪気ともいえる崇高な祈りが込められている。そこに現世の濁りはない。透明で冷ややかな世界である。そういう祈りの像を込めたいという動機は理解できる。

先ほどゴッホに喩えたが「蒼穹《おほぞら》は蜜《みつ》かたむけて」は、目眩く色彩であり、ダイナミックなイメージなのである。この像は「時こそはわがしづけき伴侶」の内省的な感慨には直行できない。ここに賢治の清澄な世界を介在することで、上句と下句は繋がるのである。

賢治の世界を重ねることで、寂寥は増す。春の明け方に隠れる月。そして今、沈む冬の太陽。月と太陽がともに没する二重の像は、絶対の終焉を告げている。作者は、時間の終端を仮想しているのだ。そうすると「時こそはわがしづけき伴侶」は、血を吐くような慟哭であることが分かる。終焉を想定しなければ「こそ」の強調、詠嘆は理解できないのである。

この豊かなで複雑な「蒼穹《おほぞら》は蜜《みつ》かたむけて」という像は「ゐたりけり」という強烈な韻律に引き絞られる。「ゐたりけり」こそ一首の要であり、短歌の存在証明なのである。風景は鋭くえぐり取られ、下句に手渡される。言うまでもなく「時こそはわがしづけき伴侶」も暗喩である。人生には時という静かな伴侶がいて、私を慰藉してきた。その伴侶も、もうじき死ぬのである。

一首は、暗喩・暗示引用＋暗喩という構成である。近代短歌では見られなかった表現技法といえる。上句は引用のイメージを織り込みながら像的な喩として働き、下句の感慨を覆う。蜜の甘美なそして傾く危うさのイメージは、時の終端を暗示しながら、伴侶に繋がる。それは死と性愛の情緒を醸し出す。複雑な技法の上に成り立っているが、決して読者を疎外せず、豊かな情感を湛えている。現代短歌の到達点といっても過言ではない。

○

現代短歌ってえのは複雑な奴である。とりわけ岡井隆は大いなる混沌である。読者が思考を止めない限り、それは現在進行形の謎である。現代短歌とは〈現代短歌とは何か〉を問い続けることなのである。現代短歌は終らない。

# 歌集という方法『二〇〇六年　水無月のころ』を読む

歌集をどうやって編むか。一首の歌を詠むのとは別の構想力が必要であることは言うまでもない。一首一首積み重ねて、或る歌数で題をつける。それをまた集めて制作順に配列するという方法がオーソドックスな歌集の編集である。

岡井隆の『二〇〇六年　水無月のころ』（角川書店）は、そういう歌集制作とは全く違った方法を採っている。まずは、歌集という器が先に規定された。歌集ありきである。歌集という推進力があって、一首一首が作られる。これは新しい構想であるといってよい。著者が決めた作歌の条件が歌集冒頭に掲げられている。異例のことである。この条件がさらに作歌の強力なエンジンとなっている。

一　二〇〇六年六月ごろから書き出す。
二　朝の時間を選ぶ。毎朝書く。
三　小さな書斎の小さな机上に限定して必ずそこで書く。自家製二百字詰原稿用紙に2Bの鉛筆で書く。

四　約一箇月で完了する。

ある種のゲーム感覚もあるだろう。歌集を作ることが一つの企てとして実に楽しいものに思えてくる。結果として、二〇〇六年六月五日から七月二十日まで四十六日間、プランは完遂された。歌数は三六七首。一日八首というハイペースであった。

岡井隆は、近年、書き下ろしのテーマ歌集を出版している。妻との感情生活をモチーフとした『E／T』（二〇〇一年）、短歌の横書き表記を定着した『伊太利亜』（二〇〇四年）である。今回もテーマ歌集である。が、予め主題があって作歌する形ではない。歌集という場が方法なのである。主題は後からやってくるのだ。

喜びに添ふくるしみは一羽来て三羽来てやがて十数羽なる
老眼鏡かけそめし妻　看守らにわが近況を書かむとぞする
やうやくにしぼり出したるインクもて二通の文《ふみ》を送るあけぼの
子らを率て海に行きたるさわがしき夢の終りの便器の白さ

歌集には二つのテーマが織り込まれた。一つは、V・E・フランクル『夜と霧』から導かれた「老いとは強制収容所である」という著者の想念である。引用二首めの「看守」は、それを踏まえている。どこにいるとも知れぬ強制収容所の看守への手紙には、絶望を受けいれた安らぎのようなものが感じられる。

もう一つのテーマは、近藤芳美の死である。死の報せは突然やってきた。三首めは、鈍痛のような深い思いを抱えながら文を綴った場面である。近藤の死は、歌集にとっても予期せぬことであった。思いがけないテーマとして、歌集に複雑な濃い影を落としたのである。現実は常にプランの埒外にあるのだ。

この歌集と同時期に、第二十六歌集『家常茶飯』（砂子屋書房）が刊行されたことも、大きな驚きであった。圧倒的な作歌力である。

# 『神の仕事場』を読む

一九九〇年代初めにニューウェーブという一群があった。短歌の口語化を踏まえ、尖鋭化した修辞を実装した。〈表記それ自体が喩を形成し得る〉という方法論に到ったのである。世代としてのニューウェーブには、前衛短歌の最終走者という側面があった。彼らの方法論を岡井隆が豊かに摂取した歌集が『神の仕事場』（一九九四年）である。短歌史的なリバース現象として興味深い。

大島には連絡すると言つてたろ（言つてた）裏庭で今朝冬百舌鳥《ふゆもず》が
叱つ叱つしゆつしゆつしゆわはらむまでしゆわはろむ失語の人よしゆわひるなゆめ
□□（注、空白《ブランク》は白きが故にどちらかが先立つといふ女男《めを》のかなしみ）

パーレン、スーパー・オノマトペ、表記的喩という、ニューウェーブの主要なツールが展開されている。吉本隆明はパーレンについて「この括弧の中は二重作用して、ひとつは喩の解体に寄与しているふうに取れますし、同時に上句と下句を収縮させ、くっつけてしまう作用も同時にしている」（『神の仕事場』を読む』）と語った。記号は極めて喩的な問題であることを示唆したのである。

# 総合的な精神の存在

## 『ヘイ 龍《ドラゴン》 カム・ヒアといふ声《こゑ》がする（まつ暗《くら》だぜつていふ声《こゑ》が添《そ》ふ）岡井隆詩歌集 2009-2012』を読む

全体の回復。それは個人の精神の活動においても、また、詩歌のジャンルにおいても根幹に関わるテーマであるはずだ。しかし、おそらく日本の詩歌に関わる殆どの人々の問題意識にすら上っていなかったのである。

『ヘイ 龍《ドラゴン》 カム・ヒアといふ声《こゑ》がする（まつ暗《くら》だぜつていふ声《こゑ》が添《そ》ふ）岡井隆詩歌集 2009-2012』は、岡井隆の詩歌作品集の中で最も重要な一冊となった。かつて、岡井隆は、短歌という詩型の変革を繰り返し試行してきた。つまり、短歌の存在様式を問いかけてきたのである。本著は、歌人の、詩人の存在様式を問うている。それは、すべての創作活動の根っこだ。最重要という所以である。

すでに本著の予兆はあった。言うまでもない。二〇一三年三月一日に同時刊行された現代詩文庫（思潮社）『岡井隆歌集』と『岡井隆詩集』である。現代歌人が現代詩人であることは、詩歌の現在においては希有であることが強く印象づけられたのである。

現代詩と現代短歌の総合という夢が一冊に実現される。それを本著を手にする読者は、いやが上にも期待する。しかし、岡井隆は既にそれは当然のことと考えていた。『ヘイ　龍《ドラゴン》　カム・ヒアといふ声《こゑ》がする（まつ暗《くら》だぜつていふ声《こゑ》が添《そ》ふ）岡井隆詩歌集 2009-2012』には、詩、短歌ばかりではなく、等量の詩歌論、エッセイ、対談が収録されている。だから、岡井隆詩歌集というのは正確でない。本著を何と言えばよいのか。岡井隆作品集、いや、岡井隆集でいいのではないか。

平出隆との対談「正岡子規、躍動する運動神経」の中で岡井隆はこう語っている。

それで一人の人間が単純なことを考えて生きているわけでもなければ、もともと一個の人間というのは総合的な精神の存在なのであって、感覚だけで生きているわけでもなければ頭だけで生きているわけでもなくて、欲望で生きているわけでもないと。そういった見方をもうちょっと子規に対してもしてあげた方がいいような気がするんです。

子規の存在の仕方を通じて、人間の有りようを問いかけている。そしてこの「総合的な精神の存在」が本著のモチーフなのである。そうすると「岡井隆詩歌集 2009-2012」という副題の意味が明らかになる。二〇〇九年から二〇一二年の岡井隆の総合的な精神の活動の記録が、ここにあるということだ。ある期間において、詩集、歌集、評論集、エッセイ集を別々に刊行することは、総合的な精神を分断して提示することにほかならない。それでよいのか。つまりジャンルの問題でもあるのだ。

例えば、正岡子規全集は、「俳句」「俳論俳話」「短歌 歌會稿」「歌論 選歌」「漢詩 新體詩」「初期文集」「初期随筆」「随筆」「小説 紀行」「評論 日記」「俳句會稿」「俳句選集」「俳諧研究」「書簡」などから成っている。総合的な精神の活動に限界はないのだ。岡井隆選歌が入ってもいいじゃないか。「岡井隆集 20XX-20XX」を想像することは楽しい。

ジャンルの越境が問われるのは、器用に何でもこなす才能を求めているからではない。ほかの世界を知ることは、己の世界を知ることだというごく当たり前のことなのである。

その上で、本著の白眉は、ふたつ。穂村弘との対談と、短歌作品である。ここに来て短歌かと言う必要はないだろう。短歌なのである。この詩型の美しさが際立っている。戦艦のような本著にあって、鎧わない、しなやかな岡井隆その人がいる。

穂村は、愛撫するように言葉を走らせる。「じゃあ最後に、もし短歌をやっていなかったら、今どこで何をしていたと思われますか」と穂村。岡井隆は「僕はねえ、それ聞いていただけるととってもうれしいんだけど」と語り始めた。医学の研究者というあったかもしれないもう一つの人生を語ったのである。岡井隆は解き放たれていた。詩のような美しい対談だった。

なぜ生きて歌ふのか〈死〉に訊いてくれかなり近くに居る筈だから
加湿器ゆ部屋の暗黒へ上がる湯気いい夢を見たいなあ痛切に
砂浜に降りてゆく妻雨まじりの風に立ちすくむわれを残して
何か不満だ。此のわたくしの満ち足らぬ思ひぞ夜半のつゆとしたたる
濃い影をうしろに連れてやつて来てわたしの前にうづくまりたる

裸の魂を映す。それ以外に詩の使命があろうか。実に柔らかい。抒情の襞が息づいている。そして至るところに暗黒がある。抒情の源泉が怖れであることがよく分かる。一行の詩。それは猥雑でタフな現実に差す微光のようなものだ。

# うたに出会う

ゆらゆらと天《そら》にかたむくからかさの不安なる朝うたびと目覚む

塚本邦雄氏の『歌人』から、「うたびと」という言葉だけ、もらう。

岡井隆『歌人集団・中の会・作品集』

『歌人集団・中の会・作品集』は、一九八三年四月の刊行だ。岡井隆、春日井建、百々登美子、斎藤すみ子、永井陽子、大塚寅彦をはじめとする中部の百十八名のアンソロジーである。掲出歌は「歌と後注」二十首の内の一首だ。

私が歌を作り始めたのは、一九八三年の五月十五日である。最近見つかった歌のノートにそう記してある。〈利根川の荒ぶ流れを見詰めゐる君の後ろに我は立ちをり〉を始めとする五首がある。また、このころ、読書の日を本に書き入れていた。『歌人集団・中の会・作品集』は五月六日とある。寺山修司が亡くなった二日後である。

歌に注が付くことにまず驚いた。そして、ずいぶん気儘なコメントなのである。しかし、一連の歌と注を読むと、この傘は「核の傘」のメタファーであることが分かる。からかさ、かくのかさ、なるほど音が通じる。優美で軽やかな歌であるが、この不安の内実は重い。まさに現代短歌である。

返歌

傘立てに傘をねじ込むきりきりと破れた街を覗くうたびと　　加藤治郎

# わが師系　リアリズムの深化

私は、未来短歌会の中で、近藤山脈と岡井山脈を登ろうと苦闘した最後の世代であると思っている。

初学の自分が、近藤芳美、岡井隆の入り口に辿り着くには時間がかかった。それは土屋文明以来培われてきたリアリズムであった。社会と短歌が如何に切り結ぶかという問題に容易く行き着くことはできない。そして、リアリズムの深化を知ることは難しかった。

いつの間に夜の省線にはられたる軍のガリ版を青年が剝ぐ　　近藤芳美『埃吹く街』

降り過ぎて又くもる街透きとほる硝子の板を負ひて歩めり　　同

どちらも、近藤芳美の代表歌である。前者の方が語られることが多いだろう。この二首に対する岡井隆の評価は、はっきりしている。

○ごたごたと散文調に言ってあって、それほどいい歌とはおもわない。しかし、この歌は、このような戦後風俗の一断面を、きわめて即物的に投げ出してみせるだけで、詩になりうるのだということを、はじめて明示した作品の一つとして記念さるべきだろう。旧日本軍のガリ版のビラ（おそらく徹底抗戦を唱える内容のもの）が旧い価値を象徴し、それを剝ぐ青年の行為が、新しい戦後世界を暗示している。

岡井隆『近藤芳美と戦後世界』

「戦後風俗」「即物的」という近藤の特徴を抽出している。さらにその描写が新旧の価値の象徴となっていることも認めている。が、それは近藤ならではの離れ業だったのである。ここでは「戦後風俗の一断面を、きわめて即物的に投げ出してみせるだけ」では本来、詩になり得ないのだという岡井の短歌観を知るべきだろう。

岡井は二首めを評価している。

○この歌の決定的な新しさは、一、二句にみられる「環境に対する神経質な nervös 反応」であり、時間の推移をせかせかと言い切る（とくに「又」の「又か?」とも言いたげな口調!）気質である。次に硝子板を負う人の主体のあいまいさ、昔ぼくが錯誤（?）したように、作者が硝子を負って歩いているとも思える独断的な表現である。「透きとほる」という視覚的把握がわずかに表現の客観性を保証している。単なる焦土東京の一点景描写ではない

のだ。　　　　　　　　　　　　　　　　　　　　　同

軍のガリ版の歌は一点景描写であり、それが離れ業として歴史を象徴したのである。が、岡井はそれで満足していない。つまり、視覚的把握だけでは足りない。神経質な反応、気質、そして独断的な表現さえ求めているのである。それは、感覚すなわち視覚、聴覚、触覚では捉えきれない何ものかである。神経質な反応、気質という不確かなものをいかに近藤芳美は表現し得たか。昭和二十年のリアリズムの水準に驚嘆する。

視覚表現から、聴覚、触覚などの身体感覚への拡充がある。その先に神経質な反応、気質という領域があった。岡井隆は、その可能性を突き詰めて行った。

抑圧のかなたにまろき丘立ちてダダダダダダダダダと一日《いちにち》

ダの数は九箇。ダダイズムとは関係ない。　　岡井隆『歌人集団・中の会・作品集』

私が初めて出会った現代短歌である。『歌人集団・中の会・作品集』は、一九八三年四月の刊行。「歌と後注」二十首の内の一首である。後にこの歌は『五重奏のヴィオラ』に収録されているが、後注は省略されている。

ここには、戦後短歌的な風景描写はない。抽象的だが、抑圧の一語で、現代の風圧を強く喚

起している。今ここの彼方に穏やかな丘の景が見える。それを遠望して、今に耐えているのだ。「ダダダダダダダダ」とは何だ。それは抑圧の連打である。この歌で、感覚や反応は作者だけのものではない。読者にも直接的に「ダダダ」のダメージは与えられている。強烈なリアリティーが読者の内部で再生されるのだ。

それから私は、短歌が読まれるのではなく、体験されるという有りようを想い描いた。そのいくつかの試行が三十代の歌集に収録されている。

# 明日の歌、今日の歌　『鉄の蜜蜂』を読む

明日を歌うとき、穏やかで自由な想念が拡がる。短歌はそれができる形式である。それは歌の恩寵なのである。

丸い犬が四角い猫とたはむれてる明日《あした》のやうな静けさの中で

なんと楽しく安らかなスケッチなのだろう。丸い犬、四角い猫と描くことで、輪郭がぼんやりしてくる。これはデフォルメではない。メンタルなスケッチなのだ。なんとなく丸く、なんとなく四角い。そんな犬と猫の像が浮かんで、まさに戯れている。明日は平穏なのだ。それは希求なのである。そのような静けさが歌のなかにある。この犬と猫はどこか天上的な存在のように思えてくる。

『鉄の蜜蜂』は、岡井隆の第三十四歌集である。今なお、このように平明でそれでいて深い心象を照らすスケッチへと歌が向かっていることに惹かれる。みずみずしいのは、歌が新しい

からなのだ。

両肩にリンゴを一つづつ容《い》れて立つ青年に明日《あした》を訊《き》いた

ここで歌われているのは明日を思い描くことの楽しさである。青年に訊くことがうれしいのだ。青年は明日に相応しい。リンゴは象徴的な果実である。豊饒な生を表わす一方、堕落を内包する。それはまさに明日なのだ。青年は両肩に明日を容れて立っている。逞しい姿だ。

過去と共に明日《あした》が一つづつ咲いて家内《いへぬち》を明るく照らして下さい

「授賞式以後の私」という一連の歌である。お祝いの花は自分の過去の栄誉を讃えている。そして明日の自分を照らすのだ。それは自分一人の出来事ではない。家中を明るくするものであるところに、私の現在が表れている。

もう一首、明日の歌を引く。

血圧は腕を締《し》められて測るものわたしには明日といふ日まだある

血圧の測定では、腕をきつく締められる。自らの身体を厳密に測るとはそういうことなのだ。その感覚が現在を占める。それは現実の苦を暗示している。明日という日があるから、今日の現実を耐えているのだ。現実に軸足があるから厳しい歌になるのである。

今日もまたぱらぱらつと終局は来む鉄の蜜蜂にとり囲まれて

「ぱらぱらつと」は冷ややかな音である。機械的な感じがする。無作為の感触もある。だから冷酷なのである。身体的な温かさがない。そんな終局が日々繰り返される。そういう想念が下句で鉄の蜜蜂に具象化された。羽音が金属音なのだ。とり囲まれて、いつ刺されるかわからない。

歌集の終りから二番目に「父　三十首」が収められている。

夜は肉体労働をして昼眠る君の思ひをただきくだけだ
死ぬときが来たら大きな忘却がみなぎるだらう　父と子の海に

中年になった長男に対面する父である。また、一連では自分の父が歌われている。家族が主題になった『禁忌と好色』から三十六年の歳月が流れた。かつて〈大いなる虚《うつろ》にむかふ日常はこのまま銀の秋に続かむ〉と歌われた虚《うつろ》が忘却に通じている。

Ⅲ

# 短歌形式の現在 ——その死まで

## 1 はじめに——今、短歌形式を選ぶこと

短歌を創り始めて二十年になる。濃淡はあったが、二十年間この詩型と関わり続けた。短歌形式の何が自分を惹きつけてきたのだろう。

富岡多恵子に「現代の『歌人』というのはいったい何者なのだろうか。そして何のために歌を詠んでいるのだろうか」という発言があるが（『現代にとって短歌とは何か』、一九九八年）、とりわけ「現代の」と問われると当惑してしまう。日ごろ覆い隠されてきた部分に光が当てられるような感じだ。そんなことなぜ聞くんだと際どい声が出そうになる。この隅々まで管理された現代社会で、短歌は、ほの暗い野性である。歌を詠むことは、昼間従順に働く勤労者が家で密かに爆発物を調合するのに似ている。（もし自分が短歌を創っていないとして）隣席の係長が歌人だと知ったら、ぞっとするだろう。それは闇としかいいようがない。短歌は、時代や心の闇を湛えてきた詩型だ。自己のポテンシャルを解放する契機をこの小さな闇の器に求める。

それが現代に生きる歌人だ。管理資本主義の外部に別の生のあり方を見出す人間ほど厄介な存在はないのである。

実際、なぜこの詩型に関与しているのか。おそらく主要な要因は〈場〉なのだろう。〈場〉が、自分をこの詩型に繋げてきたのである。結社・同人グループという人間関係から、雑誌・インターネットといったメディアまで、〈場〉が詩型と人を結びつけるのである。だから、日本の詩歌、つまり現代詩・俳句・川柳・短歌というジャンルに壁がある原因は、その詩型自体にあるのだとは決めつけない方がいい。〈場〉がジャンルを分断しているのだ。

それを前提に、もう少し詩型そのものに接近してみたい。なぜ短歌形式なのか。まず経験的にいうと、表現したいことのおおよそは、この詩型で実現できると思っている。短歌に限界を感じていないのである。少なくとも、言語美に関わる現代詩・俳句・川柳・小説を選ぶ強烈な動機は見当たらない。いや、短歌で実現できるというのは、錯覚か。既に予め詩型に囚われているのか。そうかもしれない。しかし、短歌形式が、歌人を一方的に鋳型に流し込むものではないことも知っている。「つねに短歌形式を提げて現実に立ちむかふことは、つねに自己を短歌的に形成せざるを得ない」（臼井吉見「短歌への訣別」）という固定的な見方は当てはまらない。短歌形式の内実は、歌人によって変革されてきたことを短歌史は示しているからだ。

## 2　短歌形式の可能性

多くの歌人がこの詩型の本質を探究してきた。その中で見出された重要な見解がある。五七五七七という形式は不変であっても、その内なる韻律は変化し、変革し得るということである。まず、正岡子規の論考を追ってみたい。

されば歌は俳句の長き者、俳句は歌の短き者なりといふて何の故障も見ず、歌と俳句とはただ詩形を異にするのみ。
「人々に答ふ」（一八九八年五月）

子規は「美の標準は各個の感情に存す」（「俳諧大要」）とし、美術から俳句まで、ジャンルをフラットに展望する見解を示した。俗語・漢語・流行語を俳諧から短歌に流入させたのも子規である。美意識と用語の標準化が短歌と俳句の差異はその分量の長短に過ぎないというところにまで向わせたのである。が、その後、子規は、短歌実作の経験を踏まえ、短歌形式の考究に進んだ。一八九八年の五月から七月にかけて子規の短歌観は変わった。子規は、詩型の内の〈調子〉に改めて出会ったといえる。

短歌の形は万葉の時既に五七五七七と定まりて今日に至りて変らず。されど変らざるは単に形体の上に止まり、之を吟じ之を誦する調子は古と今といたく異なりたるが如し。

「五七五七七」（一八九八年七月）

端的に短歌形式の本質が示されている。詩型は不変だが、調子は変化する。子規は、万葉時代の短歌形式を〈五七・五七・七〉と捉え、「短歌は長歌の最短き形」と見なした。それが、『古今集』以降〈五七五・七七〉の三句切れが主流になる。この〈五七五〉と〈七七〉という組み合わせは「韻文とは多く或る一定の調子を繰り返すを常とす」という前提に照らすとき、特異な詩型なのである。

然れども此の如く読み切る短歌は或る一定の調子を繰り返す者に非ずして異様の調子を異様に配合したる者なることを記臆《ママ》せざるべからず。是れ実に我短歌の特色なり。支那にも西洋にも恐らくは類似を見ざるべし。

「五七五七七」（一八九八年七月）

子規は〈五七・五七・七〉という一定の調子の反復から〈五七五・七七〉という上句・下句の構成に転換したとき、短歌はその独自性に到ったと考えた。なだらかな音律の連なりから、対立し融合する句の構成へと意識が改まったことは大きいのである。

詩形は調子と共に変化するを常とす。世変りて調子に於ける人の嗜好も変れば其調子に適する詩形を択ぶは当然の事なり。例へば支那人が尻軽き調子を好むやうになりて七言の詩を多く作るが如し。日本にても今様起り謡曲起り俳句起るは皆其趨向《すうかう》に応ずるなり。然るに短歌のみは一種異様の歴史を有し、調子のみ変りて詩形変らざるの変象を呈せり。

「短歌の調子」（一八九八年未完稿）

「調子のみ変りて詩形変らざるの変象」これが短歌形式が千三百年存続した根拠である。五七五七七の詩型は変わらなくても、短歌形式は時代の要請に応えてきた。それぞれの時代の抒情を韻律に乗せ、この詩型に託すことができたのである。そうであれば〈五七五・七七〉がこの形式の到達点だと考える必要はない。それが短歌形式の可能性なのである。

## 3　律の変革の現場

五七五七七という定型でありながら、なぜリズムは変わり得るか。それはどう実証されてきたか。まず、啄木の句切れの試行と、塚本邦雄の韻律の変革を確認しておきたい。

歌の調子はまだまだ複雑になり得る余地がある。昔は何日《いつ》の間にか五七五、七七と二行に書くことになつてゐたのを、明治になつてから一本に書くことになつた。今度はあれを壊《こは》すんだね。歌には一首一首各《おのおの》異つた調子がある筈《はず》だから、一首一首別なわけ方で何行かに書くことにするんだね。

石川啄木「一利己主義者と友人との対話」（一九一〇年）

啄木は〈五七五・七七〉以降を担ったといえる。一首一首に異なった調子を実現するべく、三行書きの試みによって多様な句切れのバリエーションを提示したのである。

青空《あをぞら》に消《き》えゆく煙《けむり》
さびしくも消《き》えゆく煙《けむり》
われにし似《に》るか

死《し》にたくてならぬ時《とき》あり
はばかりに人目《ひとめ》を避《さ》けて
怖《こは》き顔《かほ》する

ひやひやと
夜《よる》は薬《くすり》の香《か》のにほふ
医者《いしゃ》が住《す》みたるあとの家《いへ》かな

つくづくと手《て》をながめつつ
おもひ出《い》でぬ
キスが上手《じやうず》の女《をんな》なりしが

『一握の砂』（一九一〇年）から引いた。確かにこれらの歌は〈五七五・七七〉の上句下句からなる短歌の構成に異議を唱えている。〈五七／五七／七〉〈五／七五／七七〉〈五七／五／七七〉など様々な形である。

啄木の試行で問題となるのは、分かち書きと句切れの関連である。一首めの「青空に」は〈五七・五七・七〉という意味上の句切れと改行が一致し、相乗効果が生まれている。古来の律を敢えて再現したのだろう。二首めは同じ〈五七／五七／七〉という表記であるが、実際は「死にたくてならぬ時あり」という二句切れ、すなわち〈五七・五七七〉の形だ。〈五七・五七・七〉と〈五七・五七七〉が同形になっている点をどう評価するか。難しいところである。俯瞰的に捉えれば、異なった律の歌が表記上平準化されているわけであり、作品本来の律を生かす方向にはないといえる。ただし一首の内でいえば「怖き顔する」の改行で、微妙な屈折は生まれているのである。

「ひやひやと」と「つくづくと」の歌を比べてみると、どちらも〈五七五・七七〉の歌だが、それぞれ〈五／七五／七七〉〈五七／五／七七〉と別の表記になっている。「ひやひやと」は「香のにほふ」と離れているから改行し、「つくづくと手をながめつつ」は直に繋がるから改行しなかったのだろう。尤もな理由だが、微妙な視点である。

異なる句切れが同形になっている場合、逆に、同じ句切れが別の形になっている場合が共存する。啄木の試みは、微妙な句切れのニュアンスの同時多発的展開であった。「一首一首各異つた調子」という本来の狙いは実現したといえるが、それだけに、新しい律の創出という観点では強い方向を示すことはできなかったといえよう。

革命歌作詞家に凭りかかられてすこしづつ液化してゆくピアノ
虹見うしなふ道、泉涸るる道、みな海邊の墓地に終れる
楡の切株に腰かけ友情について議論をするコキュ同士
古き砂時計の砂は　祕かなる濕《しめ》り保《も》ちつつ落つる　未來へ

塚本邦雄『水葬物語』（一九五一年）より。塚本邦雄の律の革新については、既に議論が尽くされているように思われる。「これらの詩の持つ、自然と人工の二つの音数律の懸隔《けんかく》に嘆息するのです」（岡井隆『現代短歌入門』、一九七四年）、また「外枠としての五句三十一音律の内部の中で、可能なかぎりのリズムの変革を求める実験」（菱川善夫『歌のありか』、一九八〇年）など、

いずれも短歌形式の五七五七七の律と、作品の意味の切れ目によって生じる音数律に読み手が宙づりになることを指摘している。

確認すると、意味に沿って読む場合〈革命歌[5]／作詞家に[5]／凭りかかられて[7]／すこしづつ[5]／液化してゆくピアノ[10]〉と五五七五十の形になる。一方、短歌形式に沿って読もうとすると〈革命[5]歌／作詞家に凭り[7]／かかられて[5]／すこしづつ液[7]／化してゆくピアノ[8]〉となる。句跨りが多用され、優美な短歌形式のリズムから醒めざるを得ない。読者は二重の律の緊張状態に晒される。また、この歌では、カ音の配置が効果的で、短歌形式を意識せざるを得ない仕掛けになっている。五七五七七を想定した場合の初句「革命歌」、第三句「かかられて」、結句「化してゆくピアノ」、それぞれ頭のカ音が指標になっている点は瞭然だろう。

この韻律の革新は、第二芸術論に呼応するものであったことも既によく論じられている。例えば、小野十三郎は「奴隷の韻律」で、詩のリズムを音楽ではなく批評として感知する新しい能力を要請したが、塚本の革新はそれに十分応えるものであった。短歌の湿っぽいリズムからの覚醒は、斬新な隠喩の導入と相まって短歌形式に批評性をもたらしたのである。

短歌形式は、その五七五七七の句切れのバリエーションによって様々なリズムを獲得してきた。『水葬物語』に到って、五音七音の句が一旦破壊されることによって、逆に読み手には五七五七七という形式が強く意識されるという大きなパラダイムの転換が起こったのである。

いざ二人寝む早瀬の砂のさらさらにあとなきこころごころの淺葱

塚本邦雄『感幻樂』（一九六九年）

おおはるかなる沖には雪のふるものを胡椒こぼれしあかときの皿　同

雪はまひるの眉かざらむにひとが傘さすならわれも傘をささうよ　同

「花曜　隆達節によせる初七調組唄風カンタータ」より。塚本は、隆達小唄、梁塵秘抄など中世歌謡のリズムを現代短歌に導入した。初句七音、七七五七七という形式は、破調ではなく短歌形式の一つのバリエーションとして歌人に受容されている。新しい形式が定着するというのは、殆ど奇跡的な出来事であるといえる。五七五七七という形式が唯一絶対のものではないことを実証した快挙であった。

## 4　短歌形式の〈死〉

穂村弘『手紙魔まみ、夏の引越し（ウサギ連れ）』（二〇〇一年）を読む。カラフルな液体が流れているような感触である。昔の言葉でいうとサイケデリック。目眩く流動感。幻覚の色彩である。それは挿絵による印象ばかりではないだろう。

『ウは宇宙船のウ』から静かに顔あげて、まみ、はらぺこあおむしよ

ゆゆ、あいつ、とってもアサツキが大事なの、なんにでもふりかけたがる
揺すってもゆゆは起きない。ゆゆ、ゆゆ、フィラメントって手話でどうするの？
ハピバスディ・ディア・ターザン・バイ・レインボー・ハイスクール・バトンガールズ
ほむほむの心の中のものたちによろしく。チャオチャオ。まみ（紅しゃけ）

〈手紙魔まみ〉は、双頭の天使である。あるいは悪魔。多くの未知の読者には軽やかな悪魔の微笑みを、一握りの現代短歌の読者には天使の冷笑をふりまいている。これらの作品は、何千という無辜の読者には他愛ない軽やかなリズムをもった詩として読まれるだろう。それはいいことである。短歌か、短い詩なのか区別する必要はない。流動するポエジーを体験することが全てである。しかし、ひとたび短歌史の視点から読むと暗澹とせざるを得ない。これらの作品が語っているのは、短歌形式の〈死〉だからである。

いずれも正確に三十一音である。偶然ではあり得ない。三十一音だが、決して五七五七七には還元できないのである。穂村弘の企図した命題は、おそらくただ一つ。三十一音でありながら、短歌形式を意識させない詩は可能かということである。そこに暗い悪意に満ちた意思を感じないではいられない。自由律には向かわず三十一音に固執した点、確信犯である。主要な方法は、（註）律拍の破壊と口語の速度、それとリフレインだ。

検証してみよう。一首めは〈『ウは宇宙船のウ』から／静かに顔あげて、／まみ、／はらぺ

こあおむしよ〉と切って読んだらいいだろう。これを短歌形式に流し込むと〈ウはうちゅう／せんのウからし／ずかにかお／あげて、まみ、はら／ぺこあおむしよ〉となる。しかし決してそうは読めない。現代短歌に馴れた読者、もう少し限定すると『水葬物語』を読める読者であれば「うはうちゅう／せんのうから…」までは短歌形式に追随可能だ。しかし「し／ずかに」で挫折する。「しず・かに」というように二音で構成される日本語の律拍が破壊されるからだ。このポイントで頓挫した後は、もう短歌形式には復帰できない。

二首めは、さしあたり〈ゆゆ、あいつ、／とってもアサツキが／大事なの、／なんにでも／ふりかけたがる〉と読むのが自然だろう。五九五五七という形になっている。短歌形式で〈ゆゆ、あいつ、／とってもアサツ／キがだいじ／なの、なんにでも／ふりかけたがる〉とは読めない。この場合も「アサ・ツキ」という律拍が「アサツ／キ」と壊される点が致命傷である。また「とっても」という口語の速度感が、ゆっくり短歌形式に沿い、照合して読むことを困難にしている点も重要だ。結果、五九五五七でそれなりに均衡が取れていて、短歌形式に帰還できないのである。

念のため『水葬物語』では、句跨りの場合、二音のまとまりは保持されている点を確認しておきたい。「革命歌作詞家に凭りかかられて」では「より／かかられて」と切れる。「より・かか」という律拍は壊れない。仮に「よ／りかかられて」では短歌形式を追うことはできない。「楡の切株に腰かけ」も「きり・かぶ」という律拍は保たれている。読者は、隠された短歌形式を意識することが可能なのである。

事態は明らかだろう。〈揺すっても／ゆゆは起きない。／ゆゆ、ゆゆ、／フィラメントって／手話でどうするの?〉と五七四七八の形であって〈ゆすっても／ゆゆはおきない。／ゆゆ、ゆゆ、フィ／ラメントってしゅ／わでどうするの?〉と読むことはできない。「ゆゆ、ゆゆ」のスピードと「フィラメント」の律拍が壊れる点、同じ原理である。〈ハピバスディ・／ディア・ターザン・バ／イ・レインボ／ー・ハイスクール・／バトンガールズ〉も同様で、こうは読めない。ここまで来るとスーパー超絶技巧とでも言いたくなる。一見、オートマチックに口走っているようだが、ぴたり三十一音である。しかも短歌形式には還元できない。これは無作為にできることではない。

恋人の恋人の恋人の恋人の恋人の恋人の死
杵のひかり臼のひかり餅のひかり湯気のひかり兎のひかり
死死死死死死死死死死死死死死死死死死死死死死死死死死死

これらの作品もモチーフは同じである。仕掛けは、はっきりしている。ここでは、同語の繰り返しの枠組みが強固で、三十一音を短歌形式に還元させないのである。一首めは、五五五五五五六という形でしか読めない。〈こいびとの／こいびとのこい／びとのこい／びとのこいびと／のこいびとのし〉とは読めない。繰り返しによる音の迷宮に嵌ってしまうからである。二首めも、六六六六七としか読みようがない。方法は同じである。「のひかり」という同パターンの繰り返しが短歌形式より優位にあるからだ。三首めは、表記が視覚的なリズムを形成している。「死」の文字が四回周期で回転している。この遊戯は、文字自体が小動物の死骸のように見える効果をもたらしている。形としては、四四四四四四四三というリズムを感知できる。

これらの方法で試行されたモチーフは何だろう。『水葬物語』と比較するとその特質は明らかだ。『水葬物語』は、五七五七七を逆説的に意識させる詩法であった。そこには、リズムの革新という史的な価値があった。『手紙魔まみ、夏の引越し（ウサギ連れ）』は、三十一音でありながら五七五七七を峻拒する作品を提示している。これは短歌形式の〈死〉であるとしかいいようがない。そして、孤絶した〈死〉の遊戯なのである。それはただ短歌形式の絶対的な〈死〉を告げているだけであって、リズムの革新といった短歌史的なビジョン、短歌は改革されるべきだといった価値体系には参画しないのである。

この短歌形式の〈死〉というモチーフは、『手紙魔まみ、夏の引越し（ウサギ連れ）』に遍在する死の主題と不可分であることは間違いない。穂村の〈死〉の遊戯は、だれにも継承されないだろう。それはこの歌集に殉じた一回切りの行為であった。終端とはそんなものだ。

〔註〕日本語は「こい・びと」というように二音の単位を基本に成り立っている。「こ・いびと」とは言わない。坂野信彦『七五調の謎をとく』（一九九六年）では、「律文における二音の単位」を「律拍」と呼んでいる。坂野は、定型詩が七音・五音からなる必然を（二音一律拍の）打拍の破綻回避という視点から解明している。

# 題詠の饗宴の後に　平成短歌

歌人たちの詩型への自覚という段階さえ越えて、五句三十一音を置き去りにしたような形で短歌は自由化し、アナーキーな奔流の中に巻き込まれつつあるかのようだ。いわば、〝恒常的短歌滅亡の時代〟が到来したのである。

小笠原賢二「恒常的短歌滅亡の時代」

初出は「早稲田文学」一九九二年九月号。平成四年である。小笠原賢二『終焉からの問い――現代短歌考現学』（ながらみ書房、一九九四年）に収められた論考は、平成短歌を先見的に論じた著作として、今、再読されるべきだろう。引用文は、現代短歌への会話体、外来語の急激な浸透が、五句三十一音という短歌形式を揺るがしている現実を踏まえたものであった。それは、

ゴムボートに空気《エア》入れながら「男なら誰でもいいわ」と声たてて笑う

穂村弘『シンジケート』

といった若手歌人のみの傾向ではなく、

アウシュヴィッツ、ダッハウ、ベルゼン、トレブリンカ、ザクセンハウゼン　巨き墳《つか》たり
高野公彦『水行』

前世紀末にうまれてあをうみしちちをはちやめちやにたたへてしまふ　岡井隆『宮殿』

と世代を超えた作風であることが指摘された。ここでは、「急速な国際化時代、ボーダーレス時代の到来」を受けた詩型内部の言葉の自由化という問題提起であったことに留意したい。小笠原の「アナーキーな奔流」というのは、その後に来るインターネット短歌の潮流を予見していたとしか言いようがない。詩型内部の問題にとどまらず、それを支え、取り巻く〈場〉丸ごとアナーキーな奔流に巻き込まれていったのが、その後の平成短歌だったのである。

歩行者用押ボタン式信号の青の男の五歩先に月　斉藤斎藤

月光に刺されて死んだの誰だっけ　一オクターブ外して笑う　田丸まひる

たどりつかないたどりつかないざばざばと月のにおいの枯葉のなかを　佐藤弓生

みんなどこにいったのあのねたのしいの月のフチってよくきれるのよ　久哲

左眼の奥が突然痛くなる月の確かに何処かが欠けた　笹田かなえ

題詠「月」より。『短歌、WWW《ウェブ》を走る。題詠マラソン2003』（邑書林、平成十六年）から引いた。インターネットの掲示板を舞台に、参加者が一年間かけて百題百首を詠んだ企画からのアンソロジーである。参加者は、一六二人。アマチュアからプロの歌人までキャリアは様々だが、参加者にはもともとプロ／アマの意識はなかったのだと思われる。キャリアのある歌人ほど、まっさらな創作行為という喜びがあったに違いない。「ウェブでは、総合誌や結社誌等、短歌の主たる印刷メディアに避けがたく内在する歌人の序列から解放される」（荻原裕幸）のである。プロとアマのボーダーレスな場の到来であり、これほど「アナーキーな奔流」はないだろう。このイベントは、「題詠マラソン2005」として今年も開催されている。インターネットで黙々と詠み続ける一群のランナーたちが、何処かにいる。

〈題詠の時代〉である。題詠が現代短歌に浸透してきたのは、平成五年であった。昭和短歌は、仙波龍英『わたしは可愛い三月兎』（昭和六十年）、俵万智『サラダ記念日』（昭和六十二年）など、ライト・ヴァースで幕を閉じた。平成短歌は、穂村弘『シンジケート』（平成二年）、荻原裕幸『あるまじろん』（平成四年）らのニューウェーブで始まったと言えるだろう。平成五年にスタートしたNHK「BS短歌会」が〈題詠の時代〉の幕開けを飾ったイベントであり、平成七年の「へるめす歌会」になだれ込む。そのドキュメントである小林恭二の『短歌パラダイス―歌合二十四番勝負―』（平成九年、岩波書店）が刊行された年に「アララギ」が終刊となったことも象徴的な出来事と言える。『短歌パラダイス―歌合二十四番勝負―』から作品を引いておこう。

題「パラシュート」

ふくだみてパラシュート浮く春の昼馬魚様《うまうをやう》の人体さがる　河野裕子

パラシュートひらきし刹那わが顔のステンドグラス荒天に見ゆ　水原紫苑

題「燕」

琥珀日和のこのひるさがりわがうちに燕とばせてきみがほほゑむ　荻原裕幸

春服を着てもひもじき空の下まず燕来よつばくらめ来よ　三枝昻之

こうやって読んでみると「BS短歌会」にしろ「へるめす歌会」にしろ、はじめ題詠は、プロの歌人が技を競うという色彩が濃かったと言える。次第にアマチュアの作者が前景に出てきたのは、やはりインターネットというアナーキーな場の力と言わざるを得ない。

中期的に見れば、この〈題詠の時代〉は、戦後短歌の終焉と位置づけられる。すなわち、短歌に人間の生き方を追求してきた思潮の終端ということになる。平成短歌は、戦後短歌の終焉だったのである。ここでは、戦後短歌の源流に、近藤芳美の「新しい歌とは何であらうか。それは今日有用の歌の事である。今日有用の歌とは何か。それは今日この現実に生きて居る人間自体を、そのままに打出し得る歌の事である」という「新しき短歌の規定」(一九四七年)を置いておけば十分だろう。

題が与えられて歌を詠む。題をモメントとして内面の何かが発掘されるということはあるだろう。しかし、戦後短歌は、常に自律的にモチーフを押し上げてきたのである。前衛短歌の現代の危機と内面の拮抗、学園闘争の文学と政治の季節、女歌の時代のフェミニズムの言挙げまで、そこに題詠が入り込む余地はなかった。次第に現実社会との相互関係を喪った言葉の闇が拡がってゆく。もちろん、社会詠と呼ばれる歌群は、今なお健在である。しかし、それも何処か題詠めいていないか。行動への契機を内包していない点において、それは戦後短歌の原理とは別のところで成立しているのだ。題詠は「今日この現実に生きて居る人間」を覆い隠す。剝き出しの人間が隠されているからこそ、インターネットで整然と題詠のイベントが進行するのである。

インターネットで無作為に知り合った男女が集団自殺する。憎悪や怒りと釣り合わない無意味な殺人事件の多発。あまりに手応えのない索漠とした世界が現出している。事象は電光掲示板の速さで過ぎてゆくだけだ。人間の声が聞こえてこない。もし、ネットで出逢って集団自殺する人々が「今日この現実に生きて居る人間」だとしたら、彼らの奥深くに届く言葉でありたい。今、求められるのは生の根拠の回復ではないか。それを実現したい。短歌は、生の根拠を支える様式なのである。

# 現代短歌という存在

## 1

現代短歌とは何か。つまり近代短歌と現代短歌を切り分ける視点は、批評の精粋であった。その短歌史の区分に批評家、歌人の短歌観が凝縮されているのである。

近年の現代短歌における批評の中では、三枝昻之の「近代短歌と現代短歌の違いはない」(『岩波現代短歌辞典』)という言葉が際立っていたのではないだろうか。現代短歌というアイデンティティーの無化を企てた短歌史観、それが現代短歌の土台を揺るがさない訳がない。

この評言から既に五年経つが、歌壇では〈無力的肯定〉とでも言ったらよいか、激烈な議論、精緻な検証のないまま現代短歌の無化を受け入れているように思われる。それは、現代短歌の批評にとって、歓迎すべき状況ではないだろう。「現代短歌とは何か」という問いが発せられる場面は稀である。実感的には皆無だ。その問いの過程において三枝発言を避けては通れないはずだが、それより手前の地点で批評は立ち止まっているように見える。そもそも、現代短歌の存在証明がない以上「現代短歌における批評」というテーマ自体、一字も書けないではないか。小論では、三枝昻之の問題提起を、今まで議論されてきた現代短歌の規定と比較し、現在の批評に繋げたい。それは近代短歌と現代短歌の関係を明らかにするという課題である。三枝昻之の現代短歌観のエッセンスは『岩波現代短歌辞典』の「近代短歌と現代短歌」という項目に示されている。辞典という場に、極めて論争的な、つまり現在進行形の見解が記述されたこと自体、驚きであった。三枝は、先行する篠弘説、菱川善夫説、島津忠夫説を「方法意識や象徴表現が現代短歌の要件として重要だという認識」と整理した上で、自説を展開する。

○「明星」の浪漫主義と「アララギ」の写実主義を二本の柱にして近代短歌はさまざまに特徴づけられるが、個々の見解の違いを越えた共通のモチーフは「自我の詩」である。鉄幹の〈小生の詩は、即ち小生の詩に御座候ふ〉という言挙げは、〈人皆の箱根伊香保と遊ぶ日を庵にこもりて蠅殺すわれは〉と歌った正岡子規のモチーフでもあった。作者と作品中の「私」を一致させる歌、つまり作者の真情を吐露する歌を求める点において、鉄幹と子規はいかほども違わない。「自我の詩」は近代短歌の成熟の中で、ことさら強調するのが相応しくないほど、歌人たちに根付いて行った。それを「自己表現としての短歌」と言い直しておけば、これは近代短歌だけの特徴ではない。

三枝昻之「近代短歌と現代短歌」

三枝は、さらに現代短歌に言及する。「『鵞卵亭《がらんてい》』以後の岡井隆《たかし》の世界は和歌的表現のしらべを尊びながら、人生的な感慨を主題にした世界である」と述べる。また、佐佐木幸綱の「近業には歌の中の『私』と作者の距離はほとんど無い」と分析し、次のように結論付ける。

○こうした確認を短歌のマクロな風景の中に置くと、見えて来るのは、前衛短歌という思想表現を呑み込んで、自己表現を豊かに太らせる短歌百年の大きな流れである。そこには近代短歌と現代短歌の違いはない。　　三枝昂之　同

明快であり、事実認識として的確である。短歌百年というマクロの視点では、子規、鉄幹から世紀末の岡井隆、佐佐木幸綱まで〈私〉の歌であることに変わりはない。無論〈私〉には幅があるが、虚構を含んだ多様な〈私〉であるにしろ、結局は〈私〉に集約される。それは、現代のインターネットで作品を発表する若者までも包括するだけの射程距離がある。〈私〉は、短歌史百年の様々な潮流を「呑み込んで」いく母体なのである。

近代短歌と現代短歌を分けない。現代短歌は存在しないと言い換えることもできるだろう。それは現代の歌人の基盤を揺るがす激震に違いない。現代短歌というアイデンティティーの喪失。しかし、この短歌史観としての激震は、現代の歌人を恐怖せしむる性格のものではない。歌人に、そのまま〈私〉という母体にいることに不安を感じさせない。つまり短歌史観上の革

新が、現状の変革を促さないというパラドックスを三枝説は持っているのである。いや、今ここで、現状の変革と言ったが、そもそも変革などというものが、短歌に必要なのか。常に時代の変化を先取りし、変わらなければいけない。そんな強迫観念から自由になっていいのではないか。三枝説はそういったことを問いかけているのではないか。

## 2

ここで、従来の短歌史観が現代短歌をどう規定してきたかを振り返っておきたい。

○近代の下限を新歌人集団におくことによって、おのずから「現代短歌」は、その上限を昭和二十年代末から三十年代にかけて前衛短歌が開花した時期におくことができるのではないだろうか。

篠弘「近代と現代とのあいだ」

○前衛短歌が方法をもったのがきっかけで、いままで追求されてきた近代的自我が大きく変貌を遂げたのではなかったか。近代短歌ではすくなくとも作者の人間像が問題であった。対社会の状況における人間の生き方、そうした実体験主義的な論理の大きさと、それを表現する感性的把握がキーポイントであった。ところが、前衛短歌を生みだした「現代」になると、方法意識の確立によってテーマに応じた方法が考えられ、想像力のおもいきった拡充

と、計画され練磨された独自の技法がもとめられてきたのである。　篠弘　同

○歴史と自己との断絶、外部と内部の断絶に身を灼き、そのくやしい敗北の淵から身をおこそうとする意志と情念が、かえって凄まじくこの詩型式に身を投じ、言語との格闘を経て、独自の象徴的美を成りたたせている姿を察知することは可能であるだろう。昭和十五年という歴史に、今さら解説の要はないだろう。　菱川善夫「現代短歌史論序説」

篠弘は、方法意識の確立にポイントを置き、前衛短歌の登場に現代短歌を見いだした。篠は、まず近代短歌の本質を「対社会にたいする自己の追求」（「近代と現代とのあいだ」）に置いた。茂吉、迢空、白秋、啄木らを想定し、「自然主義の思想が短歌に定着しはじめた明治四十年代」（同）を近代の上限としたのである。時代との関わりにおける自己の追求に近代が見いだされたとき、近代短歌の限界もはっきりしてくる。近代短歌は「たえず外部状況がさきにあって、それを受け身でうたうという関係にあったのではないだろうか」（同）というのである。自ずとあるべき現代短歌像は、くきやかになる。塚本邦雄を「テーマに応じて喩を多用し、渾沌・不可視の世界を明確につかみとっている」（同）と評価し、岡井隆には、社会化された〈私〉を認め「近代短歌が果たせなかった新しい思想詠の典型」（同）とした。

一方、菱川善夫は『新風十人』に現代短歌の起点を見いだした。菱川は、近代短歌の確立を

「実感の回復と拡大」すなわち「生活を中心とする個人主義意識」に求めた。そして、「トリビアルな日常の詠嘆に転落し」、仏教的諦念、強烈なエゴの無化に行き着いたところに、近代短歌の〈負の遺産〉を見たのである（「現代短歌と近代短歌」）。その没落の場を踏まえ、時代に対峙し、凄まじい象徴的美を成り立たせた『新風十人』の佐藤佐太郎、坪野哲久、前川佐美雄に現代短歌の起点を認めた。また、それは現代短歌史に前衛短歌を定着させるという企図があった。前衛短歌に先行する「『新風十人』の危機時代の美意識の成立という点を加えなければ、現代短歌の総体を豊かに包括しえない」（「現代短歌史論序説」）からである。

これらの論考において、批評は作品群の交通整理役ではない。批評は自律的な主体として存在している。作品を後追いするのではなく、併走者の位置にある。自らのビジョンとあるべき短歌が交差した地点に批評は生まれているのだ。

島津忠夫は『和歌文学史の研究　短歌編』において篠、菱川の議論を基本的に受けながら自説を展開した。「短歌をやつて、革新を思はぬ程ならばよした方がいいと思ふのだ。危険蹉跌は僕にはあまり大した問題でない。ぐんぐんと押し切つて行くだけが面白いのだ」という前川佐美雄の「植物祭後記」を引き、これはそのまま現代短歌に要望される言葉だとした。そして「『新風十人』に現代短歌の始発を求めるならば、遡って、この『植物祭』の刊行と、この発言にこそ始発を求めるべきだ」と総括した。キーワードは「革新」である。確かに前川佐美雄『植物祭』一点に絞った方が明晰であると言える。

○

さて、こうやって、篠と菱川の批評の骨格を抽出すると、相違点よりも共通点の多さに気づかざるを得ない。まず、何よりも前衛短歌に対する評価の高さは揺るぎない。評価という小綺麗なものではない。「現代短歌はすでに前衛短歌をもって終わっているのである。批評家の任務が未来の目を先取して現代を批判するところにあるとはいえ、ともに死するに足る作家と作品を持たぬところに、未来の目の豊かであろうはずもありえまい」(「実感的前衛短歌論」)と言い切った菱川善夫に批評の極北はある。

菱川の「歴史と自己」「外部と内部」という枠組みは、篠の「社会にたいする自己」に等しい。その中で、両者ともまず近代短歌の本質を規定する。そして、その負の遺産を摘出し、近代短歌を乗り越える存在として現代短歌像を創出する。菱川の言葉で言えば「激しい否定と断絶を求める精神にしか、現代短歌は成りたたないのである」(「現代短歌と近代短歌」)ということだ。この創造的破壊という批評の原理において両者は等しい。その批評に耐えられる作品とは、時代の水準を抜いて突出したものであることは瞭然だろう。

いま、創造的破壊という経済学の用語を援用したが、否定と創出は、とりもなおさず、革新の原理である。前衛短歌運動が近代短歌の否定の上に立った創造であることは言うまでもなく、また、それを支えた批評も原理として前衛短歌と同一であることは当然のことではあるが確認しておきたい。

ちなみに、三枝昻之の「近代短歌と現代短歌」を収める『岩波現代短歌辞典』は一九九九年十二月の刊行だが、その半年後の『現代短歌大事典』（三省堂）では、菱川善夫が「現代短歌」の項目を担当している。菱川は、篠説と自説を再確認した上で「資本主義の成熟期にあって、国家と個人の間に一体感を抱き続けた近代短歌に対し、『現代短歌』は世界と個人、国家と個人の間に分裂の危機感を感受し、それを発想の根底にすえている」と主張した。『新風十人』から半世紀に及ぶ作品に「世界の危機に真向かう姿勢」を読み、「ここでは、すでに戦後派、前衛短歌、といった区別は消えている。『現代短歌』の規定は、再び検討されるべき時期を迎えているのだ」と結んだ。

同時期に、現代短歌の規定の見直しが要請されたのも偶然ではあるまい。あっさりと書かれているが、戦後派、前衛短歌の区別がないという史観に驚く。近藤芳美と塚本邦雄に一線を画さないことなど、かつては思いもよらぬことではなかったか。現代短歌の規定の再検討はよいとして、この凹み方は尋常ではない。二〇世紀末という地点が価値の平準化に向かわせたのだろうか。〈無力的肯定〉に繋がるかもしれない。抗し難い時の力を思うのである。

## 3

篠、菱川の現代短歌史観と比較すると、三枝昻之のアプローチの特異性が際立ってくる。一言でいえば、創造的破壊の原理からの訣別である。否定と断絶を通した絶え間ない革新というサイクルから離脱することである。もうピークを追い続けることはやめようと語りかけているように思われる。

三枝は、近代短歌の否定には向かわなかった。負の遺産ではなく正の遺産に注目した。それは自己表現を豊かに太らせたことであった。短歌史の突出した部分ではなく短歌百年の基底部を見極める態度であった。

篠、菱川が「方法意識や象徴表現」に注目し、三枝は〈私〉に軸を定めたという点において、三者の史観は異なるのではない。根本的な批評原理の相違なのである。もう一度整理すると、篠、菱川は〈近代短歌の本質規定〉〈負の側面の摘出〉〈現代短歌像の創出〉という批評原理に拠った。三枝は〈近代短歌の本質規定〉から、〈私〉の〈史的有効性確認〉に向かったのである。

三枝説について、素朴な疑問を記しておきたい。呼称の問題である。近代短歌と現代短歌を区別しないとして、では例えば、現在の短歌をどう呼ぶのか。さすがに近代短歌とは言わないから、やはり現代短歌と呼ぶのだろうか。また、旧来の近代短歌と現代短歌を統合した短歌百年をどう呼ぶのか。あるいは、旧来の近代短歌を何と呼ぶのか。おそらく近代短歌としか言いようがないが、だ。あるいは、最近、近現代短歌という呼称を見かけることがあるが、それでは中途半端それでは現代短歌を暗示していることになる。

あるいは、明治短歌、大正短歌、昭和短歌、平成短歌という時代区分に沿う方が通りはいいだろう。誰の目にも区分は明らかだ。つまり一定のイメージを共有できるから、それは何かしら語りかけてくる。しかし、そういう時代区分に追随することで済むなら、そもそも何のための批評であり、短歌史観か、その存在理由が危うくなるのではないか。

ここで菱川の「激しい否定と断絶を求める精神にしか、現代短歌は成りたたないのである」という言葉が刺さってくる。昭和、平成というような時代区分に沿わないなら、批評の存在理由を賭けて、どこか一点を指し示す以外に、現代短歌を切り拓く手立てはない。つまり、否定と断絶から自由になった時点で、三枝説の中では、現代短歌は成立しなくなったのではないか。〈私〉という共通項を見いだしたから近代、現代の区分がなくなったということではない。批評の有りように帰着する問題なのだ。

菱川は「現代という時代そのものが流動性をもつかぎり、現代短歌史は、常に内部から書きあらためてゆかねばならぬだろう」（「現代短歌と近代短歌」）と述べた。後半の記述はその通りであるが、時代の流動性ばかりがその動因ではない。創造的破壊の原理が現代短歌を突き動かしてきたのである。

そして、創造的破壊こそは近代の原理ではなかったか。近代の「和歌革新」というテーマを引くまでもないだろう。

「規模を問へば狭小、精神を論ずれば繊弱、而して品質卑俗、而して格律乱猥、余は此類の歌を挙げて痛罵百日するも尽きざる也」（「亡国の音」）と歌壇大家を斬った与謝野鉄幹。「香川《かがは》景樹《かげき》は古今貫之崇拝にて見識の低きことは今更申す迄も無之候」（「再び歌よみに与ふる書」）と扱き下ろした正岡子規。「が僕たちはアヴァンギャルドに関する限り何ものも継承しなかった。彼らの挫折、敗北の後の誤謬に満ちたブランクは、永久にそのまま記念せねばならぬ」（「零《ゼロ》の遺産」）と宣言した塚本邦雄。「それは訣別ではなくて、近代短歌の圧殺といった血なまぐさい行事になるのかも知れない」（「短歌改革案ノート」）と宣告した岡井隆。彼ら近代短歌と現代短歌を切り拓いた歌人たちは「激しい否定と断絶を求める精神」において等しい。

つまり、近代短歌の本質を革新性と考えたいのである。創造的破壊といってもよい。その革新の詩精神が導いたものが方法としての写生、写実であり、実現された〈私〉なのである。近代の本質を革新性と規定したとき、前衛短歌が近代の原理によって成立していることはもはや明らかだろう。喩法の導入、韻律の革新、創造的な私の構築という前衛短歌の表現改革のプログラムを導いたものは、革新の詩精神であり、それは近代短歌の本質と異ならない。

現代短歌は近代短歌に内包される。不断に現代短歌を創出する原理こそ近代なのだ。現代短歌は、近代の尖端なのである。固定的なものではない。そして、現代短歌が消滅するとき、近代短歌も終焉するのだ。

その後に続くものは、ただ「短歌」としか呼びようがない五七五七七の定型詩であろう。状況として言うなら、ケータイ・タンカと呼ばれるコミュニケーションとしての定型文が蔓延している事実に注目したい。それは、今のところ、短歌史とは切断された何ものかであるとしか言いようがない。

しかし、明日、また一人の歌人が、現代短歌を告げるかもしれない。いや、今ここで現代短歌は蘇生しなければならない。それは間歇泉のように噴出する苛烈な詩精神にほかならない。

## 4

三枝説は、近代の原理ではない批評のあり方を提示した。それは篠、菱川の批評原理と比較すると明らかに異なっていることを確認した。

三枝の史観は、不断の革新という価値観から短歌を自由にする。我々はレースから降りてもよいのだ。革新性に変わる理念は〈私の豊かさ〉という言葉で語ることができるだろう。魅力的なビジョンである。そして、革新性を手放した時点で、現代短歌は消滅し、近代も終った。近代短歌が獲得した〈私〉で括ることが、実は近代短歌の終焉を告げているのだ。

○

残された課題を記しておきたい。無論、我々ひとりひとりが問わなければならないことだ。まず何よりも〈私の豊かさ〉が保証されなければならないだろう。それを確かにする批評が内包されなければ、短歌史は、形骸化した〈私〉の並ぶ索漠とした作品で埋められるだろう。その危機は、今ここにあるのではないか。

抒情する主体が実現してきた〈私〉は、果たして二〇世紀の短歌史において、同質だっただろうか。前衛短歌の反私性をくぐり抜けた現在の〈私〉は、かつての近代短歌の〈私〉ほど安定しているだろうか。題詠が蔓延している歌壇の状況は〈私〉の追求の衰弱を端的に示すのではないか。マクロの視点から現在に接近していかなければならないはずだ。

近代短歌の革新性が発掘し、個々の歌人がそれぞれの苦闘の末に獲得したリアルな〈私〉がある。その正の遺産を現在の我々は費消している。戦い、獲得したものではない現在の〈私〉は脆いのだ。〈私の豊かさ〉を実りあるものにするためには、批評は〈私〉の内実を問い続けなければならないだろう。

【参考文献】


・『岩波現代短歌辞典』（一九九九年、岩波書店）
・篠弘『篠弘歌論集』（一九七九年、国文社）
・菱川善夫『菱川善夫評論集成』（一九九〇年、沖積舎）
・島津忠夫『和歌文学史の研究　短歌編』（一九九七年、角川書店）
・『現代短歌大事典』（二〇〇〇年、三省堂）
・小泉苳三『明治大正短歌資料大成　第一巻　明治歌論資料集成』（一九七五年、鳳出版）
・正岡子規『子規全集　第七巻　歌論選歌』（一九七五年、講談社）

・『現代短歌大系　第十二巻　現代評論集』（一九七三年、三一書房）

# 事実とリアリティーの乖離

秋の野に豆曳くあとにひきのこる莠《はぐさ》がなかのこほろぎの声　　長塚節『長塚節全集』
緋のいろのアジアの起伏見つつゆくジープ助手臺に寒がりながら　　岡井隆『土地よ、痛みを負え』

もし、作品の背景が事実かどうかということが、現代の歌人の関心事であるとするなら、もはや、お手上げというほかはない。前衛短歌は、存在しなかったことになるからである。それでもなお、事実を上位に置くというなら、詩歌は遠ざけた方がよい。ビデオカメラでも用意して、街に出かけるべきだろう。詩歌において作品の背景としての〈事実〉が特定できるはずがない。どこまで行っても〈事実〉には届かない。唯一あるのは、作品そのものに内在する〈事実〉である。抒情詩として、その感情を止むにやまれず表現したという〈事実〉のみである。

実際の〈事実〉に触発されて作歌することはあるだろう。しかし〈事実〉は、決してゴールではない。現代短歌は、まだ現実として顕在化する以前の何ものかを歌う詩なのである。事実は、リアリティーを生む一つの要素だ。事実である／なしは、リアリティーの現出に関係ない。念のため言えば、近代の歌人とて、事実とリアリティーの関係を単純に想定していたわけではない。

○西洋の審美学者が実感仮感といふ言葉をこしらへて区別を立てゝ居るさうな。実感といふのは実際の物を見た時の感じで、仮感といふのは画に書いたものを見た時の感じであるといふ事である。（中略）例へばパノラマを見るやうな場合について言ふて見ると、パノラマといふものは実物と画とを接続せしめるやうに置いたものであるから、之に対して起る所の感じは実感と仮感と両方の混合したものであるが、其実物と画との境界に在るもの即ち実物やら画やら殆んどわからぬ所のものに対して起る所の感じは何といふ感じであらうか。（中略）さうなると実感が仮感か、仮感が実感か少しも分らぬではないか。

正岡子規『病牀六尺』（七十八）

ここでいう実感とは、リアリティーとほぼ同義であると考えてよい。子規は、実物であろうが、画であろうが、リアリティーの現出に違いはないと言っている。

長塚節の歌は、明治三十八年の「秋冬雑咏」より。この歌が事実を詠っているという根拠は、節の写生説への信頼である。当時、節は「吾々の頭脳では到底萬葉の単純萬葉の茫漠主義で満足は出来ない。一草一葉の微なるものまで趣味を求めなければならない」（「歌の季に就いて」、明治三十七年）という写生論を展開していた。節は、『万葉集』の歌は茫漠としたものであるが、もっと緻密な描写に向かうべきで、それによって読者に情景を明確に印象づけることができると考えた。『万葉集』は、主観を表現するために自然を描写したが、これからは純粋な客観描写を追求したいというのである。

秋の野という大摑みな風景から、近景へとクローズアップし、最後は聴覚で収めた丁寧な歌である。しかし、描写が細密である、すなわち事実を押さえている割には、喚起されるリアリティーは乏しい。これは、晩年の「鍼の如く」の歌群と比較すれば明らかである。その乏しさの理由として、韻律が平坦だということがあるだろう。一首全体に心的な起伏が弱いのである。佳品ではあるが、事実指向がリアリティーを保証するものではないことを示す一例といえる。

岡井作品は、前衛短歌の記念碑的一冊である『土地よ、痛みを負え』所収。歌集巻頭の「運河の声」四首の内の一首である。作者が実際に、ジープに乗ってアジアを旅したかどうかという事実を問題にする人は、まずいないだろう。年譜を調べる必要はないのだ。

喚起するものが大きい歌である。「緋のいろのアジア」という抽象的な提示が印象鮮やかである。それが「起伏」で、うねるような像を呼び起こし、さらに「見つつ」が動的なイメージをもたらす。上句のダイナミックスが、下句の具体的な事物で、身体感覚へと繋げられる。ジープは、アジア大陸を横断する長い旅を思わせる。ここは、運転台では駄目である。助手台という位置が、なにか運命に拉致されてゆくような感じをもたらしている。

事実であろうがなかろうが、下句の感覚に訴える描写がなければ、リアリティーが半減していたことは間違いない。

# 前衛短歌という栄光

前衛短歌とは、表現の革新によって第二芸術論を克服すると同時に近代短歌を乗り越えていった文学運動である。塚本邦雄、岡井隆、寺山修司がその中心的存在であった。第二芸術論の主要な短歌批判を二つ挙げておく。桑原武夫の「がんらい複雑な近代精神は三十一字には入りきらぬものである」(「短歌の運命」、一九四七年)と、小野十三郎の「三十一字音量感の底をながれている濡れた湿っぽいでれでれした詠嘆調」(「奴隷の韻律」、一九四八年)である。いずれも「八雲」に掲載された。

もともと、短歌という定型詩は、この短い三十一音の中で複雑な情緒を表現する技法を磨いてきたのである。掛詞、本歌取り、縁語、枕詞、序詞といった古典和歌の修辞である。もし仮に、この敗戦後間もない頃、こういった修辞が生き延び、かつ近代化されていたとしたら、その表現の重層性、複雑さに批評家たちは驚嘆したのではないか。実際のところは、言うまでもなく、短歌独自の修辞という財産は、戦後の第二芸術論を待たずに殆ど死滅していた。第二芸術論者たちの目に映った短歌は、近代化された五七五七七という詩型だったのである。つまり、正岡子規以来の「アララギ」を中心とした近代歌人は、写生という理念のもと、和歌の修辞を廃して五七五七七を約束事のない透明な詩型にしたのである。

第二芸術論は短歌というジャンルそのものの否定だった。一九五一年、前衛短歌運動が始まり、第二芸術論が突きつけた課題に応えながら、短歌の象徴性を復権し、アララギ歌学のタブーを破壊した。それを起点として、昭和五十年代以降、あらゆる修辞が全面解放となり、題詠が復権するに到った。いわゆる「修辞ルネッサンス」である。マクロの視点で見ると、第二芸術論に呼応した前衛短歌が短歌の近代性を打ち砕き、伝統的な短歌の修辞を復興する契機となったことが分かる。

前衛短歌は、表現革新の具体的なプログラムを持っていた。韻律の変革、暗喩の導入、「私」の拡大である。方法論を明示し実践した点が、近藤芳美、宮柊二といった戦後派の歌人との差であった。塚本邦雄の『水葬物語』が前衛短歌の幕開けである。

革命歌作詞家に凭りかかられてすこしづつ液化してゆくピアノ

塚本邦雄『水葬物語』(一九五一年)

『水葬物語』巻頭の歌である。「奴隷の韻律」超克の韻律革新としての評価は揺るぎない。一方、この歌の解釈は、まだ固定的には考えないでおきたい。従来の読みは、革命歌作詞家の欺瞞によって、革命が解体してゆく様というものであった。この解釈は「液化」を負のイメージと捉えたために生まれた。ピアノが溶け出すのは、この作詞家に象徴される革命の胡散臭さに嫌気がさしたためというものであった。そうだろうか。液化してゆくピアノ。この超現実的なイメージは貧しいだろうか。そうではない。ピアノが溶けてゆき黒い液体が拡がってゆくイメージは、実に魅力的である。耽美的な暗い喜びに充ちた情景ではないか。『水葬物語』には「銃身のやうな女に夜の明けるまで液狀の火薬塡《つ》めゐき」という歌がある。この場合「液狀の火藥」は露骨に性愛を示している。液化には性的なニュアンスを読みとってよいのだ。それは少なくとも衰微してゆくイメージではない。固体が液体となり流動化してゆく。それは生の力に溢れた像である。

革命歌作詞家とは誰か。塚本邦雄その人である。そう読んでみたい。『水葬物語』巻頭の作品だ。これから短歌の革新を遂行するという自己宣言なのである。ピアノとは何か。それは他でもない短歌である。近代短歌は枯渇した。今こそ、短歌を蘇生させなければならない。革命歌作詞家が舞台に上がった。彼が凭りかかると、ピアノは液体となり再び流動する。革命は今、始まったばかりである。

煤、雪にまじりて降れりわれら生きわれらに似たる子をのこすのみ
塚本邦雄『裝飾樂句《カデンツァ》』（一九五六年）

屍《し》の胸を剖《ひら》きつつ思う、此処《ここ》嘗《か》つて地上もつともくらき工房
岡井隆『土地よ、痛みを負え』（一九六一年）

紫陽花の芯まっくらにわれの頭に咲きしが母の顔となり消ゆ
寺山修司『血と麦』（一九六二年）

前衛短歌は、暗喩を導入し現代短歌に定着させた。暗喩は世界の変質を語る幻想であり、現代の不条理に直面した精神の不安と緊張を暗示した。三十一音の中で複雑な意識を表現する技法なのである。

また「私性」は、近代短歌を超克する上で不可避の問題であった。塚本邦雄は自らの作品を回顧し「架空の父母兄弟姉妹が出没跳梁し、時間も空間もすべて想像の產物」（『定本塚本邦雄湊合歌集』、一九八二年）と述べている。塚本は、作中の〈私〉が作者であり、歌われている内容は事実であるという近代短歌の前提を打ち壊したのである。

近代的な私性を拒絶し、架空の家族というフレームワークを得たことで、塚本は家族の内実に肉迫したのである。煤に汚れた雪が遍く降っている。この薄暗いイメージが暗喩として下句を覆っている。受け継がれる生は祝福すべきものではない。「われらに似たる」が痛烈なアイロニーである。

岡井隆は、リアリズムに立脚しながら表現世界を深化させた。言い換えると、岡井は前衛短

歌運動期も「私性」を手放すことはなかった。「ナショナリストの生誕」も、もう一人の私の構築という範疇で捉えたい。塚本のように架空の家族が出没するということはなかったのである。引用歌は、医師である現実に深く根差した作品である。死者を解剖し死因を突き止める。その人体の内部に工房という孤絶した空間を見出したのである。人間の生への暗い情熱が暗喩に託されている。

寺山修司は「私」のスタンスとしては、塚本邦雄に近い。寺山は戦争で父を亡くしたが、作品には時折父が現れる。現実の家族という回路を断ち切ることで、作品は不条理な世界に到達する。引用歌は「血」という連作の一首である。紫陽花の芯は空虚な暗黒である。そんな紫陽花が頭の中に咲き、一瞬、母の顔となって消えた。これは端的に言って射精の感覚ではないか。母への思慕が際どく性愛に傾斜してゆく。寺山には「血縁はわれをもちて絶たれむ」という意識があった。その行き場のない情動が母へ逆流してゆくのだ。

これらの作品を前に第二芸術論は無効である。前衛短歌は、現代を生きる人間の深くそして不可解な情緒を五句三十一音に充填したのである。

# 虚構の議論へ

## 1

第57回短歌研究新人賞は、石井僚一「父親のような雨に打たれて」の受賞となった。沈鬱で現代的な父親への挽歌であった。選考会は、七月六日であった。

七月十日の北海道新聞の朝刊に、早くも受賞の記事が掲載されている。その中にこんな一文があった。

自身の父親は存命中だが「死のまぎわの祖父をみとる父の姿と、自分自身の父への思いを重ねた」という。

父親が健在であることは、当日、選考座談会の後、選考委員に知らされた。その経緯はこうである。

選考は、匿名で、年齢、性別も伏せられたまま行われる。受賞作の決定後、作者名、年齢、所属が明かされるのだ。受賞者の年齢が25歳だと分かった。意外であった。「父親のような雨に打たれて」に表現されている父親は老人というべき年齢であると思われた。そうすると作者は五十代ぐらいだろうと漠然と感じていた。選考座談会の「選後講評」は、この段階の情報で行われている。どうもこのあたりから微妙な空気が生まれた。この父親はどうなのだろうということである。いつもどおり編集長から電話で受賞者に連絡を入れたのだが、その結果、父親が健在であることが分かった。

まず第一に思ったのは、前衛短歌の方法の復活であろうということであった。虚構である。北海学園大学卒という情報もあった。北海学園大学といえば菱川善夫である。前衛短歌を支えた評論家である。今、前衛短歌の方法が有効であるか。様々な言説が浮かんだ。ともあれここは、受賞者の弁に耳を傾けたいというところに私自身は落ち着いた。

## 2

北海道新聞の記事を入手した。亡くなったのは父ではなく祖父であった。

「スピードは守れ」と吐きし老人がハンドルをむずと握るベッドで

〈最初の七首は父のことが「老人」という形で歌われている〉と選考座談会で私は指摘した。閉鎖病棟の場面である。ここでは、現実の祖父をそのまま「老人」と歌ったのだと考えられる。

遺影にて初めて父と目があったような気がする　ここで初めて

選考座談会で私は〈危篤の報せを受けたとき初めて「父」と出てきます。「老人」と意識していた存在から「父」という存在に移る〉と評している。一連のここに継ぎ目があるのだ。父の死という虚構が始まったのである。

以下、私見である。〈祖父と父〉に〈父と自分〉を重ねる。この方法は錯綜して分かりにくい。主題は「自分自身の父への思い」である。「自分自身の」ということは現実のつまり生身の私を起点にしているということだ。現実の私と、現実の父、祖父が作品の起点にあるならば、祖父の死を父の死に置き換える有効性はあるのか。ありのまま祖父の死として歌う以上の何かが得られたのか。虚構の動機が分からないのである。父の死とした方がドラマチックであるという効果は否定できないが、それは別の問題を引き起こす。演出のための虚構である。肉親の死をそのように扱うのは余りに軽い。

受賞作は零からの虚構ではない。普遍的な父親像として昇華したものでもない。ここが塚本邦雄の歌った父とは異なる。前衛短歌において虚構の純度は高かった。前衛短歌のような鮮烈で香り高い虚構は現代において成立しないのか。

虚構という方法を通じて新しい〈私〉を見出さなければ、ただ空疎なのではないか。

## 3

小文は、八月三十一日に記している。この文を書くきっかけとなったのは「短歌研究」二〇一四年九月号の「受賞のことば」である。受賞者は父のことについて何も触れていない。伏せているのか、触れる必要がないと思ったのかは分からない。「短歌研究」の読者は、父の死が事実ではなかったことを知らされていない形になる。不透明感が付きまとう。

どう情報を開示するかは、作者の自由である。ここで問題になるのは、情報の格差である。北海道新聞の読者は父の死が事実でないことを知り、おそらく「短歌研究」の読者の多くは（地方紙のため）それを知らないだろうということである。私は、選考委員の一人であり当事者である。「短歌研究」の読者への説明責任があると考える。そして、父の死が事実ではないことは、読者の作品の享受に影響を及ぼすと想定できるのだ。読者を無視した作品はあり得ない。

授賞式は、九月十九日である。私は選評において父の死について現在知っている事実を伝えることになるだろう。父親が授賞式に現れるかもしれない。どうなるかわからないのである。

その前に、Twitterで情報が拡散するかもしれない。新聞で発表された以上、既に公知の情報だからである。

ともあれ、今、手もとにあるのは、北海道新聞の記事のみである。受賞者の歌論が展開され、虚構の議論が復活するかもしれない。すべて可能性である。

# ニューウェーブ三十年　文字は動く

乗り物のなかで刺さないでください。縺ｮ繧ｩ繝ｼｯ繧繝ｼ繝ｫ縺　しぶきをあびて

東京　柳本々々

【評】陰惨な現代である。交通機関も例外ではない。縺繧繝繧繝繝縺は人体のメタファーだ。シッと切り刻まれる。

「毎日歌壇」二〇一八年十一月二十六日の特選作品と加藤の選評である。Twitterで反響があった。この作品のツイートに一九、九四一件のインプレッション（閲覧）と一四〇人の〈いいね〉があったのである（二〇一八年十二月十五日現在）。

内山佑樹からTwitterに二つコメントがあった。一つめは「UTF-8からSJISにエンコードするとよく文字化けするよね。日本語だとUTF-8は3バイト、SJISは2バイト。バラバラになっちゃってる感じ。選評の通りの歌意だろう」というもの。この柳本作品には、文字化けの感触がある。が、文字化けの文字列はもっとランダムである。「。縺ｮ繧ｩ繝ｼｯ繧繝ｼ繝ｫ縺」は

意図的な記述と見るべきだ。

内山のコメントの二つめは「今日の毎日歌壇、加藤治郎・特選の柳本々々さんのうた、葉書で投稿してるな。文字回転してるし」というものである。いい所を衝いている。文字回転は新聞の組版システム上難しいことを内山は見抜いている。

実は、新聞掲載の五日前、毎日新聞学芸部より問い合わせがあった。「特選の柳本さんの歌ですが、先生からいただいたWORDファイルから私どものシステムに送り込み、コマンドを打ち込んだ結果が添付のPDFです。ご覧のように、新聞で使う活字の掲載方法を駆使しても、紙面ではそのまま再現することができません。確認しましたが、半角カタカナの回転処理というのは、新聞紙上ではまったく必要性がないため、システム上、再現不能と言わざるを得ません。視覚的な効果を狙っておられることは承知しておりますが、紙面で再現できない場合、どのようにすればよろしいでしょうか」というのである。結局、協議の結果、全角カタカナの回転処理ということに落ち着いた。

ここでの引用歌は、原作どおり半角カタカナの回転処理にしてある。やはり、半角カタカナの方が鋭い。人体を切り刻んでいる感触がある。

新聞の組版システムで再現できない入選作品というのは異例だろう。現代の事象を歌うにはそれぐらい法外でいいのではないか。新しさに限界はなく、青天井であっていい。「どこまで新しい表現にチャレンジしてもよいのか」と聞かれたら、こう答える。「思う存分やりなさい」

と。

柳本作品は、ニューウェーブのレトリックを使用している。私の作品で言えば次のようなものだ。

１００１二人のふ１０る００１０い恐怖をかた１０１１００り０

『マイ・ロマンサー』（一九九一年）

一九九〇年代のニューウェーブは、口語体を基盤として、解釈不能・音読不能の記号的表現を試みた。ニューウェーブを他と識別するのは「解釈不能・音読不能の記号的表現」が作品にあるかどうかである。口語体は、短歌史上では「ライト・ヴァース」と称せられた俵万智、林あまりを始めとする一群の歌人の表現上の特徴である。口語体のみをもってニューウェーブというのは短歌史的に妥当でない。

ニューウェーブが企てたのは、今まで開示されることのなかった意識をどう言語表現として見えるようにするかである。自分の中には、いろいろな意識が流れている。それをどう表現するか。意識の下に深層意識があるだろう。暗くてもやもやしたカオスである。それは日常の言語になる前のオノマトペで擬似的に表現できるだろう。

意識があって深層意識がある。どうもそればかりではない。意識の領域に破片のように散乱する意識がある。意識を切り刻む、あるいは駆け抜けてゆく意識だ。それが何かは分からない。作品化する過程で分かる。意識の領域に散乱する意識。意識を切り刻む意識。それを表現するときに、従来のレトリックでは間に合わなかった。もちろん、近代短歌の方法ではどうにもならない。直喩でも暗喩でもオノマトペでもない。記号を使ったレトリックが生まれた。これはレトリックの発見と同時に意識の有りようが目に見えるようになったということだ。

それは後に〈表記的喩〉という名前で整理した。『短歌レトリック入門』(二〇〇五年、風媒社)で解説した。吉本隆明の『言語にとって美とはなにか』を踏まえている。つまり〈意味的な喩〉〈像的な喩〉の延長線上にある。すなわち意味や音のない表記だけが関与的な記号・文字も喩を形成し得るという考えである。それを〈表記的喩〉と名づけたのである。

また、一九九〇年代のニューウェーブは、当時のデジタル化/ネット化の影響を受けている。ウィリアム・ギブスンに代表されるサイバーパンクの現代短歌への浸透と考えてよい。

一九八〇年代、日本語ワードプロセッサーが発売になって、文書処理ソフトウェアが身近なものになった。これは、グーテンベルクの印刷以来の革新だった。言葉はまず音であって、文字の姿をしている。声があって文字ができる。手書きの文字は個性的で、すぐれてダイナミックであった。グーテンベルクの活字は、文字を静的にしたということになる。活字は同じ形をしている。

では、文書処理ソフトウェアの浸透で何が起こったか。それはこうである。文字は動くものだ。自由自在に移動したり、カット・アンド・ペーストできる。これは楽しい。遊ぶことができる。

「二人のふるい恐怖をかたり」と打って101を挿入してゆく。創ったときは、切り刻む感じがあった。その感触は今でも蘇る。まさに、意識を切り刻む、あるいは駆け抜けてゆく意識を表現していた。これは、デジタルの環境になければ絶対に創らなかった。柳本の「。縺ｮ繧ｹ繝ｼ繧繝ｼ繝ｫ縺」も同様の方法に拠っていることは瞭然だ。

予想どおり毎日新聞学芸部には「何と読むのか」という問い合わせが何件か寄せられた。もとより音読を想定していない。漢字が読めない記号と同等になっている。もともと音声があってそれに紐づけられた文字なのである。文字が浮遊化し音声から離脱する。読めなくなる事態はあり得るのだ。

文字で遊べる。文字って動くんだ。理論化してゆく過程で〈表記的喩〉と整理したのであるが、ニューウェーブの根底には遊びの感覚があった。

この遊びの感覚は、前衛短歌とりわけ塚本邦雄、寺山修司に濃厚にあった。詩型の融合ということで岡井隆の「木曜便り」にもあった。この遊戯性は、今を生きるかけがえのない私を表現するという戦後短歌の理念を突き崩すものであった。

新しさは、多分に偶発的である。アクシデントなのだ。青天井で好き勝手にやったらよい。しかし、それでは継承されない。偶発的な事象を方法としなければならない。ニューウェーブは、偶発的な事象に名前を付けて方法としたのである。

以下のＱＲコードを読み取って世界にアクセスしてください　誤　住谷正浩
日日日日日（無限軌道ノ轍アリ）日日日日日日日日日日日日日　同
輻輳する（わたしをここに（深部には（　）うつろ）探ってみせよう）こころ　古瀬葉月
ことばかさねてもＷｅｂだねぼくたちは割られｗ砕かれｗ裂かれｗ散らされ　内山佑樹
節電でエスカレーター動かずに／／／／／／階段降りる　松木秀
はやくなる呼吸に合わせデジタルの分と時とをわける：（点滅）　外川菊絵

毎日歌壇の入選作品から引いた。今、毎日歌壇には先鋭化した現代短歌が集っている。二〇一八年はニューウェーブ三十年に当たる年だった。そのレトリック〈表記的喩〉は継承されたと言えるだろう。新しさは止まらない。

# ニューウェーブの中心と周縁

## はじめに

小論では現代短歌史におけるニューウェーブの生成期について述べる。短歌史は流動する。二〇一八年六月二日「ニューウェーブ30年」というシンポジウムが名古屋で開催された。荻原裕幸、西田政史、穂村弘、加藤治郎の四人が登壇した。若い歌人を中心に一六四名が参加した。シンポジウムの記録は「ねむらない樹」vol. 1（書肆侃侃房）に掲載されている。

三十年前の出来事である。ほとんどの聴衆は、リアルタイムでニューウェーブを知らない。ニューウェーブという言葉のニュアンスから大きなまさに波のようなムーブメントを想起した者もいた。当然だろう。が、実態はそうではなかった。ニューウェーブは、局地的なゲリラ戦のようなものだったのである。

## 1 『岩波現代短歌辞典』をめぐって

ここに二冊の短歌辞典・事典がある。『岩波現代短歌辞典』（一九九九年十二月発行）と三省堂の『現代短歌大事典』（二〇〇〇年六月発行）である。

岩波の辞典の監修は岡井隆である。編集委員は、三枝昻之、永田和宏、小池光、道浦母都子、樋口覚、加藤治郎、穂村弘、荻原裕幸、俵万智の九名。編集協力に小林恭二が加わった。この辞典は、小林恭二の「へるめす歌会」『短歌パラダイス』の延長線上にあったのだ。

三省堂の事典の監修は、篠弘、馬場あき子、佐佐木幸綱の三名である。編集委員は、大島史洋、河野裕子、来嶋靖生、小高賢、三枝昻之、島田修三、高野公彦、内藤明、米川千嘉子の九名である。『現代短歌大事典』は、歌人（評論家）、事項、歌誌、歌集、歌論、結社、短歌用語他を約一五〇〇項目収録している。歌論・歌人論を書くには必携の事典である。

一方『岩波現代短歌辞典』は歌語の辞典である。岩波書店編集部（当時）の川上隆志が『編集者』（二〇〇六年、千倉書房）で回顧している。『短歌パラダイス』が終った際、岡井隆らと話していて企画が持ち上がったという。

「これだけ短歌表現というものが新しくなってきているときに、短歌を支えている言葉、『歌言葉』とはなんだろうか、ということを総括する必要があるんじゃないか、と同時に、

『歌言葉』をしっかりと見据えることによって、現代における短歌の意味も、次の時代に向けての短歌表現の可能性も出てくるのではないか。それをやるなら、いっそ『辞典』を作ろう」という勢いで企画話になった。

『編集者』から引用した。言葉への深い興味を喚起し、歌人の創作に反響する歌語の辞典なのである。朝、雨、馬、海、風、雁、桜、蟬、父、月、虹、母、薔薇、星といった一三二九語の歌語が取り上げられた。歌語は、古典和歌・近世和歌・近代短歌・現代短歌から幅広く採取された。秀歌を引用しながら、歌語の比喩性・象徴性・歴史性が解説された。

また、歌語に留まらず、五三〇項目の事項（用語・事項・人名・書名・結社名・雑誌名）も取り上げられた。事典の要素も併せ持つのだ。

項目の選定は、辞典の編集会議で行われた。「辞典の命は項目選び」（『編集者』）なのである。とりわけ、事項の項目選びは大変だった。辞典の項目となることは重大事である。価値評価だ。何を短歌史に残すかということなのである。或る時の編集会議は、世代間の闘争の場となった。

最も議論の対象となったのは「ニューウェーブ」である。上の世代は「ニューウェーブ」の立項に反対した。荻原裕幸と加藤は激しく抵抗した。

培養の世代が出会う闘争は★《く》★《ろ》★《ぼ》★《し》★《つ》★《づ》★《き》吠えろ荻原！

加藤治郎『昏睡のパラダイス』（一九九八年）

編集会議の模様を歌った作品である。記号は、ニューウェーブの象徴である。「ハードボイルド・エッグ、と仮に」という一連の内の一首である。「サニー・サイド・アップ」が「ハードボイルド」になったということだ。初出は「弾」十二号（一九九七年九月）である。つまり、この編集会議は一九九七年の夏に開催された。項目選定の会議だから、なるほどその時期である。

上の世代に敵わなかった。議論しても負けが続いた。非力だった。それが我々の実力だったのである。ニューウェーブの三人が参画した辞典の会議で「ニューウェーブ」の項目が揺らいでいる。

荻原は「ニューウェーブは一度きりの名詞となる」という発言をした。それは会議の席だったか。あるいは会議後、筆者に語った言葉だったかもしれない。いずれにしろ、岩波書店の会議室だった。

「ニューウェーブ」が固有名詞となる。つまり短歌史上の名称となるということである。それは、一度だけ使用が許される。「ニューウェーブ」という名称を特定の事象に結び付けた荻原は、稀代のディレクターである。

「ニューウェーブ」以前にも「ニューウェーブ」という言葉は使われていた。それは普通名詞である。筆者自身も自分の関わるイベントに「ニュー・ウェーブ短歌コミュニケーション」という名前を付けた。一九八八年四月から同年七月まで銀座ソニービルで開催された歌集『サニー・サイド・アップ』のイベントである。ハガキによる一般公募作品への返歌を試み、目玉焼きのオブジェを展示したりした。しかし、その「ニュー・ウェーブ短歌コミュニケーション」は、短歌史上の「ニューウェーブ」とは異なると認識している。

前衛短歌もそうだった。いつの時代にも前衛は存在する。しかし、短歌史上の前衛歌人は、塚本邦雄、岡井隆、寺山修司の三人なのである。

一方、春日井建を前衛歌人と位置付けるかどうか。未だに揺れている。菱川善夫は「想像力の犯罪性」を根拠にして「塚本邦雄、岡井隆、寺山修司、春日井建の四人こそ、真に前衛歌人の名に価する歌人であった」と述べている（『歌のありか』一九八〇年、国文社）。

筆者は『岩波現代短歌辞典』で「前衛短歌」の項目を執筆した。前衛短歌を「第二芸術論の克服を通じて近代短歌の脆弱さを払拭し、モダニズムとリアリズムを綜合することで、短歌を現代短歌たらしめた文学運動」と定義した。そして「韻律の変革、隠喩の導入、『私』の拡大」を前衛短歌の要件とした。これにより「塚本邦雄・岡井隆《たかし》・寺山修司が主要な前衛歌人」であると位置付けたのである。前衛短歌をどう定義するかにより前衛歌人は自ずと決まる。春日井建の韻律はむしろ和歌に通じる典雅なものである。隠喩も抑制されていた。『未青年』の

「血忌」のように虚構の導入による「私」の拡大には関与していた。難しいところである。が、結局、三島由紀夫の言葉に拠った。

しかしすでに、目先しか見えない人々の間で、氏の歌がやすやすと前衛短歌などといふレッテルを貼りつけられてゐる、さういふ俗悪な誤解は、この機会に解いておかなければならない。

『未青年』の高名な「序」である。春日井建は、前衛短歌から自由だったのではないか。最終的には、岡井隆の裁定により「ニューウェーブ」は、『岩波現代短歌辞典』に収録されることになった。

ちなみに、三省堂の『現代短歌大事典』に「ニューウェーブ」という項目はない。ただし、歌人「荻原裕幸」「加藤治郎」「穂村弘」の項目はある。三人の解説には、それぞれ「ニューウェーブ」という言葉が使用されている。「荻原裕幸」「穂村弘」は筆者が執筆し「加藤治郎」は大塚寅彦が執筆した。

さて『岩波現代短歌辞典』の「ニューウェーブ」は栗木京子が執筆している。オーソドックスな内容である。

辞典の制作には、査読という工程がある。ある項目について必ず編集委員が原稿をチェックする。適切でない場合には原稿の修正が求められる。そして最後は監修者が目を通すのだ。
栗木の「ニューウェーブ」の解説文を引く。ポイントが幾つかある。

ライトバースの影響を色濃く受けつつ、口語・固有名詞・オノマトペ・記号などの修辞をさらに尖鋭化した一群の作品に対する総称。一九九〇年代初めに加藤治郎・穂村弘・西田政史などの作品傾向に対して荻原裕幸が命名した。荻原自身もそう呼ばれた。

言葉ではない！！！！！！！！！！！！！！！！！！！！ラン！　加藤治郎

（梨×フーコー）がなす街角に真実がいくつも落ちてゐた　荻原裕幸

コンピュータ世代が開発した文体ともいえる。方法のみを磨き上げる風潮は「新人類短歌」とも呼ばれた。

一つめのポイントは「ライトバースの影響を色濃く受け」ということである。ライト・ヴァースなしにニューウェーブはなかった。これは後述する。当時の短歌界への影響力は、ライト・ヴァースの方が大きかった。現代短歌を大きく変えたのはライト・ヴァースだった。それにしても、今、ライト・ヴァースが語られることはあまりない。どういうことだろう。ニューウェーブは、荻原、穂村が元気で活躍しているから何かと話題になるのか。そういうものかもしれない。

二つめのポイントは「口語・固有名詞・オノマトペ・記号などの修辞をさらに尖鋭化した」というところである。修辞の尖鋭化として口語が挙げられている。文語脈の短歌において異質な口語はレトリックとなり得た。固有名詞は、サブカルチャーの領域に広がった。オノマトペは「ぽぽぽぽ」「ろろおんろおん」といった自我瓦解あるいは無意識の領域まで追求された。ニューウェーブにおいては「スーパー・オノマトペ」と呼ばれたのである。

記号（メタキャラクター）は、ニューウェーブの最も特徴的なレトリックである。修辞学上は「表記的喩」と呼ぶ（加藤治郎『短歌レトリック入門』二〇〇五年、風媒社）。現代短歌の読者であれば「▼▼▼▼▼」「！！！！！」と示しただけで作品を特定できるはずだ。

世界の縁にゐる退屈を思ふなら「耳栓」を取れ！▼▼▼▼ＢＯＭＢ！

荻原裕幸『あるまじろん』（一九九二年）

▼▼雨カ▼▼コレ▼▼▼何ダコレ▼▼▼▼▼▼▼▼▼ＢＯＭＢ！　同

▼▼▼▼ココガ戦場？▼▼▼▼抗議シテヤル▼▼▼▼ＢＯＭＢ！　同

▼▼▼街▼▼▼街▼▼▼街？▼▼▼▼街！▼▼▼▼ＢＯＭＢ！　同

湾岸戦争をモチーフにした「日本空爆　1991」から引いた。ニューウェーブの象徴的な作品である。▼という爆弾が平和な日本に投下される模様を仮構した。ペーパーシアターの趣きである。日本人は、なす術もない。
作品は正しく三十一拍である。▼は一拍を形成する。よく、メタキャラクターをどう読むのかと問われることがある。読めないから読む必要はない。「・・・・・ココガ戦場?」と一拍分の無音を取ればよい。
▼というメタキャラクターには、意味も音もない。表記だけが関与的な喩として「表記的喩」と名付けたのである。
ここに出色の論考がある。氏家理恵「記号の侵略:文学における表現の変容」(二〇〇一年)である。荻原裕幸、加藤治郎を始め、メタキャラクターを使った短歌が紹介されている。

https://ci.nii.ac.jp/naid/110007577363/

現代短歌におけるニューウェーブが当時のデジタル化の影響を受けた同時代的な作品傾向だったことが分かる。ウィリアム・ギブスンなど世界の文学への通路が極東の詩歌にあったのだ。記号(メタキャラクター)とデジタル化の関連は、栗木も見抜いている。「コンピュータ世代が開発した文体」という指摘は至当である。

## 2　二つの出会い

一九八〇年代半ば、二つの出会いがあった。荻原裕幸と西田政史、穂村弘と加藤の出会いである。ニューウェーブは、単なるテキストではない。人間が中心だった。携帯電話もインターネットもない時代だったのである。

それは、一九八五年の夏だった。愛知県立大学のキャンパスである。ひとりの学生が、西田政史に声をかけた。

「何読んでるの?」という感じだっただろう。ラウンジか学食だ。彼はフランス学科、西田は英米科だった。日ごろ接点はなかった。

しばらくしてまた顔を合わせたとき、彼は西田に自分の作品を示した。作品のタイトルは「炎天に献ず」。その年の角川短歌賞の最終候補作である。

彼の名前は、荻原裕幸。現代短歌史におけるニューウェーブが始動した瞬間だった。

拙著『東海のうたびと』(二〇一六年、中日新聞社)から引いた。中日新聞連載のエッセイの取材のため、二〇一五年八月に筆者は、西田政史に会った。十年ぶりの再会だった。二〇〇五年、塚本邦雄の葬儀で会って以来だった。

川ノ方カラフシギナ音ガキコエマストテモ悲シイ音デスヲハリ
西田政史『ストロベリー・カレンダー』(一九九三年)
シーソーをまたいでしかも片仮名で話すお前は——ボクデスヲハリ　同
恋人よボクだつた日のぼくはまだ Evergreen をしらないはずだ　同
グッピーが一匹死んだパサウェイは帰つて来ないさういふものだ　同

「えばーぐりーん」三十首から引いた。ニューウェーブの作品の中でも抒情性と実験性が融合した傑作である。ニューウェーブは修辞のみに特化したわけではない。デジタル化による意識の交錯と切断といった多様な精神の領域を模索した。

「えばーぐりーん」では、少年期の意識が現在に侵入する。カタカナ表記が少年期の意識を表す。強制終了の「ヲハリ」が少年を無理やり閉じ込めようとする。自分で自分を圧迫する怖さがあるのだ。

「さういふものだ」には、村上春樹の風を感じる。そういう時代だったのだ。

二〇一三年から西田は「えばーぐりーんカフェ」という自分のブログに歌を載せるようになった。そして「東海のうたびと」のインタビューをきっかけに西田は第二歌集『スウィート・ホーム』(二〇一七年、書肆侃侃房)を刊行することになったのである。同書の解説で筆者は躊躇わず「第四のニューウェーブ歌人」と呼んだ。
しばらく、荻原裕幸、穂村弘、加藤の三人を指してニューウェーブと呼ぶことが多かった。一九九八年、荻原裕幸、穂村弘、加藤は、エスツー・プロジェクトを結成して「場のニューウェーブ」を推進した。ラエティティアというネットを中心としたコミュニティーを作り、オンデマンド歌集出版「歌葉《うたのは》」を創設した。「歌葉新人賞」は、斉藤斎藤、しんくわ、笹井宏之ら優れた新人を輩出した。そういった活動に対して、西田はフェイドアウトした印象だった。
西田の『スウィート・ホーム』による復帰がニューウェーブ再考の機運に繋がった。書肆侃侃房の田島安江の提案による「ニューウェーブ30年」というシンポジウムが実現したのである。筆者は、再結成のバンドによる一度きりのライブのつもりだった。それで幕を閉じようと思ったのである。しかし、そうはならなかった。

一九八六年の秋だった。筆者は、穂村弘「遷都」九首に釘付けになった。「短歌」一九八六年十月号「第32回角川短歌賞候補作家競詠」である。俵万智が「八月の朝」で角川短歌賞を受賞した年である。穂村は次席だった。

脱走兵鉄条網にからまってむかえる朝の自慰はばら色
卵産む海亀の背に飛び乗って手榴弾のピン抜けば朝焼け

百億のメタルのバニーいっせいに微笑む夜をひとりの遷都
サバンナの象のうんこよ聞いてくれつらいせつないこわいさびしい

「遷都」から引いた。次席となった「シンジケート」のクールな親和性に惹かれていた。さらに「遷都」の破壊力に震えた。この男に会いたいと思った。才能に惚れたのである。略歴に現住所と本名が書いてあった。インターネットのない時代だ。手紙を書いた。きみの歌はとてもいい。何日か経って返事が来た。小躍りした。電話番号が書いてあった。一本の道が見えたのである。

## 3　ライト・ヴァースからニューウェーブへ

現代短歌にライト・ヴァースを導入したのは、岡井隆である。一九八五年五月、豊橋で「短歌におけるライト・ヴァース」というシンポジウムが開催された。実施したのは「ゆにぞん」という「未来」岡井選歌欄のメンバーだった。

岡井隆は、現代詩の動向を踏まえていた。具体的には「現代詩手帖」一九七九年五月号の「特集ライト・ヴァース」である。その号に、W・H・オーデンの「共同体のなかの詩」（『ライト・ヴァース詩選』序文）が収録されている。ライト・ヴァースには次の三つの種類が含まれるという。

(1) 聴衆のまえで朗読されあるいは歌われるために書かれた詩（たとえばフォーク・ソング、トマス・モアの詩）。

(2) 読まれることが意図されてはいるが、その時代の日常社会生活あるいはごくふつうの人間としての詩人の経験を主題とした詩（たとえばチョーサー、ポウプ、バイロンの詩）。

(3) その性格や技法の点から、一般的な魅力をもっているノンセンス詩（わらべ唄、エドワード・リアの詩）。

(2)は、ほぼ近代短歌・現代短歌の性質であるようにも思われる。しかし、生きる苦悩を歌った作品がライト・ヴァースとは到底思えない。「軽い」という特質を忘れるわけにはいかない。重要なキーワードがある。「成熟」だ。W・H・オーデン「共同体のなかの詩」の結びの言葉を引く。

そのような社会（筆者註：民主主義の社会）で、そのような社会においてはじめて、詩人は、感受性の繊細さ、あるいは主体性を犠牲にすることなく、単純で、明快で、陽気な詩を書くことができる。

なぜなら、軽くてしかも成熟した詩は、完成したそして自由な社会のなかでしか書けないはずのものだからである。

現代短歌におけるライト・ヴァースは「成熟」から逸れたところで展開した。ライト・ヴァースの問題は、一九八六年の「短歌年鑑」（短歌研究社）の歌壇展望座談会で語られている。岡井隆は「成熟した大人が、少し斜《はす》に構えて、人生観というようなものを、うまく三十一文字に」する「かなり高度なテクニシャンでないとできない」短歌をライト・ヴァースと考えていた。塚本邦雄は「芭蕉の軽みどころか、凄みと等価値の軽みを私は志しています」と語った。塚本は、ライト・ヴァースを志向していたのだ。

現代短歌におけるライト・ヴァースは、若手歌人の傾向と捉えられた。三省堂の『現代短歌大事典』の「ライトバース」で藤原龍一郎は「一九八〇年代の半ばから後半にかけて短歌の世界に登場した中山明、仙波龍英《せんばりゅうえい》、林あまり、俵万智《たわらまち》、加藤治郎らの風俗的でかつ口語的、広告コピー的、非伝統的な文体の作風に対しての総称」と解説している。

夕照はしづかに展くこの谷のPARCO三基を墓碑となすまで　仙波龍英
「寒いね」と話しかければ「寒いね」と答える人のいるあたたかさ　俵万智
バック・シートに眠ってていい　市街路を海賊船のように走るさ　加藤治郎

『岩波現代短歌辞典』では、栗木京子がこの三首を引いて「バブル景気に向かう豊かな消費社会を背景に、仙波《せんば》龍英《りゆうえい》、林あまり、中山明らが都市風俗をちりばめた軽やかで饒舌な歌を掲げて登場した」さらに「俵や加藤の作品にみられる親しみやすい口語と洒落た風俗詠は、若者を中心に多大な人気を博した」と解説している。

藤原、栗木ともに風俗と口語という要素を挙げている。また、ライト・ヴァースとして中山明、仙波龍英、林あまり、俵万智、加藤治郎という歌人も一致している。一方「成熟」という要素はどちらの解説にもない。

現代短歌におけるライト・ヴァースの再定義を試みる。

1　私の苦を負わない歌
2　機知に溢れる成熟した歌
3　知的に洗練されたレトリカルな歌
4　風俗的で口語文体を基調とする歌

1は、人生という重い衣装を脱いで軽やかに歌うことを意味している。小池光「『苦』からの出発」というエッセイ（「短歌」二〇一九年五月号）が明快だ。「苦」がなければ歌は軽いのである。近藤芳美、宮柊二ら戦後短歌から一九八〇年代半ばの河野裕子、阿木津英らによる

「女歌《おんなうた》」の議論に到る短歌史がある。時代・社会と人間がいかに関わるかを問い、生を見つめた。ライト・ヴァースは、そこからの離脱である。それは私性の稀薄さにも繫がる。

2・3は「現代詩手帖」一九七九年五月号の谷川俊太郎、新倉俊一、川崎洋の座談会を踏まえた。4は『現代短歌大事典』『岩波現代短歌辞典』に拠る。

ライト・ヴァースをこう定義するとき、一人の歌人を挙げないわけにはいかない。紀野恵である。

露ほどの光も要らず異郷にて月《ルナ》・ルナティック　雨のやさしさ
紀野恵『さやと戦げる玉の緒の』（一九八四年）

そは晩夏新古今集の開かれてゐてさかしまに恋ひ初めにけり　同

ふらんす野武蔵野つは野紫野あしたのゆめのゆふぐれのあめ　同

歌集刊行時、紀野恵は十九歳だった。恐るべき才能である。この軽やかさは比類ない。知的にソフィスティケートされた歌である。私の苦は微塵もない。露・光・月・雨と縁語的に言葉が連鎖する。「月《ルナ》・ルナティック」という強烈な音韻は狂気を暗示している。『新古今集』を置いたところにみずみずしい成熟感がある。「ふらんす野」の歌は、韻律の快楽が主題であると語っている。戦後短歌から女歌までの流れとは全く異なる地点にある。紀野恵が近藤芳美の

「未来」に入会したことは、短歌史の転換を象徴する出来事だった。

紀野恵こそ、ニューウェーブの名に相応しい。従来、紀野恵は、水原紫苑とともに「新古典派」と称されることがあった。確かにそういう側面はあるが、紀野や水原の新しさをうまく説明できていないのではないか。

一九八七年五月、俵万智の『サラダ記念日』が刊行された。二八〇万部のベストセラーとなった。それまでの「女歌《おんなうた》」ばかりでなく、ライト・ヴァースの議論も吹き飛ばしたのである。いや、呑み込んだと言ったほうがよい。

荻原、西田、穂村、加藤は、『サラダ記念日』に直面した。現代短歌という街は焦土だった。自分たちの歌の根拠の模索が始まった。ニューウェーブは、ライト・ヴァースが全面展開した口語が歌の基盤になった。柔軟な口語文体であるから、記号・オノマトペなど様々なレトリックが可能となったのである。また、現代短歌が「私の苦」から解放されたことで自由な歌空間を満喫した。そして、ニューウェーブは『サラダ記念日』の出現に真向かった。

一九八七年「青年霊歌」三十首で「短歌研究新人賞」を受賞した荻原裕幸が最も鮮やかに反旗を翻した。「朝日新聞」中部版夕刊（一九八七年九月二十六日）にインタビュー記事がある。「愚劣さに抗し詠み貫く青春」という見出しである。『サラダ記念日』が一〇〇万部を超したころだ。荻原は、俵万智に対して次のようにコメントしている。

「小説に大衆小説があるように、大衆短歌というものがあるとすれば、まさに大衆短歌。短歌の本筋の流れではない」

「俵さんを批判していた人が次々に俵賛歌をするのは、若輩から見ていても見苦しい」

青年の矜持がまぶしい。「短歌の本筋」が前衛短歌であることは論を待たない。荻原、西田、穂村は、塚本邦雄に拠り、加藤は、岡井隆に拠った。

一九九一年七月。荻原は同じ「朝日新聞」夕刊に「現代短歌のニューウェーブ」を寄稿した。ニューウェーブが動き出したのである。

# あとがき

岡井隆の訃報を受けたのは、二〇二〇年七月十一日午前十一時だった。どういうことなのか理解できなかった。そして、隣町の母のもとに駆けつけた。「悲報来」である。母と私は、同じ岡井隆の門下生なのである。

十一日の午後、日本経済新聞社・短歌研究社・共同通信社から追悼文の依頼があった。翌日が締め切りである。厳しいスケジュールだが、書けるという確信が湧いた。読者が異なる。別の角度から書ける。日経の読者には、岡井隆の業績・全体像を伝える必要がある。「短歌研究」の読者は、岡井隆をよく知っている。一側面に絞って書ける。共同通信の記事は、全国の新聞に配信される。日経と同じく全体像を書きながら少しエッセイ風にまとめようと思った。

この追悼文に集中することで、そのときは何とか乗り切った。その後、ずっと悲しみと空虚を抱え込むことになった。誰かに救けてもらうことはできない。今まで書いた岡井隆論をまとめたいと思ったのである。Ⅰ部は、岡井隆亡き後の文章である。Ⅱ部は、一九八九年の「抽象という技術」に遡って、最終歌集『鉄の蜜蜂』までの文章を収録した。

Ⅲ部には、現代短歌に関する論考を収めた。岡井隆こそ現代短歌であるという思いがある。

それにしても、近年「現代短歌とは何か」という議論は殆どない。問い自体が無効なのだろうか。前衛短歌が現代短歌であるという地点で凍結されている。あるいは現代短歌は、存在理由を喪失したのか。

かつて筆者は「現代短歌という翼」（『短歌のドア』二〇一三年、角川学芸出版）で、現代短歌の定義を考えた。ライト・ヴァースを現代短歌の起点としたのである。

①　革新という近代の原理から自由になったこと。

②　口語の短歌形式への定着。

③　大衆社会状況の受容。

この要件は、現在も有効であると考えている。バトンは次の世代に渡したい。せめて、現代短歌が問われた時代があったことは伝えたいのである。

私は、口語に拠り、大衆社会の一員でありながら革新を志向するという風変りな歌人である。岡井隆と現代短歌に巻き込まれながら歩いてきたのである。

出版に際しては、國兼秀二氏、菊池洋美氏を始めとする短歌研究社の皆様に大変お世話になった。深く感謝したい。

二〇二一年五月八日

加藤治郎

# 初出一覧

Ⅰ

走り続けた前衛歌人　「日本経済新聞」二〇二〇年七月十四日
一九八三年のことなど　「短歌研究」二〇二〇年八月号
「あばな」と言って旅立った　「共同通信」二〇二〇年七月より配信
愛の歌　「歌壇」二〇二〇年十一月号
岡井隆の歌業　「現代短歌」No.83　二〇二一年三月号

Ⅱ

抽象という技術　「未来」一九八九年七月号
叱つ叱つしゆつしゆつしゆつ　『岡井隆歌集』解説　一九九五年六月一日
『E／T』、未知の虚空へ　「短歌」二〇〇二年七月号
薔薇抱いて　「短歌研究」二〇〇二年一一月号
第二芸術論の後に　「三田文学」No.74　二〇〇三年夏季号
岡井隆と現代短歌　「現代詩手帖」二〇〇五年一一月号

歌集という方法　「現代詩手帖」二〇〇七年四月号
『神の仕事場』を読む　「短歌研究」二〇〇八年六月号
総合的な精神の存在　「現代詩手帖」二〇一三年九月号
うたに出会う　「短歌研究」二〇一四年一月号
わが師系　「歌壇」二〇一四年一月号
明日の歌、今日の歌　「未来」二〇一八年七月号

Ⅲ

短歌形式の現在　「歌壇」二〇〇二年四月号
題詠の饗宴の後に　「短歌」二〇〇五年四月号
現代短歌という存在　「日本現代詩歌研究」二〇〇六年第七号
事実とリアリティーの乖離　「短歌研究」二〇〇六年四月号
前衛短歌という栄光　「短歌」二〇〇八年九月号
虚構の議論へ　「短歌研究」二〇一四年一〇月号
ニューウェーブ三十年　「短歌」二〇一九年二月号
ニューウェーブの中心と周縁　「短歌研究」二〇一九年六月号

# 加藤治郎

かとう じろう

一九五九年　名古屋市に生まれる。
一九八三年　未来短歌会に入会、岡井隆に師事する。
一九八六年　「スモール・トーク」にて、第29回短歌研究新人賞。
一九八八年　『サニー・サイド・アップ』にて、第32回現代歌人協会賞。
一九九九年　『昏睡のパラダイス』にて、第4回寺山修司短歌賞。
二〇一三年　『しんきろう』にて、第3回中日短歌大賞。
二〇一九年　『混乱のひかり』刊行。

歌書に『ＴＫＯ』『短歌レトリック入門』『うたびとの日々』『短歌のドア』『家族のうた』『東海のうたびと』。

未来短歌会選者。
「毎日新聞」毎日歌壇選者。
「朝日新聞」東海歌壇選者。

# 岡井隆と現代短歌

令和三年七月十日　印刷発行

著者　加藤治郎《かとうじろう》

発行者　國兼秀二

発行所　短歌研究社

郵便番号一一二—八六五二

東京都文京区音羽一—一七—一四　音羽YKビル

電話〇三—三九四四—四八二二・四八三三

振替〇〇一九〇—九—二四三七五

印刷・製本　大日本印刷株式会社



定価はカバーに表示してあります。

ISBN978-4-86272-675-9 C0095